华 章
传奇派

品味无限不循环的人生

六星纪元
盟战时代 下

玫瑰叔　著

重慶出版集團　重慶出版社

26

　　第六星四季的变化非常不明显，所以路予悲对时间的流逝也变得不敏感了。一转眼，他和妹妹无依无靠地踏上这个星球已经是十一个月以前的事了。

　　学院对抗赛一直在进行，这也许是他计算日期的唯一凭据。在前锋官排行榜上，路予悲已经从第九席爬升到了第四席，这个成绩对于一个一年级学生足以放肆地骄傲了。他的天赋之高固然重要，训练又十分刻苦，格里娜教官的指导也很关键，让他少走了很多弯路。至于排在他前面的三位，路予悲看过他们的战斗影像，水平确实都非常高。特别是排在第一位的王座前锋官穆托，幻星裔的四年级男生，性格沉稳，战术老练，操作和意识都是一流。

　　"那家伙真不像个二十出头的年轻人。"路予悲在见过穆托真容之后，对艾洛丝说，"说到底，你们幻星人八到八十岁都长得差不多，怎么判断年龄？"

　　"看眼睛啊。"艾洛丝告诉他。

　　"眼睛不都是金色的吗，还有区别？"

　　"区别很明显呀。比较亮的金色是年轻人，越老的人金色越暗。"艾洛丝补了一句,"那是智慧的象征。"

路予悲仔细回想,还是觉得没什么区别。他又试探着问:"穆托长得挺帅的,应该比你大三岁吧,这样的男人对你也没有吸引力吗?"

艾洛丝微笑着摇了摇头:"别说大三岁,大三十岁都太年轻。他看我也是一样的想法,可明白?就像你们地星男人看一个八岁小女孩一样。"路予悲急忙摇头,心里还是难以接受幻星人的恋爱传统,想必艾洛丝的老男友智慧不浅吧。

在穆托之后,次席前锋官费尼是地星伊甸裔的四年级男生。他个子不高,身材微胖,长得慈眉善目,脸上总带着笑意。路予悲曾试着向他请教一些问题,却屡屡碰到软钉子。后来才发现费尼和初耀云走得很近,早已成为初耀云小集团的一大台柱。路予悲在某个周末无意中对妹妹说起这件事,克萨稍微查了一下便明白了:"费尼的父母都是律师,在星统会下属的律师事务所。他父亲是初六海的亲信的手下,他自然要跟初大少爷搞好关系。"

三席前锋官是地星裔三年级女生武千鹤,人称鹤姐,长的方额圆眼,阔鼻大嘴,实在算不上好看。而且四肢粗壮有力,是校内短跑冠军,男生也只能甘拜下风。当然,芒格人不与其他星族赛跑,否则太欺负人。天罗人飞起来如箭,芒格人跑起来似风,都有自己星族内部的比赛。

"鹤姐的人缘很好。"唐未语告诉他,"她特别热心,无论谁有困难,只要去找她,她都愿意帮忙。她的前锋官技术也过硬,可能操作不如你,但大局观很好,你未必赢得了她。"

路予悲看过武千鹤的战斗影像,十分赞同唐未语的说法:"你这么了解她?"

"我们是同一届的，都是那一届的新芒，又都是地星人。"唐未语拢了拢被风吹乱的长发，路予悲不禁多看了她几眼。即使穿着学院制服，她也依旧光彩照人。

两人此时正在学院里的空中步道上散步，从这个高度能够一览学院的全貌，周围的群山在光雾中若隐若现。此情此景让路予悲心旷神怡，几乎忘记了一切烦恼。

迎面走过来一对小个子的凡星情侣，和他们擦肩而过时小声窃笑。路予悲觉得有点儿尴尬，这里经常有情侣携手散步，也有在道旁的露台上拥吻的。他心里暗暗打鼓：不知道唐未语为什么突然约自己出来散步。她该不会是对我有点儿意思吧？唉，我是不是太自恋了。

"对了，武千鹤是伊弥塔尔的人，我一开始有点儿怕她。"路予悲找不到话题，只好继续聊武千鹤。

"我不太懂你们盟会之间的事。"唐未语似乎有点儿不高兴，"我爸爸最近想加入无限公司想疯了，但是人家不要他。"

"无限公司有什么好的，我听说那是地星人和凡星人双星族的盟会。"路予悲不无自豪地说，"加入我们星统会吧，我可以帮忙跟廉爷爷说说，让他替唐老板担保。哦，廉爷爷就是廉施君，是联星空运的……"

"我知道廉施君是谁。"唐未语微微不快，"我爸爸几年前就求过他了，他根本不肯替我们担保。"

"所以说我帮你介绍一下……"

"够了。"女孩俏脸一板，"我最讨厌你们这种高高在上的样子。我们家穷归穷，还没到求你们上层大老爷施舍的地步。"

路予悲吓了一跳。虽然唐未语生气的样子也很迷人，但他还是忙不迭地解释:"没有没有,我没有想施舍……咳,什么底层上层的,你想太多了。大恒国才搞那一套,新星人都很平等啊。"

"你要是真这么想,那就比胖头兔还天真。"唐未语看出路予悲没有歧视她,气也就消了,"哪有完全平等的地方,新星也是分集团的,穹顶、栋梁和基石,哪儿都一样。"

路予悲哑口无言,他突然产生一种想法:无论哪个星族,科技再怎么进步,人权再怎么完善,只要有人这样的智慧生物存在的地方就会分出三六九等,这一规律也许适用于整个宇宙,且永远都不会改变。

唐未语继续说道:"虽然基石平民也能很好地过完一生,但谁不想往上走,把别人都比下去呢。"

"我就不想。"路予悲脱口而出。

唐未语无奈地笑道:"可是你已经把99%的人比下去了啊。"

"那你呢?"路予悲随口反问,"你也想往上走吗?"

"我其实没什么远大的理想,有时候只想安安静静地开个小店。我爸爸这种不算,他本来就是借贷开店,现在还欠了一屁股债,越欠越多。"唐未语怔怔地望着天空,"我不想要大富大贵,所以也不要谁施舍。"

"那你将来的孩子呢,你不为他们打算吗?"

"你胡说什么呀。"唐未语脸上一红,"我可不想要孩子,麻烦死了。"

"哦。"路予悲虽然很喜欢小孩子,但是直觉告诉他还是不要多嘴的好。

"我们又不能像多尔人那样,生了孩子就不管了。"

"多尔人?"

唐未语疑惑地说："你不知道？多尔人从出生就和父母断绝关系，从此不相往来。"

路予悲确实刚知道这个常识："那谁把孩子养大？"

"社会啊，有专门的机构。"唐未语耐心地解释，"他们连婚姻的概念都没有，每个人都只对自己负责就够了。想怎么玩，怎么闹都可以。"

"那不是太自私了？"路予悲皱着眉说。

"你看你，脑筋太死板了吧。确实，他们不为父母和孩子付出什么，但也没有索取过什么。几千年来每个人都是这样活下来的，谁会说谁自私？只有你们这些外星人会站在自己的立场上指指点点罢了。"

路予悲惊奇地发现，唐未语有的时候比艾洛丝随和，有的时候又比初暮雪严厉。他仔细想了想，多尔人这种风俗确实自成一套逻辑。

"原来不同星族之间的差别这么大。"路予悲自言自语一般地说，"连道德两个字，都有不同的标准。"

"所以才需要提炼出一套基础框架啊，也就是六星道德公约。"唐未语告诉他。路予悲深以为然，对六星道德公约的理解又深入了一层。

两人默默无语地走了一会儿，唐未语才又开口说道："差点忘了说正事。我叫你出来，其实就是想说说我爸爸的事。你也知道吧，他注砂越来越凶了，而且还埋了管。他想加入无限公司，就是因为他们既能帮助游戏中心周转财务，又有专门的幻砂渠道。"

路予悲也见过唐老板胳膊上那条细细的管道，只有砂瘾很大的人才会通过这种方式直接注入砂液。这种行为在新星属于法律的灰色地带,有些年头禁止过,过几年又放开,也跟几大利益集团之间的博弈有关。看来唐未语可能还不知道父亲还热衷赌博,他犹豫着要不要说出来。

"所以我希望你能帮我劝劝他。"唐未语停下脚步看着路予悲,"他不听我的话,说我不懂得男人的痛苦还有抱负什么的。他很重视你,我觉得你说的话他可能会听。你就说,无限公司如何如何不好,让他改投万知守护者,那也是地-凡盟会,但是正经的多。"

路予悲看着她黑宝石般的双眼,眼神毫不做作而自然动人,无比真诚又惹人怜爱。被这样一个美女用这样的语气请求,哪个男人能拒绝得了呢?

"可是……我毕竟是外人啊。"路予悲发愁地说,"你是他女儿,他肯定还是更听你的。"

"你不知道,他这个人很古怪,脑子里经常冒出奇怪的想法。"她神色黯然地说,"你来之前,他把初耀云当神仙一样供着,总说男人就该像他那样霸气。你来之后,他又说男人应该像你这样温柔,还骂初耀云狗眼看人低。唉,我都不懂他的逻辑。"

"唔,也许我没去过比较好?"路予悲犹豫着说,他来新星的第一天就在挑战赛上打败初耀云。以初耀云的性格,在有把握报仇之前自然是不会再去了。

"你又没做错什么,你比他好得多。对了,我听说你们男生在争论我和初大小姐谁更漂亮,还办了个投票。有这回事吗?"唐未语似乎有点儿不高兴。

路予悲知道她在明知故问:"哈哈,有。他们很无聊,我猜你不会在意这种事吧。"

"我当然在意。"唐未语一双美目牢牢盯着他,"你投给谁了?"

"啊?"路予悲被问得措手不及,一时竟不知道该不该说实话。

见他迟疑,唐未语故作潇洒地说:"算了,你不用回答。我不在意了。"

路予悲心里直打鼓:你到底是在意还是不在意啊?而且为什么不问投票的最终结果,偏偏问我投给谁,难道……难道是在暗示她很在意我?呸呸呸,路予悲啊路予悲,你真是个烂人。你想这些干什么,就算她喜欢你,你能回应她的感情吗?你喜欢她吗?好像有点儿喜欢,到底喜欢不喜欢?不对,她也说了不在意我投给谁,一定是我想多了。唉,小魔头和初暮雪说得没错,我怎么总有这么多乱七八糟的想法。

唐未语见他怔怔地发呆,问道:"你怎么了?"

"没怎么。"路予悲摇摇头,强行把那些念头赶出脑海。

"悄悄告诉你,我们女生也在你和初耀云之间投过票。"唐未语坏笑着说,"他的票数比你高不少。但是我投给你了,怎么样,够意思吧?"

"太够意思了。"路予悲开心得像是痛扁了初耀云一顿,又不自觉地产生了多余的想法。

唐未语自顾自地说:"初耀云太霸道,我不喜欢,也不明白麦麦为什么……啊呀,我说漏嘴了,你可别说出去。"

"我不说。麦麦是谁?"路予悲对这个名字没印象。

"麦迟霜啊,我的朋友。"唐未语说,"高高瘦瘦的,长得很漂亮的那个。"

路予悲勉强能回忆起有那么一个女生,属于各方面都比较普通的那一类人，非常没有存在感。他暗想：竟然还真有女生喜欢初耀云啊。也对，他的小团体已经有二三十人了，就喜欢听他吹牛。跟他相比，我的朋友反而没几个，真是没天理。

"好了，今天就聊到这儿吧。"唐未语向他伸出一只手，"我爸的事，就拜托你劝劝他喽。"

"我尽力。"路予悲轻轻握了握她的手，只觉得细腻柔软，又有些微凉。

"进攻，进攻！"格斗教官黄鳞喊道，声音如同铁器敲打岩石，"路予悲，你是怎么考进来的！鲍里斯那浑蛋又放水！"

路予悲一边卖力地出拳，一边暗暗替鲍里斯中士喊冤。初耀云挡下几拳之后，突然转身后踢，险些踢中路予悲的头。

"初耀云，你怎么慢得像只龟蛟！"黄鳞的点评毫无道理，"进攻！"

这次轮到路予悲防守，左支右绌勉力支撑，一不留神还是吃了一拳。他索性站稳脚步不再后退，突然使出初暮雪教过的手法，在初耀云踢来的腿上一带一推，差点让他摔倒在地。

初耀云的惊讶自不必说，连黄鳞教官都忍不住咦了一声，过了几秒才说道："下来吧，下一组上！"

被初暮雪虐待了八个月之后，路予悲在格斗课上的表现已经判若两人。连初耀云也看得出路予悲的进步，赢他也不像之前那样游刃有余了，于是恨他更甚。教官黄鳞是多尔人，相貌丑陋，性格古怪，从不夸奖学生。路予悲到现在都不知道他是男性还是女性。

"初暮雪可是会魔法，让你脱胎换骨了？"下课后，索兰问道。

"喂喂，明明是我自己争气。"路予悲一边换下格斗服一边说。

卡卡库不失时机地起哄："她有没有教你别的什么啊？嗯？快说快说，我的未知恐惧症都要犯了！"

看着他色眯眯的表情，路予悲好不容易才克制住一拳打在他脸上的冲动，严肃地说："卡卡库，你给我听好：初暮雪是我的朋友，我很敬重她。你再说蠢话，我就不客气了。"

卡卡库吐了吐舌头，不敢再说话。艾洛丝瞪了卡卡库一眼，又问路予悲："初暮雪真的会瓦罗萨吗，我还是难以相信。那需要很高的三速基础。"

路予悲不能向队友透露初暮雪的血统秘密，只好说："她从小就有天赋，而且她外婆从幻星请了最好的格斗老师教她。"

"原来如此，那就难怪了。"艾洛丝点了点头，不无羡慕地说，"有钱真好。还有她的素心清颜，也是我见过最厉害的，也是请老师教的吗？"

"这我倒没听说。那很难吗？"

"当然难了。"艾洛丝说，"一般是六十岁以上的长者，有非常稳固和强大的内心才做得到。"

"你们是不是忘了什么事。"休打断了他们，"明天还有一场对抗赛呢，对手排名比我们高五位。格斗再好，模拟战里又派不上用场。"

于是第二天，他们不出意外地输给了对手。

月末，路予悲照例去"唐"打工，初暮雪照例陪同。九个月下来,他已经去了三十多次,只有四次和唐未语交手,其中两次她做数据官,路予悲都输了。

今天唐未语也没有出现,路予悲不由得有些失望。进入游戏后,他照例指挥护卫官的两艘侦察舰侦察,又指挥前锋舰迂回前进。这几位队友都是他之前带过的,进步也非常明显。自从路予悲来这里做荣誉顾问之后,游戏中心的生意确实越来越好了,很多人愿意出钱和路予悲这样的高手比试和学习。

这次的比赛也有些古怪,两艘侦察舰都是走到一半路程就与敌方的侦察舰相遇了。路予悲皱了皱眉头,也许是巧合吧。

又过了一会儿,双方前锋舰也相遇了,短暂地接触之后便各自退开。路予悲发现对方的前锋舰大有章法、有条不紊,便知道这次的对手也是专业级的,而且很有可能也是司令官。

不是唐未语?那会是谁呢。

突然,一道紫色激光从路予悲的旗舰旁边掠过,距离相当近。路予悲吃了一惊,这明显是对方旗舰的超远程激光。这种武器威力不大,即使击中也不致命,还会暴露旗舰的位置,是兵家大忌。所以很少有比赛会看到旗舰发射超远程激光。

现在比赛开始不过5分钟,敌方司令官竟然在那么远的距离之外差点击中他。对方的意图明显不在攻击,而是向路予悲传达信息:我知道你在哪儿,我看透了你的布阵,我比你更强。

路予悲迅速反向追踪敌方旗舰的位置,然后惊奇地发现,对方竟然和自己的位置是中心对称的。再联系到侦察舰和前锋舰的一致性,看来这不是巧合,对方的布阵和走位都和自己保持一致。

不可能。路予悲额头上沁出汗珠:我这套打法不是常规套路，侦察舰的路线更是独具特色。这些都是我从老夏那学来的，不可能有别人知道。

他脑子里突然嗡了一下，全身像触电一样发麻。

"希儿，是他吗？"他声音发颤，话一出口才想起已经把希儿交给妹妹了。

他来不及多想，紧急暂停了比赛，然后在全场观众的疑惑中打开舱门跳了出来，几步冲到对方的游戏舱区域，用力拍打司令官的封闭舱。

几个心跳之后，舱门缓缓向上打开。

"哎呀，你还是那么急性子。"舱内的男子伸了个懒腰，"比赛还没打完呢，这样老板可不会付你工钱哦。"

路予悲呆呆地站在那里，一句话都说不出口，眼前却渐渐模糊。

"怎么样，去喝咖啡吗？"如同之前千百次一样，夏平殇慵懒自在地说，"还是先打完这局？"

两个好友分别一年多之后，在遥远的异星他乡再度重逢，自然都分外喜悦。路予悲向唐老板请了假，拉着夏平殇又招呼上初暮雪，三个人一起出了游戏中心，在附近随便找了家咖啡馆便扎了进去。进去之后才发现是天罗人开的咖啡馆，顾客也多是天罗人和芒格人。夏平殇好奇地打量着这些外星人，路予悲则已经习惯了这样的环境，不禁生出了一点儿主人翁的感觉。

"还不习惯吧，这些是天罗人，他们看起来有点儿可怕，实际上……先不说这个，女神的荣耀啊！你怎么会在这？！"路予悲已经很久没有这么兴奋了。初暮雪坐在他旁边，表情木然地观察着夏平殇。

"别急,有的是时间。"夏平殇不紧不慢地点了一杯"查卢咖啡",口感选了"地星友好",也就是查卢果与地星咖啡豆混合后烘焙,比老金给路予悲喝过的那种纯查卢果浆要稍微好些。

"先给我介绍一下这一位呗,你的新朋友?"夏平殇用礼貌的眼光望着初暮雪。

"对,她是初暮雪。这位是夏平殇。对了,你早就知道他。"

"久仰。"初暮雪和夏平殇异口同声地说。

"太假了老夏,你怎么会久仰她呢?"路予悲笑着说。

"星元统合会副盟主初六海女士的外孙女,太空军院这一届的新芒司令官。"夏平殇摇头晃脑地说道,"此外还有不少光辉事迹。好吧,其实是夏竹刚刚告诉我的。"

路予悲有点儿诧异:"夏竹又厉害了啊,这些都能查到?"

"谢谢路先生夸奖。"夏竹在夏平殇耳朵上回答。

"好了快说正事吧,你怎么会在这儿?"

初暮雪说道:"他父亲夏炎焱伯爵荣升大恒帝国驻第六星大使,最近刚刚上任,所以他们全家都一起过来了。尼克刚刚告诉我的。"

见她不服输似的还了一招,夏平殇只是不动声色地微笑,场面一度陷入尴尬。路予悲只好勉强笑道:"哦……这样啊。太好了,那你以后就一直在这儿了?替我恭喜夏叔叔……咦?大恒帝国不是早就跟新星断交了吗,大使馆空了好多年,跟废墟似的。啊,难道说……"

夏平殇故作老成地叹了口气:"唉,明升实降,打入冷宫,老爷子的政治生涯算是到头了。"

路予悲不知道说什么好，只好保持沉默。一位芒格女侍者端上咖啡，杯子是特大号的。夏平殇抿了一口，双眼一亮："咦，这咖啡很有点儿意思。"

"你看，我说的没错吧！"路予悲兴奋地跟初暮雪说，"老夏的品味跟我很像。一会儿你再来一杯'天芒原味'的，保证有惊喜！"

初暮雪暗暗叹气，但什么都没说。她已经确认了夏平殇是一个人来的，而且没有携带武器，也就放下心来。

夏平殇喝了半杯咖啡之后，路予悲才小心翼翼地问："梦离怎么样，她……也来了吗？"问出这句话的时候，他不禁心跳加速。他知道这个可能性极小，虽然方-夏梦离是夏平殇姑姑家的表妹，但是没道理跟着一起当驻星大使。

夏平殇果然轻轻摇头："她没来。"

"哦，那她……还好吗？"路予悲只觉得头皮发麻，整颗心都悬了起来，全身每个毛孔都在呼吸一般。

"从哪儿说起好呢，还是从头吧。"夏平殇盯着手里的咖啡杯说，"以第六星的日子算，你来了正好一年吧？按地星的时间算就是……"

"一年零一个半月。"路予悲脱口而出，新星和地星的时间换算对他来说已经太简单了。

"没错。你当时突然不辞而别，唉——我们知道你有苦衷，身不由己。我当然不怪你，但是她很伤心，你应该给她留句话才对。"

路予悲心里有一万句话想要说出口，却不知先说哪句。他想大声辩解，想为自己开脱，那些话甚至已经在他心里练习过无数遍，就是为了有朝一日再见到梦离时，能够向她解释。但是现在亲耳听到夏平殇说出"她很伤心"这四个字，所有的借口都被巨大的歉意摧毁。他就像一个在海中漂流许久的人终于放弃得救的希望，任由自己沉向灰暗的海底。

夏平殇见他眼神涣散，神态沮丧，等了一会儿才继续说道："后来，她和墨渊龙结了婚，你肯定知道。这倒不是你的错，其实他们两家早就在商量这门亲事了。记得吗，咱们打最后一场模拟战的时候——就是打墨渊龙的那场，大猫和果子还聊到过墨家安排的联姻，其实就是跟梦离。当时她已经知道这个安排了，但是没有说话，我也就没说。"

路予悲只觉得大脑越来越麻木：梦离早就和墨渊龙订婚了？我真蠢，当时居然没有发现。我只依稀记得梦离当时很明显有心事，夏平殇说是家里的事，我还大言不惭地说那些贵族的事务跟他们没关系，原来竟然是订婚这么大的事。既然如此，她为什么又和我……

夏平殇似乎看破了他的心思，为他揭晓了答案："她心里喜欢的人是你。但是又不能违抗父母，这是她身为贵族小姐的宿命。"

路予悲只觉得脑子里一片空白，只留下夏平殇那句"她心里喜欢的人是你"。梦离送他的那颗心形宝石一直挂在他胸前，藏在衣服里，只有初暮雪知道。

"是，贵族里也有自由恋爱结婚的，但不多，结果也普遍不好。她也私下跟我说，希望有奇迹出现，父母不把婚事强加给她。但是很可惜，我姑姑和姑父很看重这门亲事。她本来想拼上一切，最后再争取一下，但是……"

路予悲明白了他的言外之意，因为自己的突然离开，梦离放弃了最后的努力，万般无奈之下，只能顺从于宿命。

"女神在上……"他的脸色越来越白，嘴唇微微颤抖，额头沁出汗珠，表情失落到无以复加，"六星之主，宽恕我等。"初暮雪在旁边静静地看着，一言不发。

"你也不要太自责了。"夏平殇看路予悲这般脸色，不免有些担心地说，"她也是想得太简单了。你想，就算你没走，结果也不会有什么改变，可能比现在更糟。再加上路叔叔的麻烦比我姑父还大，你帮不到梦离的。她还是会嫁给墨渊龙，而且比现在更痛苦，更不情愿。所以说，这不是你的错。"

路予悲缓了缓，听出好友是在安慰自己。他想道谢，却只觉身心疲惫，做不出任何回应。出乎他意料的是，初暮雪竟然轻轻拍了拍他的肩膀，说道："夏小伯爵的话有道理。"他感激地向初暮雪点了点头，又转向夏平殇："墨渊龙……对她好吗？她过得幸福吗？"他嘴里发苦，明知任何回答都会让他更难过。

"挺好的。"夏平殇面无表情地说。

"哦。"路予悲机械地回答，双眼盯着桌面。

夏平殇又喝了一口咖啡："嘻，其实所谓的幸福，不过是每天能有张舒服的床睡觉罢了。"

路予悲还在发呆，夏平殇突然站了起来，微笑着看向路予悲身后："小神童，好久不见，你好啊。"

"夏小伯爵！"路予恕轻快地跑过来，和夏平殇拥抱，"我前天看到新闻说新的恒国大使到任，没想到竟然是令尊。"

"呵呵，真的没想到吗？"夏平殇看着路予恕，二人相视一笑，然后同时扬扬眉毛，就像从前一样心照不宣。

路予恕注意到哥哥的表情十分沮丧，于是疑惑地看看夏平殇,用眼神无声地询问:这家伙怎么了?

"我刚跟你哥哥说了说梦离的事。你知道的,她嫁了人,你哥哥很自责。"夏平殇短短几句话就把事情都解释清楚。

"原来如此。"路予恕尽量不把鄙夷表现在脸上,"我早跟他说过,就算他留在地星,方-夏小姐也不可能嫁给他的。他非要怪自己,我也没有办法。"

路予悲愤恨地看了妹妹一眼,但不得不承认她和夏平殇说的是一个意思,只是语气截然不同。他也渐渐恢复了理智,早就忘了自己刚才对妹妹产生过的短暂恨意。

"这位是?"夏平殇早就看到路予恕身后跟着一个高个男子。

"克萨,我的保镖,也是朋友——信得过的朋友。"路予恕介绍二人认识,"这位是夏平殇小伯爵,路予悲的老同学,是位天才司令官哦。"

"不敢当。"夏平殇和克萨握了握手,他比克萨矮着一头还要多,气场却不落下风。路予恕主动坐在夏平殇旁边,克萨站到路予恕身后,假装漫不经心地环顾四周,和初暮雪对视的时候,初暮雪微微点了下头。

"位子还多得很,克萨先生也请入座吧。"夏平殇客气地说。

"多谢,不必了。我倒是有一事想请教,不知道你们刚才说过了没有。"克萨面无表情地说,"令尊既然是新任大使,不知此行有没有任务在身?比如说怎样对待路高阙教授的两个孩子。"

这句话让现场本来活络的气氛一下降到冰点,但真正感到吃惊的只有路予悲。

路予恕假意责怪克萨:"你怎么一上来就说这么煞风景的话。夏小伯爵,别在意,喝咖啡。"

"抱歉。"克萨朝路予恕顺从地低了下头。

夏平殇依旧是波澜不惊的样子，很听路予恕的话，又喝了一口咖啡。

路予悲心里有点儿明白了：克萨是替妹妹问的。虽然不知道两人有没有提前商量好，但是路予恕一定是不想自己开口，克萨就替她把不好听的话说了。而老夏也一定早有准备，初暮雪大概也早就想问了。唉，说到底，只有我最天真，一见到朋友，一说到梦离，就把别的都忘了。

"既然小神童说克萨先生是信得过的朋友，我就有话直说了。放心吧，外交大臣并没有交给我爸这样的任务。"夏平殇回答，"换言之，我的处境和你们差不多，也是被流放到这里的。"路予悲放下心来，他相信夏平殇不会在这个问题上骗他们。路予恕的戒心也少了一半。

"那你要在这边上大学吗？"路予恕热情地说，"要不要也来我的学校？不过你只能等下一届入学啦，而且要叫我师姐。"

夏平殇饶有兴致地听路予恕简单讲了她考取诺林和平大学的经过，然后表示不介意做她的师弟。路予悲也简单地讲了他进入军官学院的事，最后说："军院其实更适合你，你要是来的话，咱俩再搭档，那才好玩！不说全校无敌吧，至少轻松打进前五。"

"咦，战神比从前谦虚了啊。"夏平殇笑道。不过就连路予悲都知道，夏平殇作为大使的儿子，不可能加入第六星国籍，更不可能加入第六星星卫军，所以他也只是说说而已。

路予恕要了一杯热气腾腾的咸牛奶，边喝边不易察觉地朝克萨使了个眼色。

克萨会意，又开口问夏平殇："恒国最近好像出了不少事。

但是我们的了解途径有限，恒国切断了几乎所有外界联系，从伊甸国那边来的消息也有大半不太可信。"

夏平殇不动声色地点了点头。路予悲知道挚友这个表情代表他有很多话说，但是不能催他，要让他慢慢说。

"有些事其实我不应该说，但是我想战神和小神童应该知道，所以我只跟你们私下说说，千万不要传出去。"夏平殇喝完杯子里的咖啡，朝芒格女侍者示意再来一杯，要"天芒原味的"，然后才说，"龙吟阁情况不妙，你们早知道了吧。"

"知道一些。"路予悲有些愤慨地说，"地联上台，时悟尽霸占内阁，宇内一心会也成了他的走狗。逝水盟一直沉默，龙吟阁独木难支，晁爷爷也难有作为，唉……"

路予恕、克萨和初暮雪都像看一只珍奇动物般看着路予悲，心里同时想：夏平殇还什么都没说，路予悲却先说上了。这家伙是真的完全信任老朋友啊。

夏平殇自然也想到了这一点，呵呵笑着说："你还是老样子，但是我就喜欢你这一点。既然你们知道这么多，那更不用说时大人的大地星主义和幻星威胁论了？内阁上个月通过了社会福利改革和税收改革，这个知道吗？"

路予悲摇了摇头，路予恕则点了点头。初暮雪和克萨面无表情地看着兄妹俩，换成别人肯定已经被逗乐了。

"看来不需要我说什么嘛，你们都知道了。"夏平殇优哉游哉地说，"支持时大人的盟会还有一个万星天图，也不能小看。龙女神教现在有两名大司台替印无秘鸣冤，六星教的集会也越来越多。"

"印无秘和曲犹怜有消息吗？"路予恕问道，"我想知道这个。"

"据我所知,没有。"夏平殇摇摇头,"现在恒国的政局进入胶着时期,时大人的支持率虽然有所下降,但还在60%以上。如果印司台现在露面,我想不是明智之举,路叔叔也是。"

"爸爸他……唉。"路予悲顿了一下,不用妹妹提醒,他已经意识到现在这个场合还是不要提到爸爸比较好,于是转而问道,"梦离家里怎么样,时悟尽一直在削弱贵族吧。"

夏平殇点点头:"削弱一部分,去讨好另一部分。但是很遗憾,方-夏家族是前者。方-夏公爵——也就是我姑父,成了最大的牺牲品,不仅罢免职位,家族资产也被冻结了九成以上。而且谁都知道方-夏公爵再也不可能回到权力中枢,所以其他贵族也都避之唯恐不及,只有一两个小家族还坚持向我姑父输诚。唉,谁能想到曾经权势滔天的大贵族,这么快就走向衰亡了呢。就连那些获利的贵族,也不免兔死狐悲。"

路予恕和克萨对视一眼,这些事情他们了解得确实不多。

"那梦离呢!"路予悲的心提到了嗓子眼,双手紧紧握拳。初暮雪看着夏平殇,路予恕不动声色地喝着牛奶,克萨看着窗外过往的行人。

"梦离没什么事。"夏平殇一句话把路予悲安抚下来,"幸亏她嫁给了墨渊龙,墨伯爵当了不管部部长,这你知道。就是凭着墨家这层关系,我姑父才没有被贬为庶民,也躲过了牢狱之灾。嘿嘿,真是讽刺啊。"

路予悲明白夏平殇说的讽刺是什么意思——这桩联姻确实救了方-夏家族。如果梦离嫁给了自己而不是墨渊龙,后果不堪设想。

真是讽刺啊。路予悲苦笑了一下,不知道该庆幸还是沮丧。

"还有一件事,我本来不想告诉你。"夏平殇沉默了几秒钟,似乎在思考措辞,但最后还是放弃了努力,直白地说,"就在上个月,梦离生了一个可爱的宝宝,她现在是妈妈了。这位天罗先生还是女士?麻烦再来一杯这种苦得像鬼一样的咖啡,啊,还是两杯吧,谢谢。"

27

"怎么样,新星很棒吧!我原来根本不敢想象,跟外星人一起生活原来这么好玩!"路予悲颇有种主人向客人炫耀的感觉。他陪夏平殇在诺林市里游玩了两个月,依然每天都有新的惊喜。他们品尝了久负盛名的幻星美食,体验了极具想象力的凡星娱乐,参观了天罗人的房树和芒格人的洞府,甚至浅浅地窥探了一下多尔人的地下城。近八十多年来,第六星的发展稳定而迅速,首都诺林市的繁华兴旺,又不过度拥挤。城市的规划者们颇有远见地为每个星族预留了充足的居住区,也打造了许多混合区,鼓励七族充分交流。城市越来越有活力,文明融合也随之深入。这两个月里,有许多星族习俗连路予悲也是初次见识,经常需要初暮雪的讲解。除了多尔人依然深居地下,其他星族之间的隔阂已经小到了极致。

"确实很棒。"夏平殇表示赞同,"我觉得最了不起的是,我本来以为所谓的七族融合,只是'组合'或者'混合'而已,而各星族只是地理上聚居,其实还是各过各的。但新星显然不止于此。"路予悲也对此深有体会。各星族的美食、音乐、文化和流行服饰,都直接或间接地受其他星族影响,又反过来影响对方。

初暮雪却不无惋惜地说:"可惜七族融合只存在于新星。另外五星依然充满隔阂与猜疑,纷争不断。这也是路高阙教授理论中的一个关键点,以新星的经验反向指导五星的融合。他给出了很多切实可行的方案,可惜在地星不被重视。"

"明白了。"夏平殇点点头,"确实可惜。"

夏平殇也曾暗中问路予悲,初暮雪和他到底是什么关系。路予悲不愿欺骗挚友,只好跟他讲了陪审团追杀他们兄妹的来龙去脉,以及住到初暮雪家寻求保护。当然,他没有说出地幻异血的事,他本能地把初暮雪的秘密置于最高保密级别。两人也很有默契地不再提方-夏梦离的事,但方-夏梦离结婚生子的事就像一团乌云,始终在路予悲心里投下一块阴暗。

他们走到地星闹市区的时候,初暮雪提醒他:"路予悲,该回去训练了。"

"哎,喝杯咖啡再回去行不行?"路予悲问道,心里不抱期望。

"不行。"

路予悲朝夏平殇耸耸肩:"你看到我们的关系了?"

"令人羡慕。"夏平殇优哉地说,"我认识去咖啡馆的路,祝你早日练成'神功'。"

"嘿,不怕告诉你,还没开始练呢!"

路予悲没有骗他,特训已经进行了十个月,但初暮雪没教给他一招一式,还在让他练习基本功。精疲力竭的时候,他也不止一次地想要放弃,不知道自己把时间和精力浪费在初暮雪家的道场里是否有帮助。但最后还是坚持了下来。他受过不少伤,鼻梁被初暮雪打断过，手指也骨折过。好在初暮雪的再生胶和消肿药效果神奇，而且地板可以自动减少冲击，否则他可能早就死掉了。但他也真切地感觉到，每次受伤后都能够进步一些。有一次他被初暮雪一脚踢中头部，造成轻微脑震荡，直接昏迷了几分钟，醒来后发现正枕在初暮雪的大腿上，慌得赶快爬起来。初暮雪倒毫无反应，和平时一样冷冷地看着他。

但最近一段时间，路予悲总是有些心不在焉，训练时难以集中精神。

"我知道你的问题出在哪儿。"休息时，初暮雪递给他一条毛巾。

路予悲正坐在道场的地板上望着院子里的落花发呆，接过毛巾后擦了擦脸上和脖子上的汗，问道："出在哪儿？"

初暮雪指指他胸前，即使隔着练功服，她也能看到那颗红色的心。

路予恕沉默地坐了一会儿，说道："她跟我没有关系了。"

"那你为什么还戴着？"初暮雪一语道破，"怎么说也是初恋情人，现在当妈妈了。你的心情我能理解。"

路予悲嗓子发苦："你也像小魔头一样，在心里看不起我吧？"

"你放不下，我知道。"初暮雪回答，"我说过，你这个年纪的男人，为了爱情，经常会做出愚蠢的事。说实话，你现在的表现已经有进步了。"

"谢谢夸奖。"路予悲苦笑着说，"毕竟都过去十四个月了——按地星时间算是十六个多月了——我终究也没那么爱她了。她的全息影像早都删掉了，最近三个月也没怎么再梦到过那些往事。我真不知道，这算是成熟，还是悲哀。"

"两者都有。"初暮雪突然关掉了智心瞳，露出了隐藏其下的无明眼，表情也流露出一丝悲伤，"我也是这么过来的。"时隔十个月之后，这是初暮雪第二次对他露出这双冰色双眸。

"你？"

初暮雪目视前方，静静地说："告诉你，我也爱过一个人。"语气虽然和平时变化不大，但因为眼睛的差别，让她整个人都多了几分人情味。

"不会吧！"路予悲忍不住脱口而出，随即意识到自己的失礼，急忙捂住嘴。

"很意外吗？"初暮雪笑了。关掉智心瞳之后，她也停下了素心清颜的修行。路予悲几乎已经忘了她的眼神可以这么温暖，她的笑容也能治愈伤口。看着眼前的俏丽女孩，路予悲不禁又想起了关于她和唐未语的那个投票。

"唔，他是怎么样的人？"路予悲问道，既然初暮雪说曾经爱过，说明这段感情没有结果。他突然想起，曾经问初暮雪有没有爱过谁，那还是在两人遭遇陪审团盗贼加纳的第二天。当时女孩的回答是无可奉告。现在一转眼已经过去了十个月，两个人的关系也自然今非昔比。

"他……长得不算很帅，但是很聪明，也很强大。我的格斗技巧就是他启蒙的。总的来说，他给人一种很可靠、很踏实的感觉。"

仅仅听初暮雪的简单描述，路予悲也不禁心驰神往，暗暗发誓：我也要成为这样的男人。

"是你的同学吗？"

"不是，他比我大很多。"

"啊，大多少，六十岁？"

"你以为我是幻星人吗，还是我喜欢的人是幻星人？"初暮雪不满地看着他，眉头微蹙，"当然是地星人啦，比我大十几岁。我六岁时认识的他，刚才说过，他是我的格斗启蒙老师。"

"这么早？"路予悲惊道，"六岁！"

"没有，最初那几年我只当他是个了不起的大哥哥。"初暮雪拢了拢头发。她的头发比之前长了一些，栗色中蕴含墨蓝色。关掉智心瞳后，她像是褪去一层灰暗的外皮，简单的一个动作便让全身的魅力都满溢出来。

"那什么时候喜欢上他的？"

"十岁吧。"

那也够早了。路予悲心里暗暗吐槽。

"我知道你在想什么。"初暮雪瞪了他一眼，"地幻异血都很早熟，我十岁的时候就已经跟现在差不多了。"

"心理上还是生理上？"

"都是。"

"哇，这么厉害，十岁身材就这么……高。"路予悲及时改口，但初暮雪还是猜到他想说什么，毫不掩饰脸上的鄙夷。

路予悲换了个方向："难怪你只比我小半岁，我却总觉得比我大很多似的。唉，小魔头也很早熟，三岁就会戏弄我了。"

"因为这个，耀云也很不满，明明是一样大的双胞胎，我却总是比他高一头，体格也比他更强。直到十五岁他才赶上我。十岁的时候，他在外面闯了祸，不敢告诉阿婆，都是我出面去替他解决。"

想象那个画面，小初暮雪大概就像是小初耀云的妈妈一样，路予悲忍不住笑了起来。

"有没有那时的影像？我想看你十岁的样子。"路予悲笑着说。

初暮雪横了他一眼，说道："没有。"

路予悲收起笑容，说回正题："你喜欢的那个人，你说他是你的格斗老师，那他也会曲势吗？"

"不会，但是弗拉迪格斗术用得很高明。"初暮雪边回忆边说，脸上浮现出平日绝不会有的温暖笑容，"我越来越了解他，也越来越崇拜他、依赖他。对了，我的智心瞳就是他给我的。"

路予悲点点头，他能理解那种随着时间的推移，越来越依赖一个人的感觉。大恒帝国有一句俗话说得好：时间是个杀手，最冷酷也最浪漫。

"到了十一岁的时候，我发现自己已经十分依赖他了。"忆及往事，初暮雪的眼角浮现微笑，"几天见不到他，就会想他想得发狂，大概和你刚离开方-夏梦离的时候差不多吧。"

"没错。"路予悲发自内心地说，"我完全能体会那种感觉。"

"我早就看出，你和我是一类人。你还记得入学考核时咱们打的那场模拟战吗？"

"记得。"路予悲说，"你让我把你想象成方-夏梦离和夏平殇，我也确实那么做了。"他想起那天比赛之后，初暮雪一只脚踩在他的模拟舱门上，居高临下地质问他的情景。

"当时我看到你的眼神，让我想起了曾经的自己。"初暮雪说。

"原来如此。所以我当时……呃，做出那么无礼的举动，你也没怪我。"路予悲想起当时昏昏沉沉地抱住初暮雪,感觉既羞愧又好笑。他突然回想起当时的感觉,怀中之人纤细、柔软,又很坚实。他忍不住脸红了,急忙转开头去。

初暮雪瞪了他一眼:"在我看来你还是个孩子呢,被一个孩子无礼一下,当然不必计较。"以她的反应速度,当时想要躲开路予悲的拥抱轻而易举,但她没有。

"我马上就二十岁了!"路予悲反驳道。

"那又怎么样,你就是个孩子。"

"那你是老太婆吗,比你阿婆还成熟?"

"敢说我老,小心我揍你。"

"你揍我揍得还少?来呀阿姨,哎哟,哎哟……"

两个人嘻嘻哈哈地吵了一会儿,路予悲感觉到前所未有地放松,似乎心里有个死结正在慢慢解开。

"那么他知道你的心意吗?"路予悲又说回正题。

"我没表白过。但是他那么聪明,没有他不知道的事情。"

路予悲还从未听她如此称赞过一个人,不由得也有些神往:"他拒绝了你?"

初暮雪冰一般透亮的双眼闪过一抹暗色:"根本不用拒绝我。他的心里从一开始就没有我的位置。"

"啊……"路予悲没想到初暮雪的初恋竟是场单相思,她这样的女孩居然也会在明知无望的情况下付出感情?

"他一直爱着另一个女人,我也一直都知道。后来他们结婚了。"初暮雪平静地说,如水的双眼因悲伤的回忆而荡起涟漪。

"再后来……他们遭遇了很多不幸的事。我为他难过,却帮不上一点儿忙。等到我以为有能力拯救他的时候,他却突然消失了。"初暮雪眼神变得愈加悲伤。

"消失了？那你再也没有见过他吗？"

"见过，但是他已经……"初暮雪索性摇了摇头，"算了，都是过去的事了，我也早就断了那个念头。从那时起，我就再也没爱上过谁，可能以后也不会了。"

"这话就有点儿幼稚了。"路予悲微微一笑，"你怎么知道不会再爱上谁呢？你想说你的心已经死了吗？拜托，你才十八岁，人生还长得很。感觉来了的时候，你根本抵挡不住。"

"或许吧。"初暮雪竟然没有否定，而是反问道，"你呢？在方-夏梦离之后，你还会爱上别人吗？"

路予悲心里一沉，想起梦离已经嫁人生子，心里的某个地方还是会隐隐作痛。

"会的。"路予悲为自己的话感到吃惊，"一定会的。父亲也说过，把这段回忆珍藏起来，然后向前走，创造新的回忆。会有更美好的在前面等我。"

初暮雪有些惊讶地看着他："路予慈也对我说过同样的话，你们果然是一家人。"

路予悲有些意外："你和我姐姐说过这些？哦对了，你说过，我姐姐在你最需要的时候帮过你。是那个人结婚的时候吗？"

"是在那之后，还发生了很多事。唉，抱歉，我有点儿累了，今天先说到这儿吧。"初暮雪站起来，打开智心瞳遮住无明眼，变回了平时的那个冷酷美人，声音也低沉下来，"对了，其实你的条件已经合格了。从明天起，我正式教你曲势。"

路予悲第一年的学业还有一个月即将结束，学院对抗赛也将告一段落,小队和个人排名都将封存一段时间。此时艾洛丝小队在学院排行榜上位于第二十五位,如果不是最近刚输掉一场比赛,还能再往前排两位。

"偶尔输一场没什么的。"艾洛丝安慰队员们,"而且四年级的下个月就要毕业了,我们的名次还能再往前提八位啦。"

"不是吧队长。"卡卡库显得没什么精神,"这种提升你也能高兴得起来?初暮雪小队已经反超我们了,真不甘心,他们的数据官明明只是个士官出身而已。"

初暮雪小队因为入学考核失利,数据官伊娜主动退学。新任数据官是学院安排的一位凡星裔的选拔士官。他并不是通过入学考核进入学校的,而是在服兵役满两年后转入职业军人,晋升为下士,又因为表现突出,经过两年的数据官培训,才转入军官学院。所以他比初暮雪他们都大三岁左右。路予悲听说了这个过程,才明白普通军人想进入军官学院进修是这么难的一件事。这种晋升路线通常会被卡卡库这种考核入学的军官视为野路子出身,但也只有凡星人会有这种路线歧视。

索兰瞪着卡卡库:"士官出身不重要,有实力就是好样的。初暮雪小队确实很强,有这样的成绩也是理所当然。"

"除了路予悲,我们四个的排名都落后于初暮雪小队。"休不失时机地补上一句,艾洛丝等人都沉默了。

路予悲看四名队友都很消沉,索性说道:"想点高兴的事,马上就要进行第二次实战演习了。队长,这次演习我想申请再加大推进功率,帮我想想怎么跟教官说。"因为真空中没有阻力,所以战舰大部分时间是滑行,只有加减速和转向时需要用到推进器。而推进器的功率越大,战舰提速就越快,转向也越快,优势当然是灵活性大幅提升，但代价是驾驶员所承受的超重也成倍增加。与此相比，控舰难度的提升和燃料消耗加速都算是小问题了。

路予悲和艾洛丝商量之后，私下找到格里娜教官，第二次申请前锋舰加大推进功率，同时增配燃料。格里娜有些惊讶地说："不是已经加推20%了吗，你还要再加？"

路予悲点点头："提到30%吧，我觉得我控制得了。"

"虽然新芒前锋官是有这个权利，但是也要考虑到影响。"格里娜甩了下发羽，语重心长地说。女性天罗人的发羽比男性更长，但嘴部稍短，"可知道，你第一次加大推进功率之后，很多前锋官也想效仿，结果自然是控制不了。加速虽然快了，战斗中的表现却反而下降了。"

"我管不了别人，但我很了解自己。"路予悲说道，"我的瞳速最近又有提升，控舰的稳定性也比原来好了。"

"你刚输了一场模拟战，表现有失水准。"

"那是……有别的原因。"路予悲无奈地说，"拜托了，格里娜教官，帮我申请一下吧。"

天罗女教官看着他良久，突然话锋一转，说道："可知道，我们几个教官私下经常会谈起你。"

"是吗？"路予悲有些意外，又不知道该作何回应。

"我永远忘不了你的入学考核，天莱在上，你隐藏了控舰实力，但展现出的大局观，让我认定你必成大器。但我还不了解你，需要观察你一段时间，看你的表现是否稳定。"格里娜的声音比索兰柔和一些，但还是很尖锐刺耳，"现在已经过去了十个月，你升到了第四席，证明了我们没有看走眼。但其实我对你的期待还不只如此。"

路予悲还是第一次听到一向严厉的格里娜这样称赞自己,不由得有点儿脸红,同时又不太明白教官的用意。

"直说了吧,我认为你已经有了王座前锋官的实力。穆托、武千鹤和费尼固然都很厉害,但你比他们更强。我知道你在司令官和数据官的位置上也有很高的水平,这是很重要的素质,而他们都不具备。另外,天莱在上,我不知道你用了什么方法,三速也在迅速成长。前锋官的各项技术训练,你也比任何人都刻苦,实在不简单。"

"这离不开您的指导。"路予悲诚恳地说。格里娜确实教了他很多东西,特别是操作的细节和对战局的预判。

"总之,我会为你申请加大推进功率。但是相应地,你也要帮我一个忙。"格里娜露出天罗人特有的笑容。

"我能帮您什么忙?"

"你也知道,一个月之后,四年级就要毕业了,你们也会离开学院,休一个月长假。在这之前你们小队还有两场对抗赛,如果这两场你都有突出表现的话,有可能在这一个月内连升三名,一口气爬上王座。虽然有点儿对不起穆托,但是你可知道,上一个在一年级就成为王座前锋官的人,是八十年前的英雄——云珑。"

"云将军……"路予悲早已在历史课上学习过"新星之子"云珑的事迹,心中只有钦佩的份儿,没想到自己竟有机会重现云将军的某个辉煌,心跳也随之加速。

"虽然这件事很难做到,但我总觉得你能行。"格里娜昂起头,收拢双翼,表现出天罗人特有的率直,"你是我教过的最好的学生,我为你而骄傲。所以,去成为学院前锋官的霸主吧。"

路予悲没有辜负格里娜教官的期待，在接下来的两场对抗赛中，他都表现出色，帮助艾洛丝小队又拿下两场胜利。更令全学院沸腾的是，他在前锋官排行榜上的位置也再次提升，竟超过了武千鹤和费尼，爬到了次席前锋官的位置，仅次于王座前锋官穆托。

"太厉害了，真的太厉害了！"得知这一消息后，卡卡库在餐桌旁蹦了起来，"学院新闻社的人一定很快就会来采访你，到时候你可别忘了说：我今天的成就离不开我的队友们，特别是数据官卡卡库！"

"你的贡献有多大，看你的数据官排名就知道了。"休不客气地指出，卡卡库目前排名第二十八。

"你的排名还不如我呢。"卡卡库马上反击，休在护卫官排行榜上只排到第三十三位。

"我们去庆祝一下吧！"艾洛丝也替路予悲高兴，金色的大眼睛里满是笑意。

路予悲无奈地笑了笑，谦虚地说道："侥幸罢了，也许鹤姐和费尼他们马上赢一场比赛，又把我超过去了。"

"他们刚比过，表现不尽如人意。"索兰查看微机后告诉他。

休也说道："今年没有比赛了，这个名次应该会持续到下个月四年级毕业。如果再有一场比赛，说不定你连穆托也超过了。"

路予悲没有说话，只顾埋头吃饭。

"有啊。"艾洛丝说出了休没说的话，"下周还有一场全明星赛，如果路予悲和穆托都参赛，就可以一较高下了。"

卡卡库、索兰和休交换了几个眼神，然后同时看着路予悲。

路予悲咽下嘴里的饭，面露忧虑："说真的，我有点儿担心爬得太快了。"

"天罗人有俗语，恒语为：能飞多高，就尽管飞多高。"索兰说道，"还有另一句话：不达终点，不收羽翼。"

艾洛丝把一只手搭在路予悲的手上，说道："我知道你担心什么，要扛下这样的荣誉不容易，肯定会有人在你背后指指点点，或等着看你的笑话，更多的人则想把你拉下来。但是，强大的人要学会在这样的压力下昂首前行。在我们幻星语中有一个词'希达弥亚'，翻译成恒语是'有器量之人'。"

"器量？"路予悲有些木讷地重复。

"没错，很多人终其一生，也无法窥得器量的奥秘。有器量之人，因其强大，无惧褒奖和谩骂，只要觉得方向正确，就可以一往无前地走下去。赞美群星，云将军就是这样的人，所以才人人敬仰。"

路予悲思考了一会儿艾洛丝的话，果然有所领悟，眼前的世界似乎更加宽广和清晰了。

午饭之后，格里娜教官也来祝贺他的成绩。

"您说的有望成为王座，也是把全明星赛考虑在内了吧？"路予悲早想到了这一点，此时才向格里娜求证。

"没错。"天罗女教官坦然地说，"可知道，不仅是我在关注你，其他几位前锋官教官，甚至其他职位的教官也都知道你有可能重现云将军的辉煌。就连德米尔院长也提醒我，尽可能为你创造机会。"

"德米尔院长？"路予悲吃了一惊。

"所以接下来的全明星赛，你一定要参加，穆托当然也会参加。"格里娜说，"往年的全明星赛，两队的队员就是学院里最强十人，也就是每个职位的王座和次席，随机组合成两支队伍。

今年你的情况比较特殊，学院领导商量决定，你可以优先指定队友，可以直接挑选另外四个职业的王座。"

路予悲摇摇头："我不想占这个便宜。况且那样就算赢了，也不能说是我强过穆托。"

格里娜点点头："很有风度，这样很好。你也可以换个方式行使你的优先权，28小时内，给我四个名字。"

"我现在就可以给你两个。数据官唐未语，司令官初暮雪。"

格里娜露出天罗人特有的诡秘笑容："天莱在上，你是按照容貌挑选队友的吗？就连我也知道你们地星学员的首席美女之争。好吧，说正经的。唐未语是三席数据官，这个人选还算合理；但初暮雪在司令官里只排在第十一位，虽然作为一年级来说已经很了不起，但前三席的司令官无疑是更好的选择。你再考虑一下？"

"谢谢您的提醒，但是不必了，初暮雪就是我的选择。"路予悲笑着说。

"容我提醒你，我们虽然尽量为你创造机会，但比赛时绝对不会有任何偏向。能不能成功，还是要看你自己。所以你一定要慎重挑选队友。你要面对的可是五个强敌。"

"放心吧，我很慎重。"路予悲说，"悄悄告诉您，其实初暮雪很强，只是一直隐藏了实力。如果放开手脚，她绝对可以排进前三席，甚至是王座司令官。"

28

路予恕缓缓睁开眼睛，天花板也随之放出柔和的黄光。她刚刚做了个噩梦，梦见爸爸和哥哥都死了，留下她孤零零的一个人。执节秘警在后面追她。她在一条小路上狂奔，边跑边放肆地痛哭。最后一个神秘的女声在她耳边说：小心天上的鹰。她转头看去，是一个有着一头银色长发的女孩，陌生却又亲切。醒来后，她不确定刚才有没有哭出声，只觉得眼睛湿润，嗓子热热地。

她已经病了两天，到现在都没有好转的迹象。她瞥了一眼挂钟，现在是深夜27点多。这么说她睡了一下午加半个晚上。

"你醒了。"克萨出现在她床边，"继续睡？"

路予恕轻轻摇头，克萨为她端来一杯凡星嫩叶水。

路予恕坐起来，双手拢了拢散乱了长发，发现自己只穿着薄薄的睡裙，稍微有些不好意思。她喝了一口水，感激地说："你还没睡？"

"还没。"

"天芒软木沙发睡着不舒服？"

"还不错，你试试看就知道了。"

"不必了。"路予恕喝完水，觉得口腔里涩涩的，但有股很好闻的清香。

克萨撩起路予恕的刘海儿，看了看她的额头，娇嫩的皮肤上浮现出的灰蓝色斑点依然没有消退。他又拉起她的小手查看手背，也有一样的病症。路予恕脸上微微发红，却不是疾病所致。

克萨最后说道："医生说至少要五天才能好，看来很难提前。明天是周末了，你就在这里养病吧，别回家了。我可以叫你哥哥过来。"

"不要。"路予恕用尽可能大的音量否定，但听起来还是像悄悄话，"大蠢蛋只会让我病得更重。这两天有什么大事发生吗？"

"这两天比较平静，不像上个月那么刺激。"克萨答道。上个月大恒帝国发生了好几起恶性事件，一是逝水盟盟主黄宗疆被刺杀身亡，手法相当高明，警方竟迟迟破不了案。之后帝国边境连续发生了几起武装冲突，但消息遭到管制，内阁否认了和邻国开战的说法。但有小道消息表明，这些冲突与追捕龙吟四杰中的印无秘有关。第三件大事是中都市光天化日之下发生大规模枪战，7人死亡，25人受伤，这已经是帝国首都几十年来没出现过的。警方抓捕了很多人，给出的说法是黑帮火并。但克萨通过兵刃查到是时大人的执节秘警闯入反地联组织集会，在暴力执法打死一人后引起骚乱，一发不可收拾。

听闻消息后，廉施君的评价是，大恒帝国昔日的荣耀早已消失殆尽，整个国家成了一片盖着破木板的火坑，有人掉下去被烧死，也有人苟活于木板上，闭起眼睛，隔着木板享受温暖。

路予悲的评价则更直接："黑帮火并？倒也没全错，地联不就是最大的黑帮吗？"

神奇的是，在这样紧张的时刻，时大人竟然堂而皇之地离开地星，出访外星。

路予恕问克萨："时大人现在到哪儿了？"

"刚刚离开凡星，下一站是摩多尔星。"

"要出访摩多尔哪些大城？"

"费卡、克米尔，还有赫拉克大城。"克萨几乎脱口而出。摩多尔星的大城类似于其他星族的国家概念，但又有微妙的差别。

路予恕一只手搭在额头上，疲惫地说："时悟尽的动作真快，他不用睡觉的吗？沙盘那边可有新情况？"

克萨沉默地看着她。路予恕本能地意识到了什么，眼睛也睁大了一些。

"沙盘刚刚完成了预定规模的一半。"克萨神秘地一笑，"但它已经开始工作了。"

路予恕愣了几秒才读懂克萨表情的含义，挣扎着起身："怎么不早说？快带我去看！"

"我本想让你再多睡一会儿，明天再去看。"克萨无奈地扶她起来，"但我知道你一定等不及。"

如果是平时的路予恕，可能已经扑上去抱着克萨的脖子欢呼了。但现在的她只能扶着克萨勉强走到工作室，戴上目镜仔细端详盟战沙盘，确实有什么东西不一样了，不只是信息规模。

克萨打开微机，对沙盘进行了一些操作，然后朝路予恕微微点了下头。

"希儿？"

"我在，路小姐。"沙盘中希儿所在的红点稍亮了一些，她的实体正放在沙盘的一角，与某个接口连接。

038

"卡维尔，你在吗？"

"我在，路小姐。"代表卡维尔的蓝点闪了闪。

于是路予恕犹豫着问："沙盘……你在吗？"

"我在。初次见面，您好，路小姐。"这回答是希儿和卡维尔的声音叠加在一起，完全同步地发出的，听起来既陌生又熟悉。红点和蓝点也随之同步闪烁，沙盘中流动的各色颗粒比原来更加整齐有序，就像是一颗缓缓跳动的心脏。

路予恕和克萨对视了一眼。克萨解释道："沙盘的运行融合了两名智心副官，多重因果矩阵进化了，也产生了新的思维模式。运算能力也有提升，大约是二者之和再乘一个系数。"

"系数是多少？"

沙盘自己回答道："1.5到2之间，以后会更大，也许能到达4以上。"

"还没突破奈鲁极限。"克萨似乎有些失望，但隐藏的很好，"这已经很了不起了。恭喜你，路予恕小姐，你的计划成功了。智心副官与沙盘结合，对特定范围内的政治群体进行深入推演，这个计划确实可行，而且从未有人做到。"

路予恕心跳加速，似乎病也好了一半："成功了？真的？"连她自己都难以相信，那个异想天开的计划竟然真的能成功。毫无疑问，克萨的功劳比她更大。她轻轻抚摸着沙盘的底座，像是在抚摸一座贵重的艺术品。

克萨看着沙盘："他现在既不是卡维尔也不是希儿，你可以给他取一个新名字。"

她稍微想了想，说道："现在刚好28点了，那么我就叫你……28号吧。这是新星一天的终点，也会是时悟尽的终结。"

克萨也微微点头,于是沙盘回应道:"好的。容我提醒您,如果您把希儿或卡维尔抽离出去,我就会暂时停止工作。沙盘不会停止,但是我,名为28号的存在,会暂时停止。"

"我知道了。"路予恕点点头,要把这个新的存在和沙盘区分开,她还需要一点儿时间。

"那我们开始吧,28号。"克萨下令道,"告诉我们一些有趣的东西。"

"好的。你们知道,地星联合战线盟主暨首相时悟尽目前已离开地星去访问诸星。在这期间,内阁由财政大臣商公爵主持,地联由副盟主闻阅领导。在一些盟会看来,现在内阁和地联都稍显空虚,是个反地联的好机会。"沙盘里有几个位置同时发光,在路予恕的目镜里有更多信息弹出。

28号停顿了几秒,让路予恕消化那些信息,然后继续说道:"但实际上,这可能是时大人精心制造的陷阱。"

沙盘和智心副官一样有无限的耐心:"首先从地联副盟主闻阅说起。"沙盘向房间一侧的空地上射出一道白光,一个全息人物立像出现在那里,是个头发花白的老人,双眼无神,有酒精中毒的症状。"这个人没什么本事,酗酒好色,就是个挂名的副盟主,这几乎是公开的秘密。"

"我知道他,资历非常老,也正是他把时悟尽带进地联的。"路予恕努力回想。

"是的。时悟尽让他当副盟主,一方面表明自己知恩图报,另一方面也是不想有个厉害的二号人物,会危及自己的地位。"

"卡尔·布莱克森不是厉害的二号人物?"路予恕问道。

另一个全息立像出现在闻阅旁边,是个高大帅气的男子,看起来相当精明。"卡尔是时悟尽的首席副官和参谋,不算地联的领导层。时悟尽和他形影不离,连出访外星都带着他。卡尔对时悟尽绝对忠诚,甚至有传言说他们有更深的关系。"28号的语调已经和人类相当接近,说到最后这句甚至有些意味深长。

路予恕短暂地脸红了一下,问道:"这不是时悟尽的情人吗,基石出身的米兰小姐?"第三个立像出现,女子有一头金发,面容姣好,身材丰满。

"就是她。"28号有些狡黠地回答。路予恕翻了个白眼,做出一副"怎样都好"的表情,示意沙盘继续。

"说回时悟尽的陷阱。他出访外星之后,给内阁留下了三个难题,这是众所周知的。第一是上个月的逝水盟盟主黄宗疆遇刺案,最高法院如何裁决;第二是女性盟会万星天图的第七次提案,要增加内外阁女性议员数量,特别是内阁;第三是龙女神教邢如影大司台主张进行印无秘的公开辩论。"

克萨点点头:"这些事情我也有所耳闻,为什么说是时大人留下的陷阱?"

"我会详细说明,可能会有一些枯燥,如果路予恕小姐身体欠佳,可以先去休息。"

"我要听。"路予恕坚持。

"好。"28号开始陈述,"首先,逝水盟盟主黄宗疆被暗杀,是三个月来最大的案子。根据我收集到的信息,大概不是地联的执节秘警所为,而是逝水盟内部权力斗争的结果。"

"不会吧。"路予恕有些惊讶,"逝水盟虽然死气沉沉,但听说成员都是有荣誉感的名家耆宿,怎么会做出这么肮脏的事?"

"盟会的整体风格是一回事，但内部个体的行为是另一回事。"28号解释道，"具体的动机和手法不是关键，关键在于黄宗疆这个人，他和财政大臣商易水女公爵关系复杂。几个月来，地联一直逼逝水盟表态，盟主黄宗疆一直拖延，全靠商公爵替他撑腰，地联才没有进一步动作。但逝水盟里有人坐不住了，暗杀了盟主。可以说他的死也是与地联对抗的结果，而且时大人没有脏了自己的手。这也是对商公爵的一个打击，摧毁了她在栋梁集团的一根支柱。再来看冰面下更深层的关系，时大人早就想把商公爵赶出内阁，但是老贵族势力不允许，方-夏家族被铲除和古家族的削弱已经是贵族势力最大的让步，无论如何不能允许商家族被无故打压。"

路予恕这才知道，恒国的贵族势力还没有完全失势，他们出让了一部分权势，出卖了许多朋友，也是为了保住剩下的果实。而且如果她猜的没错，恒国的百姓也有一部分依然心向贵族，只是没有站出来呐喊。

接下来，28号又从黄宗疆案说到首席大法官的纠葛，这就牵扯到了第二个难题，女性盟会万星天图提议增加内外阁女性席位数量，呼吁让消失数月的曲犹怜出任首席大法官，商公爵的地位也再次受到动摇。

"为什么，商公爵不是内阁唯一的女性成员吗？"路予恕真的不明白了，"万星应该支持商公爵啊。"

28号解释道："商公爵虽然是女性，但不是女性主义者。万星早就看她不顺眼，她们希望把商公爵赶出内阁，以换取三个女性内阁大臣席位。"

"商公爵可是财政大臣，内阁三重臣之一。"路予恕惊道，

"如果地联让出三个虚职，就能把财政大臣换成自己人的话，大大有赚啊。啊，我想起来了，万星打着女性盟会的旗号，其实也是时大人的走狗。"

"这样说也不准确。"克萨说道，"万星天图确实曾大力支持地联，也迅速扩张，甚至一度被视作地联的女性分盟。但后来她们对地联越来越不满，想要脱离地联。只不过看来是假的。"

"是真的。"28号说，"万星天图确实想脱离地联，甚至有点儿偏白。现在时大人离开，地联的空虚让她们觉得时机到了。她们攻击商公爵，也是因为时大人和商公爵的不合是在冰面之下很深的层次，从表面上看，商公爵也早就是时大人的傀儡了。对不对？"

路予恕不得不承认，她确实一直是这样认为。

"所以万星不在乎赶走商公爵，而另一个原因，就要说到第三个难题，龙女神教的问题。邢如影是龙女神教七位大司台中两位女性之一，不久之前，她公开为印无秘发声，可知道，这意味着什么？"

克萨点点头："七位大司台里有三位都支持印无秘，加上印无秘自己就是四位，这样就过半了。按教义，龙女神教必须进行公开辩论。"

"这是好事啊！"路予恕兴奋起来，"公开辩论的话，印叔叔就有机会洗清罪名，时大人就麻烦了！"

28号接道："没错，但前提是印无秘必须先公开表态，那么如何保障他的人身安全就至关重要了。这又跟万星天图有关。根据我破译的冰下通信，万星向邢如影提出，由她们出面确保印无秘的人身安全，条件是邢如影加入万星，万星会把她推入内阁，出任空置已久的信仰与宗教大臣。"

"有点儿复杂……"路予恕扯了扯鬓角,"不是挺好吗,大家都是反地联的朋友,就应该合作啊。"她想起邢如影大司台,今年已有六十多岁,是个相貌丑陋,右手畸形的老太太,而且一直拒绝通过手术治愈,更不屑整容。所以一部分人视她为偶像,另一部分人骂她是老妖婆,是龙女神教之耻。

"没这么简单。"28号说,"万星天图对邢司台的感情非常复杂,有些成员无比崇拜她,想把她推举为女性主义的先锋,甚至出任万星的盟主。但更多成员则想要保持现状,但是尽可能地利用她。反观邢如影,似乎不愿跟万星合作,一直保持距离。但这次时大人出访之后,万星有了新的筹码拉拢邢司台,这又与我们最开始提到的地联副盟主闻阅有关。"

"是什么?"路予恕摇摇欲坠,勉力支撑。

"万星得到一个消息,说闻阅在私人豪宅大办淫乱聚会,奸淫多名少女,又以重金封口。"

路予恕胸口大震,年轻的她无法想象位高权重的人竟会这样胆大妄为:"畜生!一定要把他……这是扳倒地联的机会啊。"

"万星天图也是这么想的,她们提出和邢司台合作,把闻阅绳之以法,就是她们新的筹码。"28号冷静地说,"但时大人一直派人帮闻阅做善后工作,还有新闻管制,所以到现在也没有真凭实据,连传言都少到不成气候。邢如影一直痛恨闻阅,但她同样不信任万星天图,所以双方还在互相试探。"

克萨问道:"时大人为什么不早早踢掉闻阅,以绝后患?不会真的是为了报恩,就甘冒这么大风险吧。"

28号沉默了一会儿才回答:"根据我的计算,时大人确实是为了报恩。这个人虽然一向行事果断,冷酷无情,但是在对待闻阅的态度上,确实有些反常。人类就是这样,就算建立起完整的性格模型,能完美解释他99%的行为,也会留下1%的古怪。路予恕小姐最好也记得这一点。"

"唔……"路予恕只觉得头晕脑胀。她终于明白自己确实太小看政治这座大房子,里面的每个人都是复杂的个体,头脑精明自不必说,目的和手段更是千奇百怪,远比自己设想的复杂。强如克萨也只能参悟其中很小的一部分,只有28号这样的智心算力才有希望统筹计算出更多东西。

28号停顿了一会儿才继续说:"总之,这三大难题共同卷起了一场女性的风暴,以商公爵、万星天图和邢如影为核心,内阁、逝水盟和龙女神教都被卷入其中。但根据我的计算,有几个微小的变量不太自然,像是有人在背后操控,我还没有彻底查明,但78%的可能性是时大人。所以我才说,时大人看似出访外星,实际上非常高明地精确操控着一切,把这三大难题变成了陷阱,连闻阅这个软肋也成了他的诱饵。最终推演的结果还需要一点儿时间计算,但获益的很可能还是地联。"

"置身局外,轻挑慢拨。五国军棋里……确实有这一着。"路予恕勉强说出这句话,再也支持不住,整个宇宙忽然扑面而下,笼罩住她。

路予恕再次醒来的时候,已经是第二天上午13点多。她感觉似乎好了一点儿,但当她准备坐起来的时候又推翻了这个想法。

克萨一如既往地迅速出现:"饿了吧,我给你做了点清淡的东西。"

"多尔红毒椒？"

"伊甸碎肉粥，加了点小香蒜提味。"克萨闪身让餐车自动开进卧室，"我知道你想问什么，28号还在工作，耐心等吧。但是现在有另一盘游戏，我觉得你需要了解一下。"

"什么？"路予恕刚端起粥碗。

"咱们之前谈好的那家沙盘公司，记得吗？给你的同学们发钱的那家。"克萨确定路予恕想起来之后才继续，"他们说不做了。"

"不做了？今天突然提出的？"路予恕皱了皱眉，第一反应是这不是什么大事。那桩买卖本来就是她笼络沙盘社成员的一个手段，与她的大计相比微不足道。但是克萨既然郑重地提出这件事，一定有他的理由。

"你也许觉得这是件小事，再换一家公司合作就好。"克萨摇摇头，"换一家恐怕也不行，再换一家还会是相同的结果。"

"有人在背后搞破坏？"路予恕敏锐地察觉到，"初奶奶她……"

"你的第一反应很耐人寻味。"克萨微笑着说，"这家公司就是看在副盟主份上才跟我们做这种小买卖。如果副盟主想要叫停，她会和我说，也可能直接和你说。"

"那么，是初奶奶的敌人？"

"接近了。"克萨拿起餐车上的水壶和杯子，倒了一杯嫩叶水，"接下来这些话，不是我应该跟你说的。如果副盟主问起来，不要把我卖了。可知道，星元统合会很大，内部结构很复杂。做的事情无非合伙搞政治、搞钱。但是人多了，生意大了，明争暗斗必然少不了。所有大盟会都是如此，而且星统会是七族盟,你能想象,这盘烧脑的大棋值得你再做一个沙盘……不,当然不用真做。"

路予恕无言地喝了一口粥,味道超乎想象的好,但是她无法细细品味。她本以为新星人比地星人单纯,特别是天芒星人和摩多尔星人。但是仔细想想,每多一个星族加入进来,事情就变得复杂一些。最后把七族塞进一口锅(幻星俗语:锅里的肉不能太多),这不就是一个微缩的六星宇宙?真要做成沙盘的话,几个智心副官都不够用。

路予恕边喝粥边朝克萨抬了下眉毛,示意他继续说。

"老盟主要快退位了,新任盟主就从三个副盟主里选。初六海的支持率目前排第二,第一是幻星人维兰。他们两个斗了十年了,从某种程度上说也是朋友。直说了吧,这次的事就是老维兰搞的,或者是他手下的某个人。"

"我们斗不过他们?"路予恕问道。

"当然斗不过。"克萨毫不犹豫地说,"能做到副盟主,没有等闲之辈。老维兰手下能人不少,比我能干的至少有五个。他只要有一个念头,自然有人替他办事。"

路予恕叹了口气:"唉,看来也只能忍气吞声,再想别的办法吧。他为什么要对付我们?只要是初奶奶支持的,他都反对?"

"那倒不是。"克萨似乎在想从哪儿说起,"你可知道初副盟主为什么帮你这么多忙?"

"廉爷爷的面子?"路予恕其实也想过这个问题,"还有我爸爸的关系?"

"都有。但最重要的是,她想在你和路予悲身上赌一把。"

"赌什么?我们才十几岁。"路予恕疑惑地说,"难道她也想利用我们逼爸爸做什么?"

克萨摇摇头:"这里是新星,那样行不通。我也不知道她赌了什么,我只是猜测,她看到了一些我们没看到的未来,而你和路予悲将扮演关键角色。你们能成功,她就能多一些筹码。而维兰也是看到了这一点,才会施加阻力。我相信他已经在全方面监视我们,你最好祈祷他不要知道28号的存在,否则后果难以设想。"

路予恕静静地喝完粥,又盯着空碗看了好一会儿,才缓缓说道:"谢谢你。"

"又不是第一次给你做饭了,味道可还行?"

"很好喝。我是感谢你给我的暗示,初奶奶其实也是在利用我,拿我和大蠢蛋当政治筹码,对不对?如果我们让她失望,她随时可能把我们交给外警,对不对?"

克萨没有说话。

"你不用回答,我懂。但是,初奶奶把你借给我,就凭这个,我愿意帮她。她是不是真的喜欢我、看重我,女神在上,我根本不在乎。你说维兰手下有五个比你能干的人,我才不信。"

克萨苦笑了一下,似乎拿路予恕毫无办法。

路予恕拉起克萨的手:"而且我有一种感觉,就算初奶奶放弃了我们,你也不会让我受到伤害的。对不对,米迪?"

克萨的微笑瞬间消失:"你叫我什么?"

路予恕没有回答,似乎有点儿被吓到。

"你在哪儿看到这个称呼的。"克萨追问,随即说道,"啊,是卡维尔。你有了主权,翻看过卡维尔的领地?哼,我还以为沐博士的女儿会更有教养。"

路予恕满脸通红:"对……对不起,我实在太好奇了。"

克萨沉着脸没有说话。路予恕第一次看到他这样生气，但还是强迫自己追问下去："是你太太吗，叫你米迪的人？"

克萨呆呆地望着地板，脸色似乎有所缓和，过了好一会儿才不易察觉地微微点了下头。

路予恕决定追问："那么……她……"

"她死了。"

虽然路予恕早就想到了这种可能，此时听克萨亲口说出来，还是不禁低下头："对不起。"

克萨没有说话，只是呆呆地盯着地板。路予恕还是第一次看他如此哀伤。想必那是他埋藏已久的伤痛，现在又被路予恕挖了出来。

"我的本名叫米尔达·克里加尔。"克萨说道，"虽然不是什么大人物，但大部分信息已经冰封，你可以查查看。"

"我不想调查你。"一阵头晕袭来，路予恕小声说，"你生气了吗？"

"没有。"克萨面无表情地说，"沙盘有重大突破的这个关口，你有不信任我的理由。而且我也没有什么必须隐瞒的，只是我不喜欢提起那些事。"

路予恕此刻心里只有悔意。既然克萨的太太去世了，他当然不愿意提起那些伤心的事，自己为什么非要问到底？

"我没有不信任你。"路予恕的声音很虚弱，额头上沁出了汗珠。几个月的朝夕相处，她已经把克萨当成最好的朋友，最重要的伙伴，也是最强大的骑士。她可以毫无顾忌地激怒路予悲，却无论如何也不想惹克萨不快。她觉得头脑昏沉，胸口憋闷，最后竟然呜呜地哭出声来，焦虑、病痛、恐惧、自责，甚至是对父

049

亲和故乡的思念，压抑了一年的情绪都一股脑发泄出来。她放下了伪装的坚强，哭得像个单纯的小女孩。

克萨默默地坐到她身边，轻轻拍拍她的背，又塞给她手巾擦泪。他无声地叹了口气，似乎不知道该拿这个小女孩怎么办。他轻抚了一下女孩的长发，又缩回了手。

"我没有怪你。"克萨简短的五个字，似乎确实让路予恕好了一些。但还是过了足足5分钟，她才渐渐安静下来，改为小声抽泣。

"我没有怪你。"克萨又重复了一遍，"我知道，我身上有很多可疑的地方，都没有给过你足够的解释。换成是我，也会对这个来路不明的家伙感到好奇、戒备。我以为你会问副盟主，但是我忘了你有多倔强。你是我见过的最优秀的女孩，也是最特别的。"

男人不失时机的称赞，确实让路予恕好受很多。她边擦眼泪边说："是最古怪的吧。"

"多少有点儿吧。"克萨笑道。

两人沉默了一会儿，空气变得有些尴尬。路予恕终于完全恢复了平静，淡淡地问了一句："还有粥吗？再帮我拿药过来，我头疼。"

趁克萨去盛粥的时候，她又好好整理了一番仪表。她知道这些小心思逃不过克萨的眼睛，但没关系，她就是要让他看出来。

等路予恕喝完第二碗粥，吃完了药，克萨才说道："将来有一天，我也许会给你讲那些事，但不是现在。现在，你先好好养病。晚上我们还要听听你的新朋友怎么说呢。"

克萨话音刚落，电耳里就传来28号的声音："主人，推演完成了。"

两人赶到工作间，关上房门，戴上目镜。28号平静地说：

"必须先声明的是,我的矩阵规模还没到预期的目标,推演的可靠性也无法保证。但不管怎么说,我希望你们听听看。"

"免责声明是吧?"克萨耸耸肩,"我们懂,只要尽了最大努力就好,不会要求你百发百中。"

28号故意表现得像是松了一口气:"呼,那就好。关于恒国目前的局势,我的推演结果是,印无秘会在一个月内死亡。可能性高达73%。对这个推演结果,我表示遗憾。"

29

一周后，全校瞩目的全明星赛终于到来。如果不是因为军方的保密机制，路予恕和夏平殇也很想来旁观，连克萨都表示出了兴趣。路予悲只好答应三人，赛后会跟他们详细复盘。

最终的参赛选手名单为：红队司令官奥洛菲（幻星裔，男，四年级，王座），前锋官穆托（幻星裔，男，四年级，王座），数据官加拉德（凡星裔，男，四年级，王座），刺杀官吉科（芒格裔，女，三年级，次席），护卫官瑟斯（摩明裔，女，四年级，三席）。蓝队司令官初暮雪（地星裔，女，一年级，十一席），前锋官路予悲（地星裔，男，一年级，次席），数据官唐未语（地星裔，女，三年级，三席），刺杀官古雷（天罗裔，男，四年级，王座），护卫官魁（摩明裔，男，四年级，王座）。

五位王座全部参赛，但次席只有两人。即使如此，毕竟有这么多强者同台竞技，学员们还是兴奋异常。每一年毕业季的全明星赛都像是盛大的节日，今年更多了一大看点——路予悲能否在升入二年级之前成为王座前锋官，打破尘封八十年的纪录，重现云将军的辉煌。

"看你的气色不错。"赛前最后的准备时间,初暮雪对路予悲说,"别太执着于胜负,发挥出最好的水平就好。"

路予悲扬了下眉毛:"别忘了咱们的约定。"

"什么约定?"唐未语笑着插话,"让我也听听?"

"这个……"路予悲有点儿尴尬,"如果我们快要输了,她就靠作弊翻盘。"

"这个笑话可不好笑。"王座刺杀官古雷说道,"我固然不想输,但赢也要赢得荣誉。"

唐未语朝古雷耸耸肩:"你听说过模拟战能作弊?"

王座护卫官魁正在专注地翻看微机:"比赛胜负和路予悲成为王座是分开的两个盘,赔率也不一样。"

"你自己还参与赌局?"路予悲有些惊讶。

"为什么不呢?学院都默许了。"肤色灰白的摩明人回答,"你没选凡星数据官,所以凡星人大多不看好你。趁这个机会,我可以从凡星人手里赢不少钱。你们要不要下注?"

"好啊,我赌对方赢,五十尼克。"唐未语对上路予悲疑惑的眼神,"这叫风险对冲懂不懂?如果我们输了,至少还有钱拿。"初暮雪则摇了摇头,表示毫无兴趣。

"完全不紧张?"古雷问路予悲。

路予悲深吸了一口气,又缓缓呼出去:"有一点儿。等真正打起来,就感觉不到了。"

"了不起。"古雷赞许地说,"我在一年级的时候,心理素质没这么强。"

"你现在也没有。"魁说道。

"天莱抛弃你吧。"古雷骂了句天芒星粗口,他们是老朋友。

"啊，梅梅登场了。"唐未语说道。

路予悲一愣："梅梅？"

全明星赛的赛场是学院里最大的场馆——莫里克场馆，这个名字是为了纪念学校的创办者之一。

赛场中央硕大的礼仪台向两侧延伸出十条浮空道，两支小队即将使用的十台零重力真空舱整齐地摆放在十条浮空道的尽头。周围的看台上已经坐满了学员和教官，还有一圈悬浮在空中的环形看台，坐着几十位星卫军的军官，特地从军队赶来观看全明星赛。其中名气最大的自然是太空军参谋长卡契拉中将，他是德米尔院长的旧识。这位芒格人将军毛色棕黑，目光坚定有力，长得极有威严，作为议员也颇有分量。德米尔院长坐在老友旁边，正小声跟他说着什么。

赛场中央，两名主持人在欢呼声中登场了。

其中一位高个子幻星女学员先开口了："大家好，我是本次全明星赛的主持人，三年级的梅尔迪莎。"看台上的幻星学员都热烈鼓掌。虽然幻星男生不会爱上同龄的女生，但梅尔迪莎以其美貌和身材还是赢得了幻星学员的一致青睐。艾洛丝也挥舞手臂，用幻星语大声叫好。三名队友不由得侧目而视，他们很少看到队长这副样子。

"我是比赛解说，数据官教官多多里。"这位小个子凡星女教官顶着一头黄色乱发，一副没有睡醒的样子。凡星学员们都把双手拢到嘴边，发出与他们身材不相符的隆隆响声。

"多多里教官很厉害。"卡卡库也向队友们介绍，"别看她平时没什么精神，说话也慢条斯理的。但是一进入状态，语速绝对是全校第一，你们等着看吧。"

主持人梅尔迪莎介绍完了双方阵容，补充道："众所周知，今年的全明星赛还有一个额外的看点，就是一年级的路予悲同学，能否凭借这一战登上王座！"学员们大声鼓噪起来，和初耀云交好的人却发出阵阵嘘声，场馆内顿时一片混乱。

"请大家安静一下！"梅尔迪莎不得不维持场馆秩序，"那么多多里教官，您怎么看待路予悲对穆托的挑战呢？"

多多里说道："单论前锋官的实力，我认为二人相差无几，所以今天的比赛结果还要看他们的队友。从阵容上来看，红队有三位王座，一位次席和一位三席；蓝队有两位王座，一位次席，一位三席，一位十一席，对，就是司令官初暮雪。这样看来蓝队的阵容弱于红队。所以我大胆预测，路予悲能否挑战成功，初暮雪才是关键。"

初耀云坐在看台上不安地动了动，脸色不太好看。

"感谢多多里教官的分析。"梅尔迪莎接道，"初暮雪也是一年级学员，实力相当不俗。同为司令官，我个人还是很喜欢她的，真。而且这届全明星赛竟然有两位一年级学员参赛，也是校史上的第一次。"

"是的。我还要补充一句，即使蓝队赢得了胜利，但如果路予悲的表现明显不如穆托，他也无缘登上王座。"多多里犹豫了一下，还是说道，"不妨说，我认为路予悲想要挑战王座，还是早了一点儿。"大部分学员也抱有相同的想法，纷纷点头。

"好了，现在让我们欢迎两队的队员入场，比赛马上开始！"

走上礼仪台前，路予悲问初暮雪："他们说你是关键呢。怎么样，你也会紧张吗？"

初暮雪冰冷的目光直视前方，小声对路予悲说："陪审团的加纳比他们如何，我紧张过吗？"

"失礼了，失礼了。"路予悲轻快地笑道，"好了，让我们联手赢下比赛吧。"

"好的，比赛已经正式开始！"梅尔迪莎兴奋地喊道，声音响彻全场。

整个场馆的灯光暗了下去，场馆中央上空浮现出战场的全息影像。所有观众瞬间沉浸在黑暗的宇宙中，点点星光散布在四面八方。随着几位观战裁判的镜头切换，全息影像也会随之转换，置身其中的观众会产生瞬间移动的感觉。好在无论学员还是教官或是军官，都经受过大量专业训练，不会因为这种场景转换而目不暇接或产生眩晕感。更高的地方还有四块光子屏幕，用来展示选手们的第一人称操作视角。

"本次比赛的用图已经揭晓，这片宙域接近小行星带，还有两小片坟场，是比较危险的。我们先跟随红队的视角，前锋官穆托沿赛场正中前进，护卫官瑟斯派出四艘侦察舰，侦察路线还算比较常规，会不会探测到蓝队的踪迹呢？"梅尔迪莎介绍，多多里则保持沉默。在比赛前期，解说的工作比较简单。

穆托操控的三十二艘前锋舰无声地驶过场馆上空，压迫感十足；旗舰三角远远跟在后方；次席刺杀官吉科的刺杀舰已经与黑暗融为一体，但为了能让观众看清，系统贴心地加上了白色轮廓。

半分钟后，红队的旗舰三角也驶过这片星域。敏锐的多多里教官看出了一丝异样："位置有点儿靠前，有点儿像突进三型，又有可能会转为旋转阵。奥洛菲是一位非常擅长变阵的司令官，他的这一安排一定有后手。"

"不愧是多多里教官。"梅尔迪莎钦佩地说，"啊，旗舰三角平移了，这次我看出来了。"

"果然是旋转阵型。"多多里教官解释道，"他们让穆托走中轴线，旗舰三角跟在后面，以穆托为中心向58区方向旋转，就像是一个陷阱，比较克制一些极端阵型。"

"比如初暮雪用过的行星阵型。"梅尔迪莎说道，"我还记得那场比赛。啊，现在回想起来还是觉得很厉害。可惜初暮雪在那之后就没有更加精彩的表现，否则现在绝对是前十席司令官了。"

"那次有侥幸成分。"多多里教官毫不留情地指出，"如果当时路予悲小队经验稍微丰富一点儿，就不会被打得那么被动。"

看台上的索兰和休毫无反应，艾洛丝和卡卡库却都羞愧地低下头去。好在赛场一片黑暗，没有人发现他们的异样。

"啊，红队的侦察舰探测到了舰影，但是有点儿奇怪啊。"梅尔迪莎有些疑惑地说，"竟然直接探测到了路予悲的前锋舰群，他怎么会在那个地方？啊，探测舰被消灭了。"

"蓝队竟然采用边缘推进，大概是为了避开穆托的锋芒。"多多里教官说道，"看来初暮雪的压力太大了，想借这种方式延迟交火。但是高手过招，这点小把戏是没有用的。"

看台上的学员们也开始窃窃私语，场馆中像是进了一百只摩多尔星响翼虫。

红队也马上做出调整，全军开始迂回，准备从后方袭击蓝队。

但5分钟过去了，双方还是没有正面接触，学员们越发不满，说话声也越来越大。

梅尔迪莎无奈地说:"多多里教官,我们要不要切换到蓝队视角,看看路予悲他们到底在做什么?"

"不,就保持红队视角。"多多里盯着全息影像不说话,表情却凝重起来,"不简单,初暮雪不简单。"

"啊,您这话是什么意思?"梅尔迪莎有些蒙,全场观众也安静下来。多多里刚刚还对初暮雪评价不高,现在两队兜了5分钟圈子,没有开一炮,为什么多多里突然说初暮雪不简单?

"这5分钟虽然没有明面上的交火,但是双方的数据官和司令官已经在暗中较量了。"多多里解释道,"要知道,红队的数据官可是王座加拉德,我是他的专属教官,对他非常了解。他在比赛初期的信息收集和计算能力非常可怕,仅凭很少的信息就可以准确预判到对方的阵型和位置。"

"我明白了。"梅尔迪莎说道,"您的意思是说,加拉德这么长时间没有抓到蓝队的踪迹,可以说明初暮雪的反侦察能力和调度能力很高明?"

"是的,我们再等一等,我估计2分钟内一定会交火。"

又是5分钟过去了,红队变换了几次搜索方式,还是没有捕捉到蓝队的影子。但观众反而不再不满,因为每个人都看出,战局已经越绷越紧。蓝队很有可能又是密集阵型,一旦打破局面,就将是雷霆万钧。

"看来唐未语的计算力也很强。"多多里说道,"能隐藏这么久,说明她和初暮雪的配合相当不错。"

"对吧对吧,未语超厉害的!"梅尔迪莎和唐未语的关系人尽皆知,所以她这样说也没人觉得奇怪。

"她们两个应该只合练过几次而已,配合度竟然这么高。红队的奥洛菲和加拉德是同期的新芒,四年下来已经很默契了,这也是我更看好红队的原因之一。啊,要来了!"

终于,在比赛开始后10分钟,双方才进入正面交锋阶段。路予悲的前锋舰群突然出现,向穆托发动了第一轮攻击。

"漂亮的一波攻势!"梅尔迪莎喝彩道,"可惜距离太远了,穆托虽然被动,但未损一舰,不愧是王座前锋官!"

"这是挑衅。"多多里也吃了一惊,"路予悲没有认真攻击,而是在表示他并不惧怕穆托。穆托向后撤退,咦,旗舰好像也有动作。接下来的阵型可能有四种变化,让我看看……"

"路予悲追上来了,这次是要出全力了吗?"梅尔迪莎兴奋起来,"我们都很期待看到路予悲控舰的本领。场上裁判,请切换到路予悲的视角。"

四块大屏幕上同时出现路予悲的第一人称视角,但观众同时发出一声失望的叹息。原来路予悲此时根本没有发力,正不慌不忙地调整着前锋舰的位置。

"啊,穆托打出两道厄尔光束!被路予悲轻松避过。"梅尔迪莎不无失望地说,"怎么回事,又拉开距离了,双方好像都在试探?"

"不是试探,而是在等待。"多多里说道,"穆托拉开距离,是在等队友的阵型调整完成,我猜可能是双前锋阵型。"

"双前锋?"梅尔迪莎大吃一惊,"我还从没见过呢!这种阵容据说在军队里也非常罕见,学员怎么可能用得出来?"

"王座前锋官加王座司令官的话,也许可以。"多多里也有点儿兴奋起来,"很多同学可能不知道,双前锋就是司令官也远程操控一部分前锋舰参与正面战场。换句话说,你可以认为是前锋官拿司令官当智心副官来用。"

"也就是牺牲后方指挥,加强前方攻势?"梅尔迪莎犹豫着说,"这也太冒险了吧。我也是司令官,操控前锋舰也勉强能打。但那样一来少了指挥调度,也没有战术变化,不就等于让小队成员各打各的?而且对方的刺杀官也太容易得手了吧。"

"问得好,这些问题我一会儿再回答,奥洛菲的旗舰分离了影舰,果然是要进入双前锋模式了!先来看红队的这波表现。"

多多里话音未落,红方前锋舰群已经开始反扑,而且灵活度大幅提升。路予悲的前锋舰群也迅速后撤,暂避锋芒。裁判把司令官奥洛菲的视角投放到大屏幕上,观众发出齐声惊呼——这位王座司令官虽然还身处旗舰,但已经开始远程操控前锋舰,而且有板有眼,不仅熟练地下发脚本指令,而且手速快到可以控六艘舰,这让相当一部分前锋官学员都自愧不如。

很快,路予悲损失了两艘前锋舰。多多里教官说道:"看到了吧,双前锋阵型可以让火力翻番,但司令官必须足够优秀。可知道,军队里有一些优秀的司令官,之前就是做前锋官出身的,比如尊敬的卡契拉中将。"

浮空看台上,德米尔院长和卡契拉中将小声交换着意见,似乎对奥洛菲赞誉有加。

"太厉害了!"梅尔迪莎由衷地赞叹,"果然两位王座的联手让人大开眼界。大家看,穆托也在配合奥洛菲布阵,马上就要对路予悲发起两倍火力的攻击了!多多里教官,蓝队可能会怎样应对呢?"

多多里没有回答,只是疑惑地看着全息影像。此时场景已经切换到路予悲这边,初暮雪的旗舰似乎也有反常举动。

"不会吧。"多多里嗓音有些沙哑,"如果我没看错的话,蓝队也要双前锋?"

看台上响起一片稀疏的笑声。

梅尔迪莎也有些尴尬地问:"这个……初暮雪能这么快洞悉红队的阵型,眼力相当不错。但是现学现卖的话,怎么可能……"

此时,大屏幕上显示出初暮雪的操作视角,学员们再次哗然。她果然也开始远程操控前锋舰,虽然只有控四舰的手速,但是同时还在给旗舰下发指令,似乎还在保留实力。

"不像是现学现卖。"多多里终于有些兴奋起来,"双前锋绝不是可以现学现卖的阵型。只有一种可能,他们也是早就制订好了这样的计划!"

"对方是两位王座,而他们俩才一年级啊。"梅尔迪莎表情迷惑地说出了很多学员的心声,"这是怎么回事?"

"他们不会是要启用副官参战吧?"学员看台上,卡卡库问艾洛丝,"初暮雪也有副官,如果参战的话确实可以当半个前锋官用。"

"不会的。"艾洛丝摇了摇头,"你忘了吗,前几天他们就已经声明,根本不带副官进舱,所以对方也做了同样的声明。"

"这个我当然知道。"卡卡库说,"我只是在想,这会不会也是一种战术,先骗过他们,然后出其不意地……你干吗这样看我?那可是初暮雪啊,她有什么事干不出来?"

终于,双方的前锋舰群像两团星云碰撞在一起,开始大规模交火。突然之间四面八方全是激光和飞弹,六十四艘前锋舰在缤纷的弹幕中起舞,观众也沉浸在绚烂的全息影像中。双方都是双前锋模式，前锋舰的灵活度和战斗力都有巨大提升，观赏性也提高了很多。梭形舰船时而盘旋追逐，时而和敌舰高速擦身而过，每一秒都惊险，每一处都刺激，毕竟是四个前锋官在生死混战，其中两个是学院里顶尖水平。

多多里的双眼尽量捕捉有用的信息："火力强了一倍，但战损反而慢了。现在红队损失了两舰，蓝队损失四舰，僵持住了！啊，蓝队又损失了一艘。我猜得没错，初暮雪才是关键，她到底能不能撑起这个战术，现在还很难说！"

"怎么样，被我说中了吧，他们果然也是双前锋！"路予悲一边酣战一边通过私人频道朝初暮雪喊话，"你也该兑现承诺了吧！"

"好吧，愿赌服输。"初暮雪叹了口气，连眨三下眼睛，关掉了双眼的智心瞳，露出了她真实的冰晶双眸，柔和而专注。

五天前，蓝队第一次配合训练时，路予悲就提出了双前锋战术。不出意料地，四名队友都或多或少地表示了反对。但是在路予悲耐心地解释了一个小时之后，其中三人竟然被说服了，不得不承认路予悲的战术有其道理。

"不管怎么说，我需要看看二位女士的实力，才能判断这个大胆的战术到底能不能执行。"王座刺杀官古雷说道，话中带有天罗人的傲气。

"没问题。"路予悲替初暮雪和唐未语接受了。

初暮雪把路予悲拉到一边，小声问他："你到底在想什么？"

"你不是当过前锋官吗？"路予悲神秘地一笑，"以你的三速，这个战术没问题吧。"

"可以是可以，但你知道，智心瞳会限制……等等，你不会是想让我关掉智心瞳吧?"初暮雪面无表情地说。

"正有此意。"路予悲并拢双手,低声下气地说,"拜托了拜托了。放心吧,舱里的记录仪不会拍到你的眼睛。"

"我知道。"初暮雪皱着眉,"但是我不喜欢出风头。"

"这场比赛对我来说很重要。"路予悲只好打出感情牌,"你就当帮我一个大忙了,好不好?"

"我已经在帮你了,否则根本不会站在这里。但是说到底,为什么非要用双前锋?"

"我说了,因为穆托很可能会用这个战术,我实在想不到更好的破解方法,只能硬碰硬。"

初暮雪还是不太相信:"这场比赛你们两个前锋官是主角,肯定会选择最能体现自己实力的战术吧。双前锋战术不是恰恰相反吗?风头会被司令官抢走一些。"

路予悲说道:"我研究过穆托的战斗影像,他不喜欢个人表演,经常主动寻求队友合作。而且我也研究过穆托这次的队友们,特别是奥洛菲。我觉得他们用双前锋的可能性高于80%。这样吧,练习的时候你先不关智心瞳,只要让古雷和魁满意就行。到了比赛当天,如果对方真的用了双前锋,你再关掉智心瞳,帮我赢下比赛,怎么样?"

初暮雪思考了一会儿,勉强点了点头。

于是五天后的比赛现场,路予悲一见对方果然采用双前锋战术,不由得大为得意。唐未语笑着说自己要输钱了,古雷和魁也深深钦佩路予悲的头脑。初暮雪也只好按照约定关掉智心瞳,第一次在学院模拟战中展现出无明眼的瞳速。

"漂亮，穆托又击毁一艘蓝队的前锋舰！"梅尔迪莎激情地解说着，"27比23，现在红队领先四舰了，双王座的配合果然强大，蓝队越来越不妙了！"

多多里教官已经从刚才的激动中恢复平静："路予悲和初暮雪选择双前锋战术确实值得敬佩，但是赛场上最终还是要靠实力说话。从大屏幕上我们看到穆托已经在控七舰，奥洛菲也持续着控六舰的高水平。"

"路予悲开始撤退，好像是要调整。穆托没有追击，打得好稳啊。"梅尔迪莎说，"那么蓝队会寄希望于刺杀翻盘吗？"

全息影像切换到红方旗舰三角区，三席护卫官瑟斯布下的太空水雷堪称完美，她在护卫官圈子里被称作"水雷女王"。蓝队的刺杀官古雷虽然是天罗人，但并没有像索兰那样选择黑翼的道路，而是驾驶常规刺杀舰。此时他正在耐心寻找瑟斯的破绽，但这场矛与盾的较量需要相当长的时间。

多多里解释道："看，红队因为有瑟斯和加拉德这两员防守大将，才敢让奥洛菲去打双前锋。即使对方有古雷，也难以击破加拉德和瑟斯的防线，只能眼睁睁看着己方的前锋舰群被逐步蚕食。真是完美的战术。"

"那么蓝队为什么也敢打双前锋呢，旗舰很容易被吉科刺杀啊。"梅尔迪莎说道。全息影像随即切换到蓝方的旗舰三角区，全场顿时又响起一片议论声。

"咦，蓝方的旗舰竟然在走位，初暮雪明明在操控前锋舰啊？"多多里诧异地说。

这次是梅尔迪莎先发现了答案："是唐未语在操控旗舰，也就是数据官易位！未语虽然是数据官，但是做司令官也很厉害！"

"原来如此。"多多里点点头，"司令官易位之后，数据官竟然也易位。而且唐未语走位好快，护卫官魁也配合得很好，应该也接管了一部分数据工作。也就是说，蓝队的五名队员有三名都做出易位！这种打法真是既有新意又大胆！想法虽然好，但前锋战场打不赢的话，就会一败涂地。"

随着多多里的解说，全息影像切换到正面战场，此时双方前锋舰的数量已经降至24比18。

"落后六舰，前锋战场的结局已经没有悬念了，差距只会越拉越大，路予悲再厉害也无力回天了。但我还是想说，初暮雪的发挥已经相当不错，我们无法对一个一年级司令官要求更多了。"多多里教官带头鼓起掌，梅尔迪莎也加入进来，最后全场都响起了温和的掌声。

看台上，麦迟霜问身边的初耀云："你姐姐当前锋官也很不错啊，是你教她的吗？"

初耀云冷冷地哼了一声，没有说话，因为事实恰恰相反。

浮空看台上，卡契拉中将微微向前探身，似乎注意到了什么，表情也第一次起了变化。

看着前锋舰群混战的全息影像，主持人梅尔迪莎犹豫着问："多多里教官，我怎么觉得，蓝队的前锋舰好像有点儿快啊，是我的错觉吗？"

多多里一愣，仔细看时确实如此。她说道："高水平的前锋官确实会加大推进功率，但需要在赛前跟教官申请。我记得穆托的前锋舰就能加推20%，但是他很少使用，因为会极大增加控舰难度和身体负担。"

"现在加推的好像是路予悲。"梅尔迪莎疑惑地说。

"让我们看看路予悲的主视角。"多多里说道,"果然是控七,很稳,了不起的技术。而且推进功率提高了10%。原来如此,路予悲也跟教官申请过加推,看来现在是想孤注一掷,靠加推来反败为胜。啊,加到20%了,看来他带了备用燃料。"

"而且穆托也发现了这一点,也加推10%了。"梅尔迪莎有些兴奋地说,"看来他们要用出全力了!"

多多里盯着全息影像看了一会儿,突然凝重地说:"看一下初暮雪的主视角,快!"

大屏幕上第二次显示出初暮雪的操作界面,所有观众都紧紧盯着她的每一步操作,费尼和武千鹤等几位排名靠前的前锋官都坐直了身子。

"这帮蠢材终于发现了。"初耀云冷冷地说。

"发现什么?"麦迟霜问他。初耀云没有回答,只是自言自语地说:"竟然肯为他做到这个地步……"

"六舰。"多多里教官的声音有些异样,"初暮雪居然也可以控六舰。虽然瞄准精度略有不足,但是这个闪避走位……"

"她应该没有数据支持啊?"梅尔迪莎问道,"未语正在全力对付吉科,魁也一样。在这种情况下怎么可能做到这样灵活的闪避?"

"看刚才那一下,是准确预判了弹道!啊,这一下也是极限闪避,太凶险了!"多多里再次兴奋起来,语速明显变快了,"我低估了初暮雪,她的控舰水平相当高明!21比16,差距已经在缩小了,胜负还很难说,要看哪一方先到瑞玛界限!"

"瑞玛界限是什么?"索兰还是第一次听说这个词。

卡卡库回答道:"前锋舰的最大控舰数乘以战劳系数,就是瑞玛界限。在前锋舰减少到这个数量之前,前锋官的实力都是饱和发挥。"

"而降到这以下,前锋官就发挥不出最高水平了。"索兰明白了。

艾洛丝点点头:"这是摩明人瑞玛少将提出的理论,因此以他的名字命名。"

解说员多多里教官也语速飞快地说道:"路予悲控七,初暮雪控六,现在他们俩的战劳系数大概是零点七五,也就是说瑞玛界限是十艘。穆托和奥洛菲的瑞玛界限也差不多。所以双方在十艘舰以上都是饱和发挥,领先方的优势有限。但先减少到九艘的那一方,恐怕就无力翻身了。"

随着双方的前锋舰数量减少,战况似乎不如刚才那般激烈,但是每个观众都知道,从现在开始才是胜负的关键。到底是穆托能够保持住优势,还是路予悲能够翻盘,靠的不是别的,正是实打实的硬实力。

初暮雪还在循环操控六舰,在她控制下的前锋舰如舞蹈一般翻飞,但开火的频率也随之降低了。

"看来初暮雪也发现自己的准度不足,想通过闪避能力弥补。而且她作为司令官其实还身处旗舰上,不像前锋官有本舰的操控感反馈,所以攻击上确实有先天劣势。"多多里的声音越发急促,"等一下,路予悲好像又变快了!我们看一下……什么,推进功率提高30%?"

短暂的寂静后,看台上再次一片哗然,连梅尔迪莎都惊讶得忘了维持秩序。军官们也开始窃窃私语,卡契拉中将小声向德米尔院长询问着什么,德米尔院长点头回应。

"加推30%不是不可能，但是他能不能控制得了才是关键！"多多里的语气有些不确定，"学院里上一位能加推30%的前锋官可能要追溯到十几年前。据我所知，军队里能够达到这种程度的前锋官也非常有限！"

"太快了，这真是太快了！"梅尔迪莎的声音在赛场内的一片嘈杂中变得有些模糊，"而且路予悲……开始控八舰了。这个速度……已经有点儿……呃……我觉得有点儿晕。"

"晕只是一方面。"多多里说，"在这种推进力下，每一次加速减速都是一种折磨。而且他居然没有加大转向半径？"

不少观众和梅尔迪莎有同感。在推进器加推30%的情况下，路予悲眼前的宇宙景象变换得异常剧烈，转向、翻滚、急停、再启动都比平时更快。零重力舱也很好地模拟出操控反馈，路予悲的身体承受着巨大的压力，眼球疼得像是要被按进大脑里。

"咱们上次训练时，他还只能加到23%啊。"卡卡库惊讶地说，"这才过去一周而已，他还是人吗？咦，我好像问过这个问题。"

"这种速度之下还能控八，也许算不得人了。"休冷静地点点头，"王牌战神，果然不假。"

"穆托也很可怕。"索兰说，"现在的路予悲，换作穆托之外的人，早就全无还手之力，只有挨打的份儿。"

多多里教官也兴奋地喊道："我明白了，他们的战术就是初暮雪靠游走闪避保存实力，进攻则全交给路予悲！你看，路予悲损失了一艘前锋舰，马上从初暮雪那里接手一艘！这两个人太厉害了，简直就是天生的双前锋搭档！"

"14比12，竟然已经这么接近了！赞美群星！"梅尔迪莎兴奋地站了起来，"让我们再抽空看一下双方的旗舰三角，都在交战中，未语这边比较辛苦，但短时间内吉科也无法得手。"

"这样打下去，无论路予悲还是穆托获胜，剩余的前锋舰都会很少。"多多里语速飞快地说，"所以这场比赛的胜利也许还是要看刺杀官和旗舰三角的攻防。但是可以确定的是，如果最后剩下的前锋舰是路予悲的，那么无论比赛的最终结果如何，路予悲都会成功登上王座！天啊，我赛前的预测可能要出丑了，难道路予悲真的能创造奇迹吗？"

"可以肯定的是——"梅尔迪莎说道，"如果路予悲真的赢了，面对这样的结果，穆托一定毫无异议！"

原本吵闹的观众此时自发地安静下来，都专注地盯着全息影像，不愿错过每个瞬间。

私人频道里，路予悲也对初暮雪赞不绝口："你关了智心瞳果然厉害，比我想象得还出色！"

"我可不会每次都这样帮你。"初暮雪微微皱眉，晶莹的双眼倒映深黑的战场和偶尔的火光，"你也别忘了替我保密，就说我是侥幸做到的。"

"哈哈，谁要是相信你是侥幸，谁就比胖头兔还蠢！"路予悲答道，"奥洛菲已经快不行了，我主攻他控的舰。你把穆托拉扯远一点儿。"

"说得容易，穆托不会轻易上当，必须再做一次交换。"

"好，交换后三舰，3，2，1，交换！"

"唔呃，你这个速度……"初暮雪皱起眉头，薄薄的嘴唇抿成一条线。交换了三艘战舰的控制权之后，初暮雪马上把速度降下来，路予悲则迅速提速，借助这个短暂的时间差，初暮雪成功引开了穆托的六艘前锋舰,路予悲则强攻奥洛菲的本舰。

"好,又一艘!"路予悲越战越勇,"9比9,追平了!现在开始降低20%推进功率。"

"哦?你竟然还懂得保留体力?"初暮雪有些意外。

"主要是保留燃料。"路予悲说道,"其实我也快到极限了,之后怕是帮不上什么忙。"

"我的体力也不够了。"初暮雪坦白地说,"接下来就看古雷的了。"

"恩,和我开战前预料的一致。"

"确实。"初暮雪点点头,"你从来没想过会输给穆托?"

"没想过。"路予悲回答,又消灭了一艘敌舰。

"为什么?"初暮雪的眼神荡漾着彩色的波澜,"你为什么能这么乐观?"

"因为有你在啊。"路予悲淡定地回答,好像理所当然。

终于,路予悲和初暮雪把对方的前锋舰全数歼灭,己方则还剩四艘。但这点兵力已经无法再对红队的旗舰三角造成什么威胁。最终红队的刺杀官吉科成功将重新执掌旗舰的初暮雪刺杀出局,这场全明星赛以红队的胜利告终。

路予悲走出零重力舱,会场内已经亮起了灯光。观众席上一片寂静,所有人都在静静地看着他,眼神各不相同,有惊讶和怀疑,更多的则是赞许和敬佩。

让路予悲意外的是,第一个站起来的竟是初耀云,他微微低头,二指轻触眉间。接着艾洛丝小队也站了起来,做出同样的动作。费尼和武千鹤也起身致意,越来越多的人站起来。最后,所有学员和教官都整齐地向路予悲致以真诚的敬意,不分朋友或对手。

路予悲心潮澎湃地环视全场,他一生都忘不了这异常安静但震撼人心的一幕。

30

于是,路予悲在前锋官排名上再进一步,以一年级学生的身份登上了王座。初暮雪也从第十一席司令官上升到了第八席。在四年级的司令官毕业后,她将会成为新的三席司令官。

赛后,路予悲被热情的人群团团围住,大家纷纷向他表示祝贺。

穆托看着路予悲说:"你不必对我感到歉意,你的成就实至名归。"他的金色双眼中既有疲惫的神色,又有真诚的钦佩。

唐未语悄悄地对路予悲说:"记得吗,我说过两年内你就会登上王座。没想到我还是太保守了,恭喜。"即使是在大战之后,她也依旧美丽。

"也恭喜你。"路予悲疲惫地笑了笑,"可惜输了五十尼克。"

"我要申请补偿。"

"好,我现在转给你?"路予悲毫不犹豫地说。

唐未语却摇摇头:"不急,等我想想别的补偿方式。"

"路予悲!"艾洛丝冲过来,拉着路予悲的手一个劲地摇晃,金色的双眼含泪,哽咽着说不出话。卡卡库开了一个他和初暮雪的玩笑，索兰和休则只是露出稍显古怪但绝对真诚的微笑。

另一边，王座司令官奥洛菲也毫不吝惜对初暮雪的赞赏："如果你早点展现出这样的实力，今天就会同时诞生两位一年级的王座了。"初暮雪面无表情但彬彬有礼地回谢。虽然不喜欢出风头，但既然事已至此，她心里也不禁小小地得意。

卡契拉中将远远地朝初暮雪点头致意。在老金的咖啡厅见过一次之后，卡契拉中将已经关注了这位与众不同的学员一段时间。

按照学校的惯例，学员毕业时都会授予准尉军衔，而成为王座超过一年的学员将再高一级，授予少尉军衔。三天后的毕业典礼上，穆托和奥洛菲都成了少尉。路予悲因为其一年级就成为王座的耀眼表现，也破格从准尉上升一级，成为新星最年轻的少尉。德米尔院长亲自给路予悲颁发肩章和领章，他身边的人也少不了一番庆贺和吹捧。路予恕自然是不肯当面夸奖哥哥，但克萨悄悄告诉路予悲，他妹妹其实很高兴，还在同学面前尽量低调地炫耀过。夏平殇请路予悲和初暮雪吃了一顿凡星大餐，廉施君和初六海纷纷把贺礼送到初暮雪家，"唐"游戏中心的外墙打出了路予悲的巨幅影像。

全明星赛之后，毕业季的另一件盛事就是毕业舞会。每年的毕业舞会都是一场盛大的联欢，学院里的欢快气氛也升至顶点。学员中不乏舞蹈高手，而就连最腼腆的学员，通常也有一两支拿得出手的舞蹈。

舞蹈对每个文明来说，也是其传统和文化的体现。经过几千年的演化，七大星族的舞蹈都自成体系，有的适合求偶，有些用于庆典。移民至第六星的七族居民，经过百年的交流融合，又衍生出许多新的特殊舞种。就像本已争芳斗艳的花圃，又有新花悄然而生，令人倍感鼓舞。

每个星族都有双人舞，大多是男女搭配，有的可以表达爱意，也有纯粹的交谊性质，更多的是居于这两者之间。每年的毕业舞会也都有学员借机向心仪的异性邀舞，即使被拒绝也不会太尴尬。

舞会当天，所有学员和教师都身着彰显星族风格的各色华服，来到学院里最大的穹顶圆宫。这座幻星建筑物的构造十分独特，是由七个独立的圆形会场围成一个巨大的圆，中间就是最宏伟的大厅。七个小会场均能容纳一百人以上，中央大厅更是可以容纳上千人。

路予悲和队友们会合后，先为各族礼服的华美所震撼。艾洛丝今天穿了一件亮丽裙服，上身紧致俏丽，裙摆则夸张地炸开，符合幻星人一贯的审美。整套裙服汇集了几十种路予悲描述不出的颜色，却不显杂乱，反而形成了一种独特的色调，是一组介于阳光与青草之间的配色，在第六星被称为灿风色。路予悲还注意到艾洛丝裸露的背上有华丽的金色纹路，而且不是文身。他知道每个幻星人身上的纹路各不相同，蕴含的魅力也有高下之分，这也是他们择偶时的参考之一。不管艾洛丝的纹路在同族眼中是否惊艳，路予悲都觉得很好看，不由自主地想多看一会儿。

索兰则穿了一件后面拖地的长款黑色服饰，翼下也有装饰点缀。据他介绍，天罗人原本并无舞蹈的概念，只在偶尔的祭祀与集会时有集体飞行。直到一百多年前，移居第六星的天罗人与其他星族交流后，才发展出了礼仪与社交性的飞翔之舞；卡卡库的服装上布满了金色的扣子和线条，头上戴了一顶圆边礼帽，竟有了一丝高贵的气质；休在凹陷的两颊涂了白色的舞蹈妆，服装看似与平时无异，实际上细节处多了很多只有本族才会察觉的装点。

　　舞会开始后，五名队员就分开了。路予悲先在七个小会场转了一圈，欣赏七族不同风格的舞蹈。其中天罗人的飞翔之舞和凡星人的八人组合舞给他留下深刻的印象，多尔会场则不出意外地空无一人。他忽然觉得，每个文明对美都是有追求的，毫无疑问，多尔人想必也不例外。这些美学之间既有明显差异，又似乎有某种共通之处。他决定找一些讲述各星族美学概念的书籍来看一看，小魔头肯定有。

　　最后他来到中央大厅，这里的人最多，热闹犹如游戏中心。随着七族乐队交替演奏，各星族的舞蹈也轮番进行，学员们纷纷把本星族舞蹈展示给其他星族看，也都不吝啬给予外星族舞蹈真挚的赞美。另外，在这里邀舞和告白也更加有仪式感，更引人注目，当然也更需要勇气。

　　路予悲在场边找了个位置坐下，有侍者送上各色饮品供他挑选，他要了一杯兑了凡星嫩叶水的天芒草芽酒慢慢品尝，叶香和酒香相得益彰。大厅里此时放的是幻星舞曲，在不断变幻的柔和灯光下，一对对幻星学员跳出优美的舞步。路予悲知道这些年轻的幻星男女都不是恋人关系，他们的恋人都年长许多，在学院之外。所以他们的双人舞没有爱情的气息，只是在一起赞美青春的时光。

　　总的来说，路予悲对舞蹈的兴趣不大。虽然在地星时也学过三四种舞蹈，技巧勉强合格，但是在学校里的几次舞会上，他一直没有鼓起勇气邀请梦离跳舞。现在回想起来，如果当时勇敢一点儿，也许能更早地与她两情相悦，但最后的结果恐怕不会有什么区别，反而会更加痛苦和伤人。

而眼前的大厅里，最引人注目的果然是唐未语。她坐在大厅的另一侧，周围照例有梅尔迪莎等几位女生陪伴。她今天穿的是暗金色的紧致长裙，勾勒出她纤细的腰身，点缀其上的晶石闪烁如星，细节处更有无数讲究。路予悲惊奇地发现，唐未语标志性的红色卷发今天做成了直坠款，艳丽稍减，但更显淑女气质。

唐未语也注意到了路予悲的目光，于是朝他挑衅式地一笑。路予悲急忙回过头来盯着酒杯，心里像钻进一百只胖头兔。他蓦然发现，自己一直把唐未语的外表和方-夏梦离的轮廓暗合在一起。在学院里也好，游戏中心也好，他总是不自觉地寻找那卷酒红色长发，也许因为他太想再见到方-夏梦离，哪怕只是与她有些相似的人。而今天唐未语稍微改变形象，路予悲才突然意识到，除了发型，她和梦离其实是完全不同的两种美丽。

于是他陷入了一种困惑：我到底是对她有感觉，还是只是念念不忘梦离的影子？唉，不管怎么说，我真是太差劲了。路予悲暗暗自责，一抬眼竟发现初暮雪从另一个方向走进大厅。她今天穿了一件蓝色宽领上装和一条银色长裙，裙摆有晶石点缀，一条凡星风格的饰带环绕纤腰，脚踩一双玉带凉鞋，整个人显得简约而典雅。刚刚过肩的栗色头发也精心打理过，发梢微翘，比平时多了几分灵动。路予悲朝她微微点头致意，便装作不在意地挪开了视线。实际上，他心里的胖头兔们已经开始了华丽的混战。

两曲幻星舞曲结束，下一首是地星舞曲。路予悲听出这是大恒国传统的洞仙舞曲，优美缓慢，极富情调。在草芽酒的催动下，他突然产生了一种冲动——既然是一年一度的舞会，他也许应该邀请某位女士跳一支舞，才不辜负了这个躁动的年纪和这个洒脱的时刻。

正想着，一位瘦瘦的地星女生竟主动走到路予悲面前，略带羞涩地说道："路予悲你好，我是二年级的拉维娜，可以请你跳支舞吗？"这位伊甸裔女生长得虽不算出众，但穿着打扮非常有品位，头上戴着芃丝头饰。

路予悲没料到这种情况，一时间被打了个措手不及。他瞥到拉维娜身后有几个女生正在期待地看着这边，也许是她的朋友。路予悲不忍拂女孩的好意，有心接受邀请，却突然发现初暮雪和唐未语都在侧目盯着他。这两道目光一道如冰，一道似电，来回拨弄着他紧绷的神经。

"抱歉……我……"路予悲发现自己正在拒绝，语气比拉维娜还要紧张，"我想先请另一位女生跳舞，之后再……"这是他能想到最不伤人的言辞了。

拉维娜脸上闪过一丝失望，但还是很有尊严地微笑着点头，然后轻声说了句什么，转身走开了。

不知道是不是错觉，路予悲发觉唐未语松了口气，初暮雪则像往常一样看不出想法。

女神在上，这是怎么回事？路予悲突然意识到自己陷入了一个两难的局面，他心中暗想：是我自己搞成这样的吗，我怎么一直没察觉？是从什么时候开始的呢？从我住进初暮雪家里时，还是我每周去"唐"打工时？从我接受初暮雪特训时，还是和唐未语在空中步道散步时？对了，难道是我同时邀请她俩加入我的全明星赛小队的时候？

他放弃了草芽酒，又向侍者要了一杯摩明蓝冰水，故作镇定地喝了两口之后被刺鼻的气味呛得直咳，但好歹感觉自己清醒了一点儿。

不对。他暗暗摇头：让我好好理清一下，我一直当初暮雪是可靠的保镖、知心的朋友，是传授曲势的教官，更是值得信赖的伙伴。我尊敬她，仰慕她，但是我喜欢她吗？她也一开始就说过，让我把她当男人看，我也差不多是这么做的。我多次在她面前谈起梦离，她也跟我讲过她的初恋，我们谁也没有吃醋或生气，这不正说明我们之间的关系坦坦荡荡吗？所以我们最多是知己而已吧，她对我更是绝不可能有什么想法。那么唐未语呢？我答应去"唐"打工并不是因为想见她，那时我还不知道她是老板的女儿呢，她找我散步也是想让我帮她父亲。她对我表达过好感吗？好像从来没有吧。没错，我以为有点儿喜欢她，那是因为她有点儿像梦离的缘故。我不能把她当作梦离的替代品，这样对她不公平，对我也只有害处，对梦离更是种冒犯。趁她没有误解之前，我不能再犯错误了。

他以为自己想清楚了，对两个女生都不是爱情。但是当他抬起目光，看到唐未语温柔美丽的脸，还有那略显禁欲的长裙，竟被她穿出另一种性感。路予悲刚刚建立起的自信又被打破，几乎要服从十九岁男生原始的冲动了。

这时，一位高个子男生鼓起勇气去邀请唐未语跳舞。路予悲把水杯端到唇边，不动声色地观察着，就像唐未语之前观察他那样。她会拒绝还是接受呢？她是个乐于交际的人，也许会接受吧。

果然，唐未语站起身，挽住那个男生的手，随他走到大厅中央，缓缓起舞。路予悲记得那男生好像是四年级的一位数据官，也许早就和唐未语有交情，邀请跳舞和接受邀请也并不是都代表告白和接受告白，出于友情也未尝不可。那男生虽然高大帅气，但是唐未语实在太耀眼，竟让他成了陪衬，显得可有可无。大厅里还有七对正在跳舞的男女，也都不自觉地被唐未语吸引了目光。她的舞姿如此优美大方，暗金色的衣裙并不耀眼，但飘动在每个人的心上。

路予悲突然发现，自己并不是很在意。这个女孩原本就属于一个鲜活的世界，有着多彩的人生。路予悲乐于欣赏，但并不急于加入。他试着换了个角度去想：如果唐未语来邀请我跳舞的话，我会接受吗？会的，她这么可爱，我当然无法拒绝，出于我们的友情考虑，我也不能让她没有面子。但是那种感觉并非甜蜜，更多的是能和美女共舞的虚荣。虽然外表之美是她最大的标签，但她有实力、有脾气，也有自己的小心思，还有对父亲的担忧和对未来的打算。她是如此出色，也有她专属的烦恼和无奈。如果能一直做她的朋友，我会感到很荣幸，也会很开心的。如果她向我求助，我会义不容辞地伸出援手。

而初暮雪呢？

路予悲不自觉地往初暮雪那边看去，正好看到一个金发男生在邀请初暮雪跳舞，周围的人则开始窃窃私语。路予悲听到一个凡星男生自言自语："还真有人看上初暮雪啊？那双死人眼真恶心。"另一个芒格男生则摇摇头，似乎也难以理解。

初暮雪不置可否地看着面前的男生，似乎在思考对方是不是认真的。有那么一瞬间，路予悲觉得下一秒初暮雪就会接受邀请了，这一猜测令他感觉心跳骤停，大脑缺氧。

但先站起来的是路予悲自己。他一口喝干杯子里的水，然后在众人的注视下大步走到初暮雪面前。

"也许我很失礼，"路予悲看着那个邀请初暮雪跳舞的男生，充满歉意地说，"但是我有话想和初暮雪小姐说。"

那男生先是一脸错愕，接着现出怒容，又看向初暮雪，等待她的答案。

初暮雪轻轻摇头："抱歉，我不轻易和别人跳舞。"

那男生不愿失了风度，只是瞪了路予悲一眼，悻悻地转身离开了，留下路予悲尴尬地面对初暮雪。他暗暗后悔自己的鲁莽，刚才那算是什么，替她解围吗，还是想抢占先机？而且初暮雪那句回绝的话是不是也是对他说的？路予悲心中精明的那一部分只想转身离开，及早抽身或许还能保住尊严——但憨直的另一部分却牢牢占据上风，控制着他朝初暮雪微微欠身，伸出右手，装作自然地问道："我也不行吗？"

一曲洞仙舞结束，下一首伯爵舞曲依然是地星风格。舞场内的地星学生有的继续跳舞，有的选择退场，也有人现在加入。越来越多的人看着路予悲和初暮雪，或直白地指指点点，或隐晦地偷偷关注。唐未语也停下了舞步看向这边。

因为智心瞳的关系，初暮雪精致的紫色双眼和平时一样缺乏生气，表情也看不出变化，美得无声无息，如寒气袭体。在这样的目光逼视之下，几乎所有男生都会乖乖退下。但路予悲早已习惯了这双眼，不仅没有投降，反而寸步不让。相处的时间长了，初暮雪的俊俏容颜竟让他越看越觉得舒服，而且智心瞳和素心清颜的负面影响他也几乎免疫，可以自动过滤了。她嘴唇微动，问路予悲："你是认真的吗？"她的呼吸有点儿散乱，这是智心瞳无法掩饰的。

路予悲脑海中突然闪过一年来和她在一起的种种画面，她出招时的霸气，低语时的孤独，教导时的耐心，以及苦战时的坚定，当然还有她倾诉旧情时悲伤的微笑。这一刻，路予悲的目光似乎能穿过智心瞳，看到她隐藏其下的无明眼。那双冰一样的眼睛此时流露出的神情有五分惊异、三分期待和两分羞涩，定是如此。

"我是认真的。"路予悲抑制住澎湃的心跳，保持着邀请的姿势，"初暮雪小姐，我能有幸和你共舞一曲吗？"

初暮雪慢慢垂下目光，就像一尊冰雕缓慢融化。明明戴着智心瞳，她的嘴角却轻轻上扬。如果能被真诚以待，谁又愿意自作孤高呢？在悠扬缓慢的乐曲声中，在众人的注视之下，她终于站起身来，抬起一只久经历练但仍然秀丽的手，轻轻搭在路予悲的手上。

31

路予悲和路予恕都不愿意承认但又必须面对的一件事情是,他们的生日是同一天。以往每年到了这一天,路高阙都给兄妹俩一起张罗生日宴,请来两人的同学好友一起参加,路予恕就是在那些场合认识了夏平殇和方-夏梦离。

一想起那些美好的时光,路予悲就忍不住难过。现在他的二十岁生日转眼即至,同时也是路予恕十七岁生日。这共同的生日是按地星标准历法中的固定日子,对应的第六星日子每年都会往前挪一个多月。两人先后想到过,如果把他们出生的年月日转换成当年第六星的日期,两人的生日就不同了,但奇怪的是谁都没有提出这个建议。

其实兄妹俩的上一个生日也是在第六星过的,只不过那时候刚来新星五个多月,两人都刚刚进入新的学校没多久,也都忙得不可开交,生日的事也就很有默契地都忽略掉了。路予恕当时买了个小蛋糕,和克萨分享。路予悲周末回家,看到为他留着的一小块蛋糕就明白了。想起往年都是父亲替他们操办生日宴,现在却天各一方,路予恕还暗中掉过眼泪。

现在又过了一个地星标准年，他们已经在新星站稳了脚跟，各自都有了新的好友和交际圈，影响力也都越来越大。两人私下商量，既然风波未平，这次生日还是低调处理，只邀请廉施君、克萨、初暮雪还有夏平殇一起吃顿饭就好。考虑到夏平殇跟其他人不太熟，地点也就不好选在初暮雪家，于是路予恕在鼹鼠区挑了一家口碑最好的地星菜馆。

到了生日当天，六个人围坐一桌，为路予悲和路予恕的生日一起举杯庆祝。第六星不流行生日送礼，再加上这几位平时对兄妹俩常有赠予，此时也就没再准备礼物，大家只是一起吃喝聊天。

廉施君先跟他们同步了路高阙的情况："他已经和我的人碰头了，很快就能出发，最快这个月内就能到这里了！"

兄妹俩的兴奋之情溢于言表，克萨和初暮雪不约而同地瞥了夏平殇一眼，夏平殇则泰然自若地喝着咖啡。

廉施君也对夏平殇说："既然予悲和予恕都把夏小伯爵当自己人，我们也就不拿你当外人了。这些机密的情报，也希望你不要向令尊透露。"

路予悲抢着说："放心吧，老夏绝对靠得住，否则我们今天就不会请他了。"

夏平殇的笑容称得上慈祥："你说靠得住，那就靠得住。"初暮雪也不禁讶异，这个男人不急不缓的样子的确太像个老头子了。

"但是同样地，帝国那边的机密情报，恕我也不能向各位透露。"夏平殇淡淡地说，"咱们只谈感情，不谈国事。"

"没问题。"路予恕痛快地说道。有了28号这个强大的秘密武器，她根本不需要夏平殇泄什么密。

现在正值兄妹俩第一年的学业结束，为期一个月的假期刚刚开始。此情此景让二人难得地彻底放松下来，享受生活和友情。

路予悲和路予恕交换了一个眼神，然后同时起身，向这四位最亲密的朋友致谢。

"感谢廉爷爷收留我们的恩情。"路予悲诚恳地说道。

"还有帮助我们加入星元统合会。"路予恕补充，"我们俩后来得到的一切，都跟您一开始的帮助分不开。"说完，兄妹俩同时微微鞠躬。廉施君也起身还礼，呵呵笑着与兄妹二人对饮一杯。

路予恕又倒了一杯柑橘酒，用那双灵动的大眼睛看着克萨："感谢闲散骑士兼智心魔术师先生对我的照顾，帮了我很多忙。"克萨微微一笑，站起来和路予恕碰杯。

"感谢初暮雪小姐。"路予悲竟有些语塞，"唔，为了各种各样的事。"初暮雪也站起来，和路予悲碰杯后喝下一杯红啤酒。她今天穿了一身绿白搭配的修身衣裤，虽然面无表情，但在路予悲眼中，冷酷的容颜已被自动修正出了可亲的感觉。

"不用谢我什么。"夏平殇看到兄妹二人端起酒杯转向自己，抢先说道，"我没做什么值得你们感谢的事。"

路予悲摇摇头："经过这么多事，你还当我们是朋友，这就值得我们感谢了。我知道你不喝酒，哈哈，老规矩。"

夏平殇无奈地笑了笑，端起面前的咖啡夸张地一饮而尽。

六人觥筹交错，边吃边聊。路予悲一年来吃遍了各个文明的美食，到头来发现还是最喜欢大恒国的几大菜系。路予恕则常吃幻星菜，因为想长得像幻星女子一样高大。但事实证明食物和身高的关系不大，这一年来她虽然长高了些，脸上的婴儿肥所剩无几，身材也在逐渐发育，但还远远没达到她自己理想的目标。

听完路予恕的抱怨，初暮雪体贴地说："你这样挺好的，很显年轻，我近来觉得自己老了不少。"路予悲差点把嘴里的酒喷出来，他没想到初暮雪也会说这样的话。

克萨看了初暮雪一眼，又看了看路予恕，似乎在暗中比较两个人。夏平殇则笑着说："初大小姐我不太了解，但小神童可是我看着长大的。哈哈，别否认。说真的，你的眉眼长开了，比原来更漂亮了，而且脸蛋儿也还保留着原来的可爱。哈哈，你别生气，我没有别的意思。"

看着妹妹气呼呼的样子，路予悲真想再追杀几句，但最终还是忍住了。他毕竟已是二十岁的男人了，不能再像以前一样和妹妹斗嘴了。而且他也承认老夏说得对，妹妹的性格固然糟糕，但外表总归是没给路家丢人。他暗暗盘算着：是不是不能再叫她小魔头了，但是叫什么好呢，总不能叫她"予恕"吧，那太肉麻了。算了，等她开始叫我哥哥的时候再说吧。

想到这儿，路予悲突然想起妹妹首次被加纳绑架未遂的那天，醒来后真的叫了他一声"哥"，现在想想是唯一的一次了。啊，那声"哥"也未免太好听了吧，真想再听一次。

路予恕左耳的希儿突然说道："予恕小姐，从刚才开始就有您的消息进来，已经有十条了。"

路予恕点点头，打开微机查看，不由得惊道："这些家伙是怎么知道我过生日的？"原来沙盘同好会的莉莉安娜、图伦、鲁特、萨拉等同学都给她发来了生日祝福，有文字、声音还有全息影像。路予恕边看边回复，笑得合不拢嘴。

路予悲发现希儿没有给自己传递消息，不禁又暗中难过了一下。几年来他已经习惯了希儿的陪伴，最近几个月为了父亲的事才忍痛让希儿去帮妹妹和克萨，还把最高主权转交给了克萨。之后几次想要回来，都被路予恕以各种理由搪塞过去。现在看着希儿为他们服务，竟有种老情人被别人抢走的荒唐感觉。

路予悲只好打开微机，看看自己的同学里有没有谁会发消息过来。和妹妹一样，他没向其他学员透露过自己的生日。结果让他大吃一惊，队列里竟已经有二十多条消息，而且数量还在上升。第一条是卡卡库发来的，他在影像中得意地讲述如何挖掘到路予悲的生日信息，知道他不想大肆宣扬，所以只是悄悄告诉了艾洛丝他们。接下来艾洛丝、索兰和休自然都有祝福发来，艾洛丝还说给他准备了神秘的礼物，下个月开学再亲手送给他。

更让路予悲没想到的是，还有很多交情并不很深的学员发来祝福，甚至还有导师，显然是大嘴巴卡卡库的功劳。那一个个或熟悉或陌生的名字，无不让他感到温暖。穆托、武千鹤等前锋官都在其中，还有凡星女生塔拉图这种只打过一两次对抗赛的对手；格里娜教官自不必说，多多里教官、游戏中心的唐老板、连学院咖啡厅的女咖啡师都发来了祝贺。终于，他看到唐未语的名字。那天毕业舞会上他和初暮雪共舞之后，一直担心唐未语会不高兴。此时从她发来的影像消息中，至少看不出一丝异样的情绪。除了这些人，更多的名字是他不认识的，就算有点儿印象，也难以跟真人对应上。

正当兄妹俩为这些祝福感动的时候，克萨的神情突然一变。卡维尔刚刚告诉他，餐厅外有人在监视他们，而且人数不少。

他道出这一情况，路予悲想起身走到窗边向外看，但是被廉施君拦住了。

"飞眼？"廉施君问克萨，在得到肯定的答复后说，"咱们先假装不知道。如果我没猜错，应该是伊弥塔尔的人。"

"外警一组也在。"克萨把飞眼看到的影像在微机上展示给他们看，"这次组长厄姆亲自来了。"

路予悲和路予恕对视一眼，心里暗暗打鼓。沉寂了一年多的敌人怎么选在这个时候卷土重来？

初暮雪说道："他们没有直接冲进来抓人，就说明还有所顾忌。"

"但他们既然在外面待命，肯定也是有一定的动机。"路予恕看着克萨说，"米迪，你觉得呢？"

"你叫他什么？"初暮雪问。

"哦，没什么。"路予恕糊弄过去，"你觉得是什么原因？"

克萨低沉地说："可能是新星议会风向有变，亲恒派有抬头的趋势。最近时悟尽出访三星颇有成效，得到的支持超出所有人的预料。如果不谈正义与否，时悟尽确实是百年一遇的雄辩家。所以恒国也越来越有底气，对幻星的指控越来越强硬。"

"那些指控毫无根据！"路予悲愤愤不平地说，"今天说幻星藏有终极兵器，明天说六星教是信仰入侵。对了，还说幻星人没有言论自由和信仰自由。"

"你当年不是也很相信这一套？"路予恕不客气地指出，"你总是说，大恒帝国虽然有先皇和贵族政治，但也是六星里最民主最自由的国家。"

"此一时，彼一时。"路予悲不肯投降，只好转移话题，"也就是说时悟尽一强硬，新星要投降了？"

"不是投降。"克萨说道，"幻星一直退缩，新星恐怕也要做出一些妥协了。万一真的开战，新星处境最为艰难，必须早做打算。"

"所以亲恒派决心要抓了我们向大恒国示好?"路予悲追问道,"时悟尽可还没通缉我们呢,厄姆就亲自出马替他办事,这种姿态也太谄媚了吧,不会引起新星百姓的反感吗?"

"你说的没错,所以他们之前一直没动手。"廉施君皱着眉说,"而且凡事都有两面,在我们看来,他们是低三下四的走狗,令人鄙视;但在某些人看来,这是寻求和平的做法,想达成的结果和你父亲的理念并不冲突。即使星统会内部,也有人这么想。"

"老维兰,对吗?"路予恕俏皮地说。

廉施君不无惊讶地点点头。

"外警来了十个人,伊弥塔尔二十多个,可能暗处还有埋伏。"克萨确认了人数。

"我问问阿婆。"初暮雪通过尼克试图联系初六海。

"还有一个原因。"一直沉默的夏平殇突然开口了,"我老爸昨天和厄姆组长私下谈过了。"

另外五人都沉默了。他们都知道夏平殇的父亲是新任大使,他和厄姆的秘密谈话,很有可能是时悟尽借大使之口与厄姆交涉。连路予恕和克萨都没有获取到这次谈话的情报,可见机密程度很高。

"你怎么不早说?"路予悲有些不满,"这可是大事。"

夏平殇耸耸肩:"我说了,不能泄露恒国的机密啊。而且我这不是在这儿吗?"

路予恕和克萨对视一眼,明白了夏平殇的意思。正是因为他出现在这里,厄姆和伊弥塔尔才犹豫,大使的独生爱子在场,让他们有所顾忌。夏平殇虽然没有泄露恒国情报,但也没抛弃老友。

初暮雪摇了摇头："阿婆说外警这次是有逮捕令的，星统会如果出面，可能会因为阻碍执法而落人话柄，在议会那边就更没有话语权了。果然，议会的风向才是关键。"

廉施君想说什么，又没有说出口，只是无奈地摇了摇头。路予恕察言观色猜到了一二："这么说，如果他们来抓人的话，我们最好不要反抗，先跟他们走。然后初奶奶再想办法把我们救出来，对不对？"

路予悲心里一沉，看着廉施君和初暮雪无声的沉默，他知道路予恕猜得没错。他默默地喝了一口酒，也不知该说些什么。他本以为这一年下来，他们兄妹俩在第六星已经颇有人脉，也有了足够的庇护。没想到恒国的姿态稍微强硬一点儿，新星议会就动摇了，自己这点根基也完全不够看。不，应该说天平本来也只是略微倾向于路家兄妹这边，现在那边多了一个小砝码，就缓慢地倾斜过去了。说到底，跟整个新星的政治博弈相比，他们兄妹这点资源又算得了什么呢？星统会已经无形地保护了他们一年多，若非如此，他们早就被伊弥塔尔和星际警局带走了。但星统会也不是只为他们两个服务的，不可能无条件无限度地保护他们。

就算已经想明白了这些，路予悲还是难掩失望的情绪。

星海浩渺，人若浮尘。

初暮雪突然说道："可以试试求助德米尔院长。你是新星军人，而且是少尉，学院和军队都会为你撑腰。"

"军队的统帅也要听从议会的指令。而且军人也不能妨碍警察执法，这是两个系统。"廉施君边思考边说，"但是可以压迫外警把你们移交军事法院，这样主动权就在我们这儿了。"

"军事法院也要看议会的脸色。"克萨面无表情地说，"说到底，议会才是决策者。"

路予悲和路予恕的心越来越沉，似乎无论如何，他们都要先跟厄姆和云景走一趟了。没想到这个生日过着过着竟然过到了牢房里。

"我不会看着你们俩被捕的。"夏平殇的话让兄妹俩稍微安心，"他们要是敢进来，我跟你们共进退。"

"我也是。"初暮雪毫不犹豫地说。

路予悲感激地看着二人说："有你们这句话就够了。但是如果真的非去不可，我不想连累别人。我想试着跟他们交涉，能不能只抓我一个人，放过小魔头？"

"我不要。"路予恕飞快地瞥了哥哥一眼，表情十分复杂。

廉施君叹了口气："现在不是意气用事的时候。如果你们兄妹俩能保住一个人，总比全都陷进去要好，我们之后救人也容易些。"

六个人又都不说话了，默默地盯着桌面上有些凉掉的美味佳肴，再没有一丁点儿胃口。

"他们行动了。"克萨说，"十五个人包围了出入口，另外十五个人正在上来。打头的是厄姆和云景。"

听了克萨的预警，路予悲和路予恕心知一切已成定局。面对有逮捕令的新星警察，现在谁也保不了他们。

路予悲看着初暮雪，简单地告别："看来没法继续跟你学曲势了。"

初暮雪的双眼依旧冷漠，但是路予悲似乎看得到智心瞳下焦急的眼色。她轻轻摇头："暂时而已。你不会有事的，我马上去好好求求阿婆。"

路予悲知道她从不低声下气地求人，即使对初六海也不例外。现在她能这样说，足可见她是真的关怀自己。

"如果将来有机会的话，我还想再跟你多跳几支舞。"路予悲小声说，"舞会那天时间太短了，根本不够。"

回想起那天晚上，他轻轻拉着初暮雪的手，旁若无人地起舞。初暮雪的舞姿不如唐未语那样华丽和耀眼，但是足够轻盈优雅，让那些对她有偏见的学员大为惊讶。她惊人的瞳速和反射速度在舞蹈方面也能发挥，即使是偶尔忘记舞步，只要在毫秒级的时间内观察他人并做出改正，别人就看不出来她差点跳错。路予悲发现这点之后，笑着对她说："你跳舞也像打仗一样认真。"初暮雪没有回应，只顾专心跳舞。最让他难以忘怀的则是初暮雪的手，明明经常被这双手揍得惨兮兮，但牵起这双手跳舞时，又能真切地感觉到直达内心的温暖。

"跳舞的话，以后还有的是时间。"初暮雪看着他说，"别被眼前这点困难吓倒，明白吗？"

"遵命。"路予悲苦笑着点了点头，"替我向艾洛丝他们转达歉意，他们要找一位新的前锋官了。"初暮雪没有说话，努力地思考还有什么办法。

另一边，路予恕摘下希儿递给克萨："28号必须继续，沙盘会那边也拜托你关照一下了。"

"好。"克萨接过希儿，简洁地回答。

"真是不甘心，我本来以为一切都很顺利，怎么突然就变了呢？"路予恕哭丧着脸摇了摇头，像是弄丢了心爱的玩具。

克萨淡然地说："我们只盯着恒国盟会，忽略了身边的危险。维兰那件事已经是个预兆，其实我应该多想一步。"

"喂，米迪。"她突然对克萨说，"你能笑一次吗？"

"我经常笑啊。"克萨嘴角上翘，露出他标志性的微笑。

"不是这种笑。"路予恕索性把话说破，"认识这么久，我还从没见过你发自内心地笑。我想看一次。"

克萨脸上的笑容渐渐褪去，路予恕的敏锐超出了他的预期。

"我知道，你一直把我当成小女孩，而不是真正的朋友。"路予恕说道，"你一直藏在面具后面。"

克萨看着路予恕，似乎有些好奇，又好像在思考。但他终究没有笑，对他来说，笑并不难，难的是找回笑的意义。路予恕想再等下去，敌人却没有给他们更多时间。随着嘈杂的脚步声，十位身着浅灰色制服的警察朝他们围拢过来，像是一大片乌云，其中还有两台机械警察。后面还跟着五个伊弥塔尔的人，都是生面孔。饭馆里的客人见状纷纷离开。

"路予悲先生，路予恕小姐。"打头的警官是路予悲见过的最胖的凡星人，双颊鼓胀，像是嘴里含着一只胖头兔，"我是星际警局一组组长厄姆。"他掌中的微机显示出一张铭卡，"今天冒昧造访，是因为接到报案，你们涉嫌一起星际间谍案。劳烦跟我们走一趟，配合调查。这是逮捕令。"

路予悲发现外警一组也包含各个星族，他本来想当然地认为亲恒派应该都是地星人。

夏平殇第一个站了起来，刚想说什么，副组长云景说道："夏小伯爵，这件事和您没有关系。"

"当然有关系。"夏平殇正色道，"星际间谍是吗？这里确实有星际间谍，但肯定不姓路。"路予悲还是第一次看到挚友如此强硬地挑衅。

厄姆皱了下眉:"夏小伯爵,您的指控未免太严重了。看在令尊的份儿上,我们不追究,但是也请您认清自己的立场。"他特别强调了"令尊"两个字,意思再明白不过,他们已经得到了夏平殇父亲的许可,就算冲撞夏平殇也在所不惜。

廉施君静静地观察,他知道此时必须小心行事。星统会收留路家兄妹本来就是有风险的行为,现在时局变动,伊弥塔尔成为顺势的一方,而星统会落了下风。如果他再强出头保护二人,只会让盟会的处境更加不利。没有初六海的许可,他无法擅自表态。但是要让他毫无作为地看着兄妹俩被抓走,又有悖于他的准则。

"厄姆组长,我有个问题一直想问您。"廉施君说道,"我们新星对时悟尽来说,真的那么重要吗?我只是问问六星局势,不代表个人立场。"

"啊呀,是廉老,您原来也在啊。"厄姆似乎刚看到廉施君,肥脸上漾起一圈微笑,"您这个问题我可没法回答,以后的事谁说得好呢。但是就当前这个形势而言,议会认为我们有必要和大恒帝国化敌为友。"

"化敌为友?"初暮雪忍不住说道,"时悟尽真的当你们是友吗?不过是狗而已吧。"

"你说什么?"云景上前一步,对初暮雪怒目而视,"别以为你们姓初的有点儿势力就可以出口伤人,我们云家不吃你们这一套。"

"我根本没拿初家说话,你这么急着把家族搬出来?"初暮雪毫不退让,两句话便说得云景无法还口。

"厄姆,你把我一起带走吧。"说话的竟然是克萨。他不慌不忙地从后面走上来。

厄姆早已调查过路家兄妹身边的人，本来没在意这个保镖，听他跟自己说话，才看了他一眼，说道："克萨先生是吧，我对你没兴趣。"

"你也许对克萨没兴趣。"克萨说道，"对米尔达·克里加尔呢？"

听到"米尔达"三个字，厄姆突然睁大眼睛，盯着克萨看了好一会儿才说："米尔达？你……你？原来如此，你改换容貌，伪造身份，绕开新星的智心识别库！这……这是犯罪！"

"我现在自首。"克萨淡定地说，"所以你们把我一起带走吧。你对路予恕小姐的一切指控，我都有参与。"

厄姆竟然后退了一步，并且第一次露出疑惑的神情。他身后的十四名手下向前逼近，其中一个年轻的警官拔出震击枪。克萨若无其事地看了他一眼，厄姆忙打手势示意手下收起枪。

"你在打什么鬼主意。"厄姆的表情不再像刚才一般从容。

路予恕也睁大眼睛看着克萨。厄姆连廉施君都不放在眼里，竟然对克萨有所忌惮？

"没什么鬼主意。"克萨又露出一个假笑，"你不是要破案立功吗，我给你们加点筹码。"

厄姆看着他的眼神就像在看一只出笼的野兽，竟不敢接手："我会把你的情况通报给内警，让他们来处理你。我们已经记录了你的样子，你跑不掉的。好了，已经拖得够久了。路予悲、路予恕，二位这就跟我回警局吧。你们也不想牵连朋友吧？"

最后这句话说中了路家兄妹的软肋。二人都知道，既然反抗不了，那么说什么也没用，多说不如少说。两位警员走上前，抓住他们的肩膀。

"我想问问,你们打算怎么对待路高阙教授?"克萨突然问道。路予恕突然意识到,他在拖延时间!但是这有什么用呢,莫非他在等着什么人赶来?

"这不关你的事。"厄姆实在不想和克萨多打交道,转头对旁边的云景说,"带上他们俩,收队。"抓着兄妹俩的两位警官把二人推了过来,路予恕回过头看着克萨。

"如果你现在抓走他们俩,一定会后悔的。"克萨说。

厄姆头也不回地说:"你想吓我?我为议会办事,能有什么好后悔的?"

"你不会后悔,议会可能会后悔,到时候倒霉的就是你。"克萨在他身后继续说,"不妨告诉你,如果让新星百姓知道你抓了路教授的子女,到时候出了乱子,你最珍视的前途就完了。"

厄姆不再理会他,十几个人围着路予悲和路予恕一起走下楼去。初暮雪和夏平殇跟在后面,廉施君也一脸愁容地望着他们。克萨没有动,似乎正在听耳朵上的卡维尔和希儿汇报着什么。

"果然是虚张声势。"云景转头问厄姆,"组长,那个叫米尔达的是什么人?"

"一个……狠角色。"

"有多狠?"

"亲手杀死自己老婆,你说狠不狠?"厄姆冷冷地回答。路予恕的大脑顿时一片空白,双眼直直地盯着眼前的路。

云景也吓了一跳:"他老婆没反抗吗?"

"反抗了啊,把他的脸抓烂了,所以他换了张脸。"厄姆耸耸肩。第六星早已不流行整容,只有被毁容的人才会去做,而且需要报备。克萨显然跳过了报备环节。

095

"那怎么没抓起来判刑？"

"这事很复杂，回头再说。"厄姆看了路家兄妹一眼，又朝云景使了个眼色，示意他少说话为妙。

出了餐厅正门，路予悲发现已经有不少新星居民在路边围观，大概是听说了星际警局大张旗鼓地来抓人，所以来看看热闹，很多人举着微机在拍摄影像，天上飞着几个民用飞眼。厄姆也不愿多生事端，打手势示意手下打开影像干扰，驱散看热闹的人。两辆飞车降落在路边，厄姆和云景指挥两名警察把兄妹二人带过去，准备分乘这两辆飞车。

突然，厄姆站定脚步，并示意手下都暂停行动。他的电耳中传来局长的声音。

"对，是，已经办妥了，正要回去。"厄姆毕恭毕敬地说，随即脸色突然一变，"什么？为什么？"

路予恕心里一喜，难道克萨真的用了魔法，而且这么快就应验了？

厄姆脸色越来越难看，小声地向局长询问着什么，又挠着头说了几句"真的吗""必须这样吗"之类的话。

终于，厄姆结束了通话，小声跟云景交代了几句。云景也大吃一惊，但既然是局长的命令，他自然也没有质疑的权力。

厄姆通过电耳命令手下们立刻回局里，他自己则拍了拍路予悲的肩膀，又握了握路予恕的手，大声跟路边的看客们说："听说有人要对路高阙教授的子女不利，我们星际警局是绝对不会容忍这样的事发生的！"

"啊？"路予悲怀疑自己的耳朵出了问题，要对我们不利的不就是你吗？周围的人群也开始窃窃私语，许多人本来已经放下了微机,这时又举了起来,影像干扰也消失了。

"今天我们就是来保护你们的。"厄姆表情僵硬地说,"既然你们没事,那我们就放心了。云景,咱们也回去吧。"

"是。"云景尴尬地说,狠狠地瞪了路予悲一眼,才跟着厄姆上了飞车。其他警察也都上了各自的飞车,相继飞离地面,转眼之间便消失在空路的拐角。伊弥塔尔的人也自觉地悄悄撤退了,只剩路予悲和路予恕惊异地对视着,完全不知道发生了什么,但他们无疑又逃过一劫。

"路予悲!"初暮雪的声音从他们身后传来。二人回过身,看到初暮雪向他们跑来,夏平殇和克萨跟在后面,廉施君也刚刚走出餐厅正门。

"发生了什么事?"路予悲迎上去问初暮雪。

"好像是恒国出了什么事。"初暮雪掩饰不住声音里的欣喜,"而且是很严重的事,具体情况我也还不清楚。"

"是印无秘。"克萨走过来,表情阴沉地说,"我刚才就得到消息,恒国军队突袭了印无秘的藏身之处,应该会在几分钟内出结果,而且很可能对你们有利。结果真的被我猜中了。"

"是什么结果?"路予恕看到克萨脸色比平时更加难看,心里有了不好的预感,"不会吧?"

"他们抓住了印叔叔?"路予悲也明白了,"恒国竟然出动军队暴力抓人,不怕受到谴责吗?"

"印无秘死了。"克萨压低了声音,"他和十几名教徒躲在一起,手无寸铁,恒国的军队却向他们开火。只有两名教徒侥幸逃了出来,并且传播出了影像。"

路予恕双手捂住嘴,发出一声颤抖的叹息。28号的推演竟然如此准确，而当这一切成真时，她才发现自己根本没做好心理准备。

路予悲难以置信地看着克萨，双手紧紧握拳。

"他没开粒子盾？"初暮雪冷静地问。

"细节还不清楚。"克萨摇摇头，"总之结果应该没错。"

所有人都清楚这件事意味着什么。印无秘身为龙吟四杰之一，又是龙女神教的大司台，一直都有着极高的声望。现在虽然被通缉，但他的追随者们一直在不遗余力地为他洗脱罪名。在龙吟四杰中的三人逃亡一年后，恒国终于找到了印无秘的藏身处，结果竟然凶残地杀害了他。

"为什么？"路予悲颤声问，"他们只要抓住印叔叔不就好了，为什么要赶尽杀绝？如果他们找到爸爸，也会这样做吗？"

"这件事可靠吗？"夏平殇问道，"我这边还没有得到确切的内部消息，只是说军队和印无秘接触了。你的消息从哪来的？"

克萨看了夏平殇一眼，说道："小少爷，毫无疑问，这件事后边会有很多种不同版本的真相。有的颠倒黑白，有的言过其实，有的不值一提。凡是重大事件一向如此。而我刚才说的这个版本，有90%以上的可能是真相。恕我不能告知消息的来源，但厄姆和云景的态度你也看到了。"

路予悲也明白了，恒国这一行为必然会在六星宇宙引起广泛谴责，在恒国内部也会有大规模的抗议游行。新星议会的天平也将再度向抗恒派倾斜，星统会将重新占据优势地位，而且短时间内很难再次反转。盟战时代也将进入更加激烈和残酷的新阶段。

夏平殇脸色凝重地说："这可是践踏六星道德公约的恶劣事件。"

"还没到那么严重的程度。"克萨指出,"惨案是在恒国内部发生的,虽然很恶劣,但好过发生在恒国之外、地星之外。"

"印叔叔是个好人。"路予恕闭上眼睛,"他对我们一向很好,在最后……还用这种方式救了我们。但是,我真的没想这样……"她无力地靠在克萨身上,闲散的骑士抬手轻抚她的黑发。只有他知道路予恕的自责有多深。28号推演出印无秘会死,她却什么都没做,眼睁睁地等到这一天到来。

克萨似乎看穿了她的想法,安慰道:"你什么都做不了,我们太渺小了。"

路予悲也呆呆地说:"如果我们当时没走的话……真不知道会发生什么。"

这一天,路予悲二十岁,路予恕十七岁。此时的两人都预料不到,在前面等待着他们的是怎样的命运。

32

　　印无秘的死讯很快就传遍整个六星系。每个对政治稍微敏感的人都心知肚明，时悟尽上台之后六星宇宙里发生的所有事，以这件事的影响最为深远。

　　正如克萨预料的那样，最初两天内，六星之间流传着各种各样的真相。有说印无秘慷慨自尽的，有说他率先向军队开火的，也有说他假死的，甚至有说他早就死于同伴之手的。大恒帝国的官方说法也出现过前后矛盾，最后只草草地说他意外死亡，细节暂不公开。第三天，一份影像资料被迅速传开，是恒国军队单方面屠杀手无寸铁的印无秘及其身边教众。印无秘没有使用粒子护盾——有传闻说他是故意的——当场中弹身亡。经过专业机构研究，这份影像基本排除智心伪造嫌疑。于是越来越多的人走上街头，为印无秘的惨死发声呐喊。

　　龙女神教是大恒帝国的国教，上至贵族下至平民，女神信徒无处不在。印无秘作为七位大司台之一，六星宗开宗人，虽然恒国政府以间谍罪通缉他，称他是幻星间谍，但还是有上百名忠诚信徒一直跟随他，另有几人负责联络接头，才让他在几处隐蔽的据点辗转藏身了一年之久。但最终还是在一处沙漠据点被发现了，他身边也只剩十几名信徒。

时悟尽也公开表态，称印无秘的死是一场彻头彻尾的悲剧，也是一场令人遗憾的意外。他强调自己从未下令杀害印无秘，是执行链出了问题。他严厉处置了相关涉事人员，最大的动作是贬谪了国防部副部长樊子爵，这是时悟尽的心腹之一，也是时悟尽组建的星际安全委员会里的重要成员。顶替樊子爵的是万星天图的一位副阁主，是一位公开反地联的白派人士。对于这项任命，有传闻称财政大臣商易水女公爵在背后推动。时悟尽还罢免了安全局局长，也是星际安全委员会的一员，局长一职暂时由不管部部长墨伯爵兼任。最后他下令将五名开枪的特种作战人员关押，将由军事法庭公开审判。

"这些动作确实有些作用，支持印无秘的人虽然还在呐喊，但声音渐渐被压下去了。"初暮雪告诉路予悲，"但是幻星人的声音就没这么容易压下去了。"

"怎么说？"路予悲问。

"幻星的六星教本宗和印无秘关系匪浅，圣都奥莱卡请他做过宣讲，真言塔也多次公开赞誉。龙吟四杰里最不能杀的就是印无秘，时悟尽这一步棋错得太离谱。"

"那幻星人会怎么做？"路予悲问。两人站在道场中，对话的同时，双手仍在飞快地过招。初暮雪已经把曲势中的"弧手"教给了路予悲，共有12种手法，每种又有不同变化。对练的时候，两人站立不动，四只手在空中快速缠绕击打，身体也随之上下前后晃动，看不出谁攻谁守。但只要路予悲用错一招，就会吃到苦头。起初速度较慢，但只过了几天的工夫，路予悲的熟练度就有了明显的提升,过招速度也渐渐加快。

"首先是谴责。你也看到了,每天都有不同的幻星团体和公众人物声讨恒国的血腥行动。"初暮雪说着,抓住路予悲的一处破绽,一把扭住他的右手向外掰了半个小圈。路予悲为保护右手关节不被扭脱,只好顺着初暮雪发力的方向跳了出去,看起来像是被她扔出去的一样。

"我看到的是,谴责没有用。"路予悲摇了摇头,边揉右手边站回自己的位置。

"你错了,谴责就像风,可以卷起浪潮。时悟尽好不容易在凡星、摩多尔星交到的朋友,会被幻星一个个剪去。"初暮雪说,"就连新星也是,议会急于和时悟尽划清界限,亲恒派才受到打击,你和你妹妹也逃过一劫。这一切背后的原因都是幻星的无形压力。"

路予悲有点儿明白了。

"而且幻星已经派了一支太空军去往乌引星。"

"乌引星?"路予悲恍然大悟,"恒国出了这么大的乱子,地星就不敢在乌引问题上出兵帮凡星了。幻星看准了这一点,现在解决凡星和天芒星这个历史问题。"

"而且幻星太空军进驻凡星和天芒星边界轨道,这意味着什么也不用多说。"

路予悲点点头:"筹码换筹码,犯错就要付出代价。这么说,时悟尽现在是六星公敌了?我爸爸可以安全现身了吗?"

初暮雪摇摇头:"没这么简单,在恒国内部,支持地联的人还是超过半数。"她冰一般的双眼中闪烁着聪慧的光芒。在路予悲的强烈要求下,初暮雪勉强答应,二人独处时,她可以关掉智心瞳。

"而且有一种传闻令人担心，印无秘可能是被龙女神教内部教徒出卖的。"

路予悲吃了一惊，随即冷静地说："这是时大人散布的谣言吧？"

"有可能。"初暮雪同意，"也有可能是真的。因为邢如影大司台执意启动了教内自查程序，是史上最大规模的一次。她还暗示龙吟阁里也有人难辞其咎。"

"邢如影？好像是个老太太。她这是在帮时悟尽啊。"

"没有任何证据能证明邢如影和时大人有勾结，正相反，她是个过分正直的人。也就是说，对于印无秘的死，她可能知道些什么，宁可对时大人有利，她也要展开调查。"

路予悲休息够了，两人再次开始对练。路予悲的弧手已经用得有模有样，两下虚招之后，右手从一个不可思议的角度探出，一把抓住了初暮雪的肩膀。但初暮雪微一沉肩，左脚微撤，双手一翻，又把路予悲按在了地上。

"你犯规！"路予悲脸贴着地，龇牙咧嘴地说，"这招你没教过我。"他的右手腕脱臼，一会儿免不了又要上药。

"如果遇上陪审团，他可不会只用教过你的招数。"初暮雪松开手，心里暗暗称赞路予悲的天赋，才学了几天弧手，就逼得她用出了转步和弦身。照这样下去，用不了多久他就真的要超过耀云了。

"一场大雨就要来了。"克萨看了一眼窗外的天色，"会持续几天。"

"我不喜欢下雨。"路予恕缩在软木沙发上,"我怕冷。"

"不用怕,这场是温雨。你可能还没见过,地星没有这种雨。"

路予恕没有说话。

克萨知道她在想什么。

"尝尝这个。"克萨端过一杯暗红色的东西,坐到她旁边,"多尔人的咖啡,被称作血咖啡。"

路予恕接过杯子,疑惑地看了看,喝了一小口,有一点儿木屑的味道,并不难喝。但很快她就发现自己错了,嘴里渐渐开始疼痛,像吃了一大口多尔红毒椒。

"什么鬼东西!给大蠢蛋喝去吧!"

"你哥哥早就喝过,令人遗憾,他也不喜欢。"克萨拿回杯子,自己喝了一大口,然后说,"但是我挺喜欢。"

"你……"路予恕脸上微红,想说他们不该共用一个杯子,但忍住了没有说,而是抢过杯子,又喝了一小口,强行忍耐嘴里的不适。过了一会儿,嘴里辣味退去,竟然泛上一股甜意。

克萨微微一笑:"知道吗?血咖啡还可以用来占卜。"

"占卜?"

"多尔人不信神,但是很喜欢占卜,方法很多,血咖啡占卜就是其中一种。但是我们现在做不了,因为还需要很多工具。"克萨话题一转,"我想说的是,印无秘的事,不是你的错。"

路予恕的眼神暗淡了一下,她知道,自己的心事从来都逃不过这个男人的眼睛。

"28号确实说过,印无秘有很大概率会死。但对当时的我们来说,那有何尝不是一种占卜。"

路予恕倒没从这个角度考虑过。

克萨继续说:"28号是我们制造出的智心沙盘,这是很了不起的成就。你的初衷就是用他来推演恒国盟战。但就算我们再大胆,再自负,也没敢指望他能这么快就推演出准确的结果,承认吧。"

路予恕飞快地扫了一眼房间中央的巨型沙盘,她知道,沙盘一直在看,一直在听,除非她命令他不要这样。

28号捕捉到她的目光,颇有灵性地说:"没关系,予恕小姐尽管说实话,我不会伤心。"

路予恕想了想,微微点了点头。

"所以他当时的那句话,对我们来说,就像一位小有名气的占卜师给出的一个耸人听闻的预言。你最多只相信40%,而我更少。抱歉,28号,我知道你不会在意。之后我们把重心转向了地联的信息挖掘和令尊的安全分析,这是合理的。"

"是吗?"路予恕不那么有自信。

"是的。就算我们让28号一门心思研究印无秘的处境,也不一定能改变结局。说到底,我们离得这么远,除了推演,还能做什么呢?"

路予恕又喝了一口咖啡,就像是一种自我惩罚。

"所以别再自责了。"克萨摸摸她的头发。

路予恕蜷缩着,像一只受伤的小动物。克萨的手碰到她的头发时,她抖了一下。

为了赶走这股奇怪的气氛,路予恕坐直了一点儿,也恢复了一些精神:"28号,你当时是怎么做出的预测呢?"她还记得,当时28号说了三大难题,被时大人设成精致陷阱,逝水盟、万星天图和邢司台，都被时大人暗中牵引，像是提线木偶。

28号回答："抱歉，这个问题我很难回答。关联的信息太多，如果按我现在的语速讲出来需要讲几十年。即使是我也不可能厘清所有线索，做出清晰的推导。所以当时我做的是泛概率推演，先推演出几种未来，分别加权，再细分，扩散出几百种未来，最后发散到几百万种，已经非常模糊，相当于一片概率云。最后通过……嗯，六星还没有对应词语，姑且称为'蒸馏'和'过滤'吧，得出印无秘有很大概率会死的结论。所以如果你问具体推导过程，即使是我也几乎不可知。"

路予恕听得瞠目结舌，沙盘和智心副官的结合，居然做出了语言无法描述的操作，"蒸馏"和"过滤"是什么？

她冷静了一下，又问道："那现在事情已经发生，如果让你再去倒推印无秘为什么暴露位置，应该简单多了吧。"

"我可以试试。"28号说道，"现在我有两项工作在同步进行，第一，对恒国盟战的信息收集分析；第二，路高阙先生的处境分析。需要暂停这两项工作吗？"

路予恕有些犹豫。克萨看着她问道："你担心真的如时大人所说，印无秘是被龙女神教和龙吟阁出卖的？"

"不能排除这种可能。"路予恕承认，"这关系到我爸爸还能信任谁，到底能不能现身。"

"恐怕还不能。"

路予恕点点头，对28号说："把印叔叔的事情加入进来，三个工作同步进行吧。"

"是。"28号毫无怨言。

克萨摇了摇头，苦笑道："你可真会压榨员工。如果是突破了奈鲁极限的超智生命，大概会生气吧。"

"我觉得你就挺像超智生命。我压榨你更狠，你会生气吗？"路予恕喝完最后一口血咖啡，开玩笑地说，"啊，我居然把这杯怪东西喝完了。"连她自己都觉得惊讶。最初的辣味渐渐散去，浓烈的甜感充斥她的舌齿之间。不知为什么，她突然想起了妈妈。难道这就是血咖啡的占卜效果？

"我昨天梦到了妈妈。"路予恕若有所思地说，"我想起爸爸的信里说过，恒国不仅收走了妈妈的所有遗物，好像还在寻找什么。"

"会不会是路教授想多了。"

"我本来也是那么觉得，妈妈到底能留下什么让恒国政府在意的东西呢？而且七年多过去了，就算真的有什么，也不重要了吧。"路予恕说道，"我觉得有必要查一下恒国军事科技部的通信记录里有没有和我妈妈相关的内容。"

"军事科技部的冰壁不好对付，这可能需要相当多的算力。"克萨说道，"28号现在已经很忙了。"

28号也说道："我已经有三项工作，还需要增加一项吗？我不会生气，只是希望你们别再继续聊了，我有点儿害怕。"

"哈哈！"路予恕忍不出笑出了声，接着说道，"那就过一阵再说吧，但你要记得这件事。我总觉得好像忽略了什么很重要的事情。"

克萨凝视着她："你不要把自己逼得太狠，你现在需要好好休息。"

"你在关心我？"路予恕扯了扯鬓角，露出一个顽皮的表情，"怎么不说我瘦了？说真的，脸是不是瘦了点？唉，我真是

107

受够了脸上的肉，连大蠢蛋都笑话我。"

"我觉得挺好的。"

路予恕腼腆地一笑："谢啦，米迪。"

克萨无奈地说："不要那么叫我。"

路予恕听出他的语气不是很坚决，于是胆子更大了。她跳下沙发，假装放松地在屋里走来走去，问道："我过生日那天，听到厄姆说你……说到你太太的死。"这件事在她心里憋了很久，但一直找不到开口的时机。

克萨的表情有些僵硬："他怎么说？"

"唔……"路予恕背对着男人说，"他说的很邪乎，我也不怎么相信。"

"别套我的话了，我不会上当的。"

"好吧。"路予恕咬了咬牙，"他说你亲手杀死了你太太。"

这句话一出，房间里的温度似乎降到了冰点。

过了一会儿，克萨才开口："你也悄悄调查过了吧。"

路予恕想否认，但最终还是说了实话："我说过我不想调查你的过去，但是厄姆的话……我没办法……"

"都查到了什么？"

"大部分资料冰封了，希儿也破不开。"路予恕平静了一下心情，"我只知道你曾经是新星最大的智心科技公司——苍穹院的两位创始人之一对不对？但是你太太出事之后，董事会把你踢出了局。"

"是我自己走的，他们不再信任我，待下去也没意思。"克萨的回答证明了路予恕的调查结果，"如果你也不信任我，我也随时可以走。"

"我不是那个意思,你别生气。"路予恕急忙解释道,"我只是想多了解你一点。我们不是伙伴吗?但是你一直把自己藏起来,我……"

"你还查到了什么?"克萨淡淡地问。

"很少很少。你是苍穹院最重要的智心学者,但实在低调得过分了。你从不接受采访,只做幕后功臣,影像都很少,把光芒都让给了另一位创始人。"路予恕说道,"关于你太太的事,冰封之外的资料也非常少,只说她因病去世,连什么病都没有说。为什么厄姆说是你亲手……"

克萨没有回答,二人就这样沉默了好一会儿。路予恕看着克萨,克萨看着窗外。

最后又是28号的声音打破了僵局:"二位,抱歉打扰你们的谈话。印无秘的事出现了新的情况,你们最好看一下。"

"夏小伯爵,有件事我想请教。"初暮雪说道。此刻她和路予悲、夏平殇正坐在一家幻星盐泉厅里,享受周末的下午时光。

"叫我老夏就好。"夏平殇略有意外地说,"请尽管问。"

"地星人对幻星人,是恨还是怕?"

"既恨又怕吧,因为怕,所以恨。"夏平殇几乎不用思考便脱口而出。

"这就是我的问题了,地星人到底为什么如此仇视幻星人?"初暮雪看着夏平殇,"据我所知,时悟尽就是利用了民众的仇幻情绪,才爬到现在的位置。但是众所周知,幻星是最爱好和平的文明,也是公认最强大的文明,只要不去招惹他们,这片宇宙就能一直和平下去。所以为什么会怕呢?"

夏平殇喝了口调味盐泉水，组织了一下语言才说："不同星族之间能有完全的信任吗？我很怀疑这一点。就算咱们三个都相信幻星人没有威胁，但始终有一部分地星人没法彻底信任。连隔着一座山的两个村庄都难以知根知底，何况是隔着一片宇宙的两个星球？到底幻星人是个什么样的星族，骨子里安的什么心思？对于这些问题，地星人每天都会有新的揣测，而且越来越匪夷所思。再加上两星长年没有交流，就算把幻星人妖魔化了也不稀奇。"

路予悲插话道："我和艾洛丝他们相处久了，才能感受到幻星人的善意。其他地星人没有我这样的机会。"

初暮雪皱着眉说："但是幻星的科技很发达，真打起来的话，地星人有把握能赢吗？"

"这就是另一个让地星人不安的因素了。"夏平殇说道，"就是因为幻星太强大，地星人不能容忍有比自己强的外星人存在。而且都说幻星的科技强，但到底强到什么程度，谁也说不好。上次星际大战，幻星战舰确实是最厉害的，但是一百五十年过去了，地星军事也强大了很多。可知道，最近几十年来，地星多次要求幻星传授最前沿的科技。"

"我知道，幻星确实传授了啊，粒子盾不就是？"

"确实，但是不够。地星人怀疑幻星还私藏了某些强大的军事武器，所以想让幻星公开所有军备科技，奥莱卡一直拒绝。"

"当然会拒绝，怎么可能公开所有？"初暮雪说道，"地星人在贪婪方面的天赋不输给凡星人。"

"在地星人看来，这叫合理诉求，叫信息共享，叫安全的保障。"夏平殇看向路予悲，"你觉得呢？"

路予悲感觉到初暮雪的冷酷凝视，不安地说："我原来觉得……现在觉得确实有点儿……"

"发现了吗,你是个很特别的存在。"夏平殇淡淡一笑,不再难为路予悲,"总之像这样的事太多了。一来二去,地星人越来越怀疑幻星人,认为他们傲慢、自私,而且不怀好意。"

初暮雪冷着脸,连反驳的话都懒得说,呼吸也有些粗重。路予悲倒不担心初暮雪会对夏平殇怎么样,只是她手里的杯子不知道够不够结实。

夏平殇补充道:"而且地星人的心态也一直在变。六星纪元的最初几十年,所有人都觉得和平来之不易,也就格外珍惜。但是现在过了一百五十年,很多人习惯了和平,甚至有些厌倦了和平,也忘了战争的可怕,就开始躁动不安了。"

"地星人也不都是这样。比如龙吟阁就一直坚持维持和平。"路予悲说完,连他自己都知道夏平殇会怎么说。

"没错,每个盟会、每个人都有黑白之分,而且大多处于灰度。所以龙吟阁才被打压得越来越厉害,从这也能看出变化的趋势吧?时大人很厉害,他不遗余力地演说,让民众相信,以帝国现在的实力或许可以一战。而另一方面,如果现在不打,以后差距只会越来越大,那就更危险了。所以还不如现在奋起一战。"

初暮雪问道:"没有把握的仗也要打?"

"现在不打,以后更没把握。"夏平殇微微叹了口气,"可知道,历史上有很多战争是较弱的一方发起的,有的自不量力,或者一意孤行,自然是输得多,但偏偏就有打赢了的。大恒国有句古话:异族不灭,我族何安。其实地星人想要的只是彻底的安全而已,一想到这个星系中存在比自己强大的外星人,就始终不能放心。"

初暮雪反问："如果地星打赢了战争，比幻星更强了，就能安心了吗？"

夏平殇没有回答，只是默默地摇了摇头。

"那要怎样才算彻底的安全？"

三个人都想到了答案，但那实在太荒谬。

路予悲盯着杯子怔怔地出神说道："有人的地方就有歧视和不公，就有强者和弱者，到后来出于这样或那样的目的，就会有战争。不管是六星之间，还是一族内部，都是战争与和平的不断循环。唯一的解决方法也许是拉长这个循环的周期。从几年、几十年一次大战，慢慢变成上百年，以后可能会是几千年一次大规模战争。这可能是最好的结果了。但是怎样才能做到呢？这才是六星七族应该一起思考的问题。也许科技的发展不能太快，一方面，如果超智生命一旦出现，战争就不可避免。另一方面，如果高威慑度的武器掌握在一个绝对冷静的旁观者手中，也不失为一种办法，但他必须不被力量腐化。最后，如果地星人都能像我一样，来新星看看，在这里生活，与其他星族的人心平气和地交流，多少也能延缓战争的到来。但是……现在还太难了。"路予悲突然惊觉，"我是不是说得太多了。"

初暮雪和夏平殇对视一眼。夏平殇有些诧异地问道："这是你的想法，还是小神童的？"

"我自己瞎想的。"路予悲茫然地问，"是不是很幼稚？"

"赞美先皇，完全不幼稚。"夏平殇承认，"比我想得都远。有的时候，我会觉得你的头脑不在小神童之下。"

"只是有的时候吗？"路予悲打趣道，随即抬头望着雾气弥漫的天空，说道，"有些想法是我爸爸说过的，但是我一直不太懂。爸爸说第六星是个神奇的地方,这里就是这片宇宙的希望之星。我在这里生活了一年多,终于开始懂了。"

忽然,初暮雪和夏平殇毫无预兆地同时一怔。路予悲当然看得出,是他们的副官传达了某个消息。既然这两个关系不近的人都能同时收到,一定是件大事。每当这个时候,他都无比希望希儿还在他耳边。

"印无秘生前的影像资料被公开了。"路予悲还没问,初暮雪已经告诉了他,"应该是他早就设置好,一旦他死亡,影像就会在一段时间后自动发布。"

"什么影像?"路予悲急切地问,"他遇害的过程吗?"

夏平殇睁大了眼睛,路予悲从没见他如此惊讶过:"七万多个小时的影像,也就是……八个地星标准年。"

印无秘的遗物轰动了整个六星系,甚至比他的死亡更加震撼。

这段长达七万个小时的影像由他的智心副官拍摄,记录他每一天的所有言行,不间断地记录了八年。影像也许改换过几次存储介质,最终共有八个复制体,四个保存于地星的超大型存储塔中,另外四个则在幻星。在印无秘死后的第十天,影像自动向整个六星系公开。浏览者当然不可能从头到尾地看完八年的影像,但可以通过日期、时间、活动类型、交互对象等不同索引方式搜索想看的片段。抛开内容不谈,记录八年影像这件事本身就堪称奇观,也只有智心副官才能做到。再加上印无秘事件的余温尚在,很快就吸引了上亿人同时观看。

影像的最开始,是印无秘在八年前的一段自述。这个身材矮小的男子并不帅气,但笑容足够和蔼。

"我是印寻真，今年四十七岁。三天前，我正式升任龙女神教大司台。教会授予我一台昂贵的智心副官。今天，我为他取名观察者，并做出一个决定，用他来记录我每天的生活。从今天起，我见到的每个人，说过的每句话，做出的每件事，都将由观察者忠实地记录下来。在我死后，所有影像将会公开。我有预感，应该会在十年之内。我以女神的名义在此发誓，影像中的内容全部真实可信，绝无人为修改。如果有一丝造假或者隐瞒，那么我这一生所做的所有努力，得到的所有成果——如果不谦虚地说还有那么一些，都可以被认为是虚假的，都不再有任何意义，各位可以尽管唾弃和谩骂。"

"换句话说，我从今天起放弃一切隐私，也不可能再有秘密。我也决定改名为印无秘。我相信，在影像公开的时候，会对六星系产生一些影响，而且是正面影响，但那个时候，我已经不在了。所以这件事对我个人而言，并无任何益处。"

路予悲花了一点儿时间才稍微理解这件事，印无秘早就决定把自己的生活展现在世人面前，长达八年，没有一丝隐瞒。如果他更早一些得到智心副官，毫无疑问也会开始得更早。这代表他不参与任何阴谋，不隐瞒任何事情。他所做的每一件事，说的每一句话，从动机到结果都清楚明白，毫无遮掩。虽然只公开了八年，不足以证明他一生清白。但就算在这之前他有什么算计，既然从开始记录影像到他死去都没有从那些阴谋中获益，就说明那些都不重要。

即使是最多疑的人，也难以找到任何角度去曲解印无秘的行为，或控诉他言行不一。正如他所说，这件事对他并无任何好处，但他还是这么做了。整个宇宙里再也找不到一个比他更值得信任的人，他是六星宇宙有史以来最诚实的人。

之后的三天，路予悲一直在浏览印无秘的影像，心里对这位叔叔的敬重也越来越深。他对龙女神教的教义做出重要的新解，著有数十本书作，这无疑是最大的贡献；他清心寡欲，不近女色，恪守龙女神教中修身炼境的教旨；他没有子女，也无意积累私财，所有收入都捐献给教会或慈善机构；他数次造访幻星圣都，与六星教本宗夜以继日地探讨，如何化解两教上百年的矛盾。其实印无秘的这些善举都不是秘密，龙女神教的信徒和龙吟阁的成员们早已称颂多年，但还是有很多人直到现在才终于相信。

最令路予悲激动的自然是印无秘和路高阙的友谊，包括电耳通信在内，二人的对话有上千次，远超他和别人的交流。毫无疑问，路高阙是印无秘生前最好的朋友，说是知己也不过分。

印、路二人的对话大多围绕几个永恒的话题：龙吟阁的发展、白派与黑派的矛盾、盟会与内阁的周旋、对地联的观察、大恒帝国的未来，以及六星宇宙的和平。谈话中固然暴露了一些龙吟阁的内幕，但无伤大雅，比黑派一直以来的恶意抹黑要合理得多。更重要的是，任何看过影像的人都必须承认，印无秘是真心爱着龙女神教，也爱着信徒们。在这个基础上，他不遗余力地为大恒帝国的子民和六星宇宙的和平努力，绝无半点私心。于是，安全局强加给他的间谍、通敌、叛国等罪名瞬间不攻自破，再去怀疑和抹黑印无秘的人只能自取其辱。路高阙虽然不如印无秘那样绝对地透明，但他的间谍嫌疑也减轻了许多。

有一次对话发生在印无秘家的壁炉前，印无秘对路高阙说："有机会的话，真该让你的孩子们去第六星生活一段时间。他们善良又聪明，又经你指点，也许有朝一日能为六星的未来开启新的篇章。"

"哈哈，那也太夸张了。"路高阙摇头笑道，"说到我的指点，你对他们的教诲也不少。唉……可惜他们还小，能领悟的不多。我打算等他们二十岁之后再好好和他们谈谈。"

"时间不等人啊，高阙。"印无秘叹了口气，"说到悟性，予慈才是最高的一个。虽然她没有予恕那么聪明，也不如予悲善战，但她对教义和公理的悟性，恐怕还在你我之上。"

路高阙沉默地点了点头，最后闭上眼睛："你说得对，时间确实不等人。"

他们的最后一次对话，正是龙吟四杰逃亡前夜的最后一次虚拟会议。四人都戴着全景目镜，如同身处同一房间，印无秘的副官也能录下十分逼真的会议影像。路高阙和曲犹怜都从不同渠道得知地星联合战线控制了安全局，即将对他们出手，而他们基本没有反抗的能力。与另外三人的紧张情绪不同，印无秘平静地安抚了他们，建议另外三人马上逃亡。曲犹怜表示赞同，但路高阙最初拒绝逃走。

"高阙，我知道，你不怕坐牢，也不怕死。我一直欣赏你的勇敢。"印无秘诚恳地说，"但如果你暂时撤退，将来能发挥更大的作用。况且你还有予悲和予恕，你也要替他们着想。犹怜，你可以帮到他吧？"

曲犹怜看向路高阙，没有说话。她长得并不漂亮，但气质高贵，而且有一张极优雅小巧的嘴。

路高阙踌躇了好一会儿，最后终于下了决心："好吧，我走。但是相对地，寻真，你也要走。"

印无秘轻轻摇头，但是在另外三人苦口婆心地劝说之后，他也终于动摇了。

"你们说的有道理，时悟尽最想杀的人确实是我。有很大的可能，我活不到明天的这个时候。"印无秘最后说，"我不怕死，我的命早就是女神的。但是……也许，现在还不是去见她的时候。我应该有更好的死法，对六星来说更有意义的死法。"

最后，晁八方才表态："很好，你们三个都要好好保重。咱们四个里必须留下一个，只能是我了。高阙，你不要急着反对。小怜，我知道你要说什么，先听我说说吧。说实话，我能看出来，时悟尽没把我放在眼里，所以我凭着一点儿金钱的力量还挺得住。我活到这把年纪，一直在忙自己的生意，没为盟里做出过什么贡献。我甚至算不上白派人士，时悟尽没什么理由对付我。至少在这个时候，让我做点事吧。"

另外三人看他态度坚决，也都承认他说的有道理，只好不再坚持。

路高阙叹了口气："不知道我们四个以后还有没有这样说话的机会。现在让我发自内心地说一句，能结识你们三位，是我最大的荣幸。"

四人互道珍重之后，纷纷退出了虚拟房间。

看完这段沉重又悲壮的谈话影像，路予悲已是泪眼婆娑。但他还是跳过了后面长达一年的逃亡经历，坚持着看完了影像的最后一部分，印无秘和他的追随者们惨死的全过程。关掉影像后，路予悲的心情久久不能平静，整夜几乎失眠了。半梦半醒之间，一个念头就像闪电一样划过他的脑海——印无秘的强大不仅源于信仰，更源于真实，那才是最纯粹，最强大的力量。时悟尽到底还是低估了他。

33

即使是在假期里,路予悲也坚持去游戏中心打工。这次恰好唐未语也在,两人像往常那样交手,最后唐未语险胜。赛后两人又聊了一会儿,唐未语建议路予悲跟唐老板申请涨工资。

"你现在可是少尉了。"唐未语笑着说,"还没有少尉来我们这儿打过工呢。"

"开学之后你也是王座数据官了,等到毕业的时候,你也会是少尉。"路予悲机智地回答。

"有道理,我也会跟他申请涨工资的。"

两个人笑了一会儿,路予悲又说:"叔叔最近用砂少了,你也多陪陪他吧,他其实很依赖你。"

唐未语沉默了一会儿才说:"我知道你跟他说了很多,谢谢。对了,听说恒国最近出了不少事。我不太懂政治,但是印先生的事太惨了,他的死对六星宇宙来说都是巨大的损失。"

路予悲知道,现在新星有六成以上的人对印无秘惨案多少有点儿了解,其中一半人都多少看过印无秘的影像。随着八年影像的公开,印无秘被誉为"帝国的圣人""龙女神教第一殉道者"

或"至诚者"。时悟尽的残暴和印无秘的真诚形成了鲜明对比，地联等黑派阵营受到重创，以龙吟阁为主的白派阵营一年多以来第一次在舆论阵地扳回一城。影像公开前，时悟尽和新内阁的支持率还能维持在50%以上，但是影像公开后不到10天的时间，竟骤降到40%以下，军务部和国防部的几位高级参事引咎辞职也没能挽回颓势。

路予悲心里一酸，说道："印叔叔是个伟大的人。能认识他是我一生的荣幸。"他自己也在印无秘的影像里出现过几次，和爸爸一起。最初两年甚至连路予悲的妈妈沐庭香和姐姐路予慈都出现过。路予悲给那几段影像做了镜像，翻来覆去地看，怀念着妈妈和姐姐。

"影像里也有你对吧？告诉我索引，我也去看看几年前的你。"唐未语有些调皮地说。路予悲支支吾吾地左顾右盼，他在看影像的时候也不止一次地感慨当年的自己是那么稚嫩和狂妄，妹妹却已经开始像个小大人了。

唐未语又说到路高阙："还有你父亲。印先生出事之后，不知道他会怎么样？"

路予悲也发现，路高阙竟成了印无秘事件的一大受益者。他在印无秘的影像中出镜繁多，而且形象十分正面，言谈也鞭辟入里。路高阙虽不及印无秘那种毫无保留的绝对真实，也足以让他成为这位至诚之人遗志的继承者。大恒帝国的反地联势力已经崭露头角，一直以来都视印无秘和路高阙为潜在的领袖，现在印无秘已死，路高阙便成了独一无二的英雄，被称为"大恒正气"。也有一部分时事评论家尖锐地指出，路高阙失踪一年之久，未发一言，竟能被推崇到这个地步，恐怕连路高阙自己也没有想到。

当然，即使他的人望每天都在提升，也还不足以与时悟尽正面对抗。

路予悲突然有种冲动，想把父亲即将来到新星的事告诉唐未语，但他还是忍住了，只是说道："对我爸爸来说，现在的形势既危险又安全。这次事件虽然不够把时悟尽赶下台，但也动摇了地联的统治，能让他收敛一点儿。"

唐未语点了点头："还有几天就是印先生的追悼会了，新星也有很多人在关注。很多人关心你父亲的安全，游戏中心的人也很关心你们兄妹俩。"

"谢谢。"路予悲心里感到一阵温暖。

唐未语离开后，路予悲才发现，他们只字未提舞会的事，不由得暗想：看来她果然没有为那件事介怀，她只把我当普通朋友而已。是我自己太傻了，才乱想那些有的没的。路予悲啊路予悲，你已经二十岁了，不要再那么幼稚了。

按照地星惯例，一个人去世后的第十八天是追悼日。

印无秘的追悼会无疑是一件大事，由龙女神教和龙吟阁联合召开。地点选在六星新生广场，是白派集会最多的地方。这座立体广场建于七十多年前，共分六层，每层对应一个行星，格局设计和装饰风格都体现了这个行星的文化特点，整个广场象征着六星在多次战争后的重生。但最近二十多年来，地星越来越封闭，恒国越来越偏黑，新生广场也失去了往日的荣光。

追悼会当天，大量市民自发地来到六星广场，穿着黑白两色的丧服，胸前佩戴蓝色慰灵花。他们中的很多人来自其他城市，更有不远万里从伊甸国赶来的，只为向印无秘献上真挚的敬意。

这几天来，整个六星宇宙兴起了一股效仿印无秘自录影像的热潮，也有不少人在网路上围观。但那些效仿者通常坚持不到100个小时就放弃了，或者每天会有一两个小时暂停录制，围观者便兴致索然地离开了。如果做不到彻底真实，半吊子毫无意义，就算每天隐藏几分钟也不行。

通过这些效仿者的失败，人们更加意识到印无秘的真诚之可贵。

新生广场的中间区域上下贯通，像一座巨大的六层蛋糕，中间挖下去一块，直通到底。一座半球形的礼仪平台悬浮在贯通区域正中，上方还有放大的全息影像，让每一层的人都能看到平台上的近景。

追悼会开始后，第一个上台的自然是龙女神教的总主教。但出于政治考量，总主教的态度并不尖锐。他先是简要回顾了印无秘的生平，充分肯定了他对龙女神教的贡献，格外赞扬他和其他文明的宗教深入探讨教义的壮举。在他的努力下，开启了龙女神教和六星教之间的和平包容之路。

第二个发言的是大恒人文大学的校长，印无秘也是人文大学的哲学教授。他高度赞扬了印无秘作为哲学家的成就，并因此和历史学家、语言学家、思想家路高阙成为好友，两人联合发表过几篇论文，共同出版过数本著作，享誉整个六星系。

上空的全息影像时而是发言者的特写，时而变成印无秘的影像。他享年五十五岁，虽不算英俊，但举止优雅，笑容和蔼，有很强的亲和力。他一生未婚，没有妻子儿女，仅有的亲人是他叔叔一家，此时站在平台上，表情肃穆而哀伤。

最后一个发言的是龙吟阁现任首席理事晁八方。这位表情坚毅的老人先沉默地环顾四周,似乎在确认六层广场的每个人都在注视着他,又看了看几个飞行摄影器,他的影像此刻正传向整个恒国,整个地星,整个六星系。

"一年多以前,印无秘、路高阙、曲犹怜和我有过最后一次四人谈话。在印无秘留下的影像中,也有这次谈话的全部内容,想必很多人看过了。在那之后,他们三个就分头离开了中都。"晃八方的第一句话就说到了每个人都关心的三杰失踪事件,"现在我可以断言,如果他们三个当时没有走,那么这个追悼会也许早在一年前就召开了,而且可能是三个追悼会。"

六星广场的人开始交头接耳。晃八方的话明显是在暗示三杰的性命早就受到了地联战线和时悟尽的威胁。

"晃某比他们三个都老,也早就活够了。所以当时虽然情况危险,我还是决定留下来,看看在死之前能不能为龙吟阁多做些事情。既然侥幸活到现在,那么有些事我也不必再忍,有些话必须说出来了。"

通过各种途径观看这场追悼会的观众里,很多人早就想到,晃八方有胆量留下来是因为他的科技帝国太过庞大,早已深入影响到每个人的日常生活。很多人视他为偶像,更有人奉他为神明,当然也有无数人在茶余饭后毫无敬意地调侃他,甚至以各种理由诋毁辱骂他。但谁都不能否认,他对大恒帝国来说相当重要。

接下来的10分钟里,晃八方大骂地联战线的残忍无道、只手遮天。这位年近八旬的老人声若洪钟、言辞激烈。若放在平时,怒斥掌权者并不会掀起什么波澜——近百年来,大恒帝国的居民早已习惯了言论自由的环境——但今日不同,相当一部分栋梁民众早就对时悟尽心存不满,这种情绪就像一片深暗的油田,已沉寂多时。现在有印无秘做引线，晃八方燃起火种，反抗的火浪瞬间被引燃。

"时悟尽必须为印司台的死付出代价！"晃八方几乎是怒吼了，"只惩罚几个不大不小的官员，就想平息我们的怒火吗？绝不可能！"

"付出代价！"广场上的人也有不少跟着呐喊，另一部分也频频点头。站在晃八方身后的总主教似乎有些局促，和旁边的神职人员小声交谈。

"改革，这个国家必须改革！"晃八方拍案吼道，"地联战线是靠恐吓和杀戮上台的，而时悟尽更是个独裁者、战争狂！大恒帝国是民主国家，怎么能容忍这种极权政治？我们必须大举改革！"

观众跟着大声叫好。人群中忽然走出一个女子，问道："怎么改革，晃先生不妨说说看？"她的声音通过两个浮空音源传至整场，在场的大部分人认识这个中年女人——著名记者魏一言。她已经在新闻界活跃了二十多年，很多次采访引起过轰动。现在虽然已年过四十，但依然是一位颇有魅力的女性。她思维敏捷，口齿伶俐，采访风格比之过去更加犀利。此时她一出场就打断了晃八方激昂的演说，现场火热的气氛也被浇熄了小半。

"原来是魏女士。"晃八方的语气带有明显的不满，"这是印无秘的追悼会，没有安排记者提问环节。"每个人都知道，魏一言是时悟尽的忠实拥趸，坚定的黑派人士，多年来一直替地联战线造势，也经常大肆渲染龙吟阁的负面新闻，对晃八方和印无秘都有过不少口诛笔伐。今天这个场合，她的出现势必会招致很多骂名。

果然，人群中传来一阵嘘声，更有人大声让她滚。在场的人都为悼念印无秘而来，自然都不欢迎魏一言。

"不管你信不信，我十分尊敬印无秘先生，他是真正的伟人，说是圣人也不为过。"魏一言大方地向前走了几步，挑衅地看着晁八方，"但晁先生快把这场追悼会变成讨伐异己的誓师大会了，这也不太尊重印司台吧？不要怪我说得难听，可能别有用心的人会说，你这是在利用印司台。"

"是别有用心的人，还是你？"晁八方冷笑道，"时悟尽自己做出恶行，任何有良心的道德之士都不能容忍，何来'利用'一说？"

"也许这里的大多数人不是。"魏一言环视周围的人群，"但如果您假意改革，实际上要为自己谋福利，那当然是'利用'。"

"原来如此，你是想制造割裂，割裂寻真之死和我的改革诉求，这没有用。"晁八方也是多年的老江湖，自然不会被她这么轻易问倒，"寻真死得冤枉，我自然要替他讨回公道，你再怎么挑拨，时悟尽和地联也难辞其咎。我说了，没有记者提问环节，如果你还有些底线的话，请自持身份，不要再试图挑衅了。"

"我今天不是以记者身份来的，只是作为一个普通百姓，想问几个简单问题。"她赶在晁八方开口前又继续说道，"就说说您口中的改革，我猜无非要时大人辞职。眼下是非常时期，对外，地星与幻星的暗中角力逐渐升级；对内，时大人好不容易打压下去的贵族政治随时会卷土重来。如果现在弹劾时大人，后果一定是灾难性的，大恒帝国岌岌可危。试问谁能取代时大人扛下这份重任？您吗？"

晁八方当然不好意思点头称是，但又暂时想不出很好的应对办法。在场的人也窃窃私语起来。虽然他们都是反地联者,并不都是晁八方的拥趸。魏一言语速飞快,口齿伶俐,也确实指出了大恒帝国的尴尬之处。

"改革自然是有代价的,但也只是一时而已。"晁八方只能如此应对。

魏一言乘胜追击:"谁都知道晁先生在商界的成就,我也很倾慕,真的。但如果您出任新首相,恕我直言,能力尚且不谈,恐怕很多人会怀疑,您会不会为您的商业帝国谋取利益?请原谅我的直白,我只是说出很多人的心声。而且时大人对您的智心产业颇为照顾,这也是事实。再说首相一职何等重要,需要的是经世济国之才,时大人就具备这样的能力。当然,龙吟阁里确实也不乏能人,特别是那一位。他曾周游六星,对六星宇宙研究至深,名声远播七大星族;他有真才实学,更有个人魅力,龙吟阁里无出其右。如果大家也有同感的话,一起喊出他的名字好吗?"

她回身朝广场上的观众微微一抬手,竟有相当一部分人异口同声地喊道:"路高阙!路高阙!"

晁八方暗暗惊讶,魏一言先是替时悟尽发声,再小小地攻击自己,这些都在意料之中。但她话锋一转,出其不意地借路高阙来压低晁八方的影响力,这一招相当高明,完美顺应栋梁集团的思想。现场的风向已经被魏一言带偏了,必须马上回到正轨,但又不能正面否定她的话,那无异于否定路高阙。

"高阙是我的至交好友,我们经常私下探讨政治理念。魏女士既然承认高阙的能力,想必也了解,他对六星政局的观念,与时悟尽完全相反。"晁八方把火力焦点引回地联身上,"这一年来黑派掌权,地联战线残酷镇压异己,时悟尽煽动战争,帝国百姓人人生活在恐惧之中，如果继续下去，六星宇宙必将血流成河。如果高阙在这里，他也一定会寻求改革。"

"是吗？我看不见得。"魏一言赶在观众叫好之前抢道，"路先生不会空喊口号，而是会用他的学识去引导大家，用他的德行去感化大家，用他的威望去领导大家。晁先生，您能谈谈外阁最近起草的关于乌引星的介入法案是否应该通过吗？远的不说，伊甸国总统最近频频出访他国，到底有何企图？"

晁八方老脸微微一僵，他整日被龙吟阁的种种人事任免和法务纠纷消磨，又要为自己的商业帝国掌舵，还有五个子女和七个孙辈也问题不断，都需要他照顾，根本没有时间深入了解所有的政治议题。

"现在不是谈乌引星和伊甸国的时候。"晁八方只好强行转换话题，"咱们不妨明说了吧，我知道你想逼路高阙现身。印无秘已经成了时悟尽血腥统治的牺牲品，接下来就轮到路高阙了，对不对？"

面对晁八方的直言责问，魏一言也觉得不易抗辩。晁八方猜得没错，她今天冒险出现在这里，就是想利用印无秘的追悼会，千方百计引得路高阙现身，至少要暴露位置。这是地联战线的参谋部交给她的秘密任务。

"晁先生误会了，我绝对没有加害路教授的意思。"魏一言露出一个无辜的表情，"这里有这么多印无秘的朋友，龙吟阁在您的领导下也越来越有起色。在我看来，路教授如果现在出现在这里，会比他继续东躲西藏更安全。印司台的不幸也证明了逃亡并非最好的选择，不是吗？"观众也开始交头接耳起来，不少人点头赞同魏一言的说法。

"荒谬，印无秘的不幸只能证明时悟尽的残暴和不择手段。"晃八方怒道，"如果高阙放松警惕，冲动现身，那就中了时悟尽的诱敌之计！"

魏一言不得不承认晃八方的头脑还未随着年龄退化。但连她自己都不知道，此时参加追悼会的人群中潜伏着执节秘警，路高阙一旦现身就会马上被捕；地联宣传总长言霖霖已经统一了各级宣传口径，准备了各种冠冕堂皇的说辞，以平息民众的不满；言霖霖本人就在不远处的楼宇上观察着六星广场；各级治安部门也已经整装待发，有把握应对路高阙被捕之后民众的过激反应。如果要强行逮捕和审判路高阙，现在是最后的机会，再拖下去只会越来越难办。所以关键在于路高阙能否不被嘈杂的声音干扰，冷静看清眼下的局面，做出正确的选择。

晃八方正在思考这些问题，忽然听到智心副官向他汇报了一些情况，脸色顿时一变。

魏一言继续说道："在我的印象里，路教授不是贪生怕死之辈。一年前他的逃亡我可以理解，但是印无秘去世这么大的事，他总不能毫无表示吧。印无秘不是他最好的朋友吗？"

"他当然是。"一个声音在广场上空响起，但不是晃八方的声音，"承蒙魏女士看得起，我路高阙的确不是贪生怕死之辈。"

"爸爸！"路予悲脱口而出，路予恕也从沙发上弹了起来。

初暮雪家的影墙正播放印无秘追悼会的实况场景，当路高阙的声音响彻全场时，客厅里的气氛也顿时火热起来。

"他真的去了？"初暮雪的眼睛也睁大了一些，"这太危险了。"

"应该是远程讲话，没有全息影像。"廉施君也目不转睛地盯着影墙，"但是这样也很冒险，只要反向追踪信号，不出3分钟就能找到他的位置。"

"我先找找看。"克萨打开微机，给希儿和卡维尔下命令。

追悼会现场的群众也早就开始欢呼和鼓掌了。魏一言的诧异表情似乎表示她也不敢相信路高阙真的敢冒险。晁八方则是一副既紧张又无奈的样子。

"很抱歉我不能赶到现场，只能通过这样的方式向吾友寻真表示哀悼。"路高阙证实了廉施君的猜测，"他是个伟大的人，真挚的人，不该这样死去。如果这个宇宙里有谁值得所有人的爱戴，那一定是印寻真。"他有些哽咽，这番话显然是发自真心。现场的观众也不禁落泪，有些人哭出了声。

"不是智心仿声。"克萨说道，手上操作不停。

"更重要的是，有些话我无论如何也想跟支持我的朋友说。"路高阙的声音继续说道。嘈杂的现场也渐渐安静下来，大家都想听听路高阙想说什么。

"这一年来，我为了躲避灾祸选择出走。无论用多么完美的借口来掩饰，这始终是懦弱的行为。我承认这一点，但我并不觉得可耻，忍一时的屈辱是为了国家的未来，也为了地星和整个六星系的未来。"

路予悲一言不发地盯着屏风，想把父亲的每句话都刻印在脑子里，路予恕也是一样。兄妹俩最大的共同点，就是都全心全意地爱着父亲。

"很多人看得出，大恒帝国正在走向疯狂，黑派的大地星主义会放大仇恨，仇恨会引发战争。时悟尽是个不折不扣的独裁者、刽子手。我的学生蓝沙沙惨遭杀害，还有许多和她一样无辜的人毫无尊严地死去，累累血债被草草掩埋，无人控诉！在这片疯狂之中，个体要保持冷静和独立思考是非常难的事情，令人欣慰的是，在场的各位都做到了这一点，非常了不起！我无法代表这个国家，但能代表我个人，感激你们！"

现场的人再次欢呼起来，执节秘警也只好假装附和。只有魏一言显得格格不入，颇为狼狈。

路高阙继续说道："但是时局艰难，道阻且长。虽然内阁支持率首次跌破50%，但依然很高。真正敢于反抗的人还是少数，根据我的估算，不超过20%，这还是在印无秘事件后有所提升的结果。所以请大家原谅，我暂时还不能露面，否则之前的一切准备都将白费。"

接着，他的语气变得严厉和冷峻起来："地联战线的人，我知道你们也在听。时悟尽，想必你在现场安排了人手想要抓我，现在是不是正让安全局反向定位我？不用你费心了，我自己告诉你我在哪儿。"现场顿时一片哗然，晁八方也皱紧了眉头，犹豫着是不是应该切断通话。

"为什么？"路予悲吃了一惊，转头看到妹妹的表情还很镇定，就稍微放心了一些。

"我正在去往第六星的航线上。"路高阙说道，"第六星生活着一千万人，七大星族和平共存，正是我提出的《六星变合论》最好的成功案例，也是榜样和典范。未来的几十年甚至几百年里，第六星对这片宇宙来说至关重要。二十年前，我曾在那里种下一些种子，现在到了去收获成果的时候，要从根本上拯救大恒帝国，这是必不可少的一步。另外，我的孩子们也正在那里学习和成长，予悲、予恕，爸爸很想你们。"

路予悲和路予恕激动地对视了一眼，但是都没有说话。

"对这两个无辜的孩子，地联战线竟派出刺客去第六星绑架他们，这种行为简直是地星之耻。"

克萨刚刚完成了计算，说道："追踪到信号的来源了，他说的是真的，发信源确实是在太空里，刚刚飞过凡星轨道，预计还有六到七天抵达新星。"

"有人把我的行为扭曲成通敌或者叛国，那完全是无稽之谈。就像印无秘一样，他与幻星的交流毫无自私自利的动机，没有任何可以指责的地方。我所做的一切也都是为了最终的胜利！到了适当的时机，我一定会回到地星，回到大恒帝国，和大家站在一起！在此之前，请大家务必保护好自己。我是路高阙，再次感谢大家。"路高阙的发言结束时，六星广场的气氛沸腾到了顶点。

魏一言尴尬地悄悄退去，晁八方开始下一轮演讲。

"廉爷爷，爸爸现在是在客运舰上吗？"路予悲问廉施君，"您安排的？"

"是的。"廉施君有些忧虑地说，"我派出最信任的舰长，让他全权负责高阙的行程路线。他非常聪敏谨慎，到了地星之后就切断所有联系，连我也不知道他们现在在哪儿。本来高阙可以悄悄抵达新星的，没想到竟然被那个女记者逼了出来。"

"也不光因为那个女记者。"路予恕边思考边扯了扯鬓角，"印叔叔既然死了，爸爸很有可能要主持一下局面，避免人群失控，这也是有必要的。白派阵营需要知道路高阙还活着，还在战斗，这就够了。"

"但是代价是暴露了位置。"路予悲焦虑地说，"时悟尽会派出追兵的。"

克萨回答:"他会的,但是那没用。我刚刚算过,以他现在的位置,地星现在派出战舰追击已经来不及了。路教授想必也是算到了这一点,才敢于发声。"

"还有一种手段,从新星反向拦截。"初暮雪突然开口道。

"没错。"路予恕点点头,"而且他们已经布好局了——恒国派来一位神秘的外交特使,明天就将抵达新星。而且这次属于秘密外交,没有对外公开。"

路予悲纳闷地说:"你是说,这位特使就是为了拦截爸爸而来的?"

"这种可能性很大。"

"时悟尽竟然能提前算到这一步?"路予悲惊讶地说。

"不要小看了时悟尽。"路予恕回答,"他只要预测出爸爸大概的动向,就能未雨绸缪。这次特使带了不少人,如果情报不假,护卫舰就有好几十艘。"

"看来时悟尽心意已决。"廉施君说,"但他绝不敢杀高阙,最多只能抓他回去。印无秘惨案几乎踩到了六星道德公约,但毕竟事情发生在恒国境内,还有解释和回转的余地。即使如此,时悟尽也受到了不小的反噬。如果再对高阙做出那种暴行,而且是在地星之外,可想而知,那比印无秘事件还严重得多,时悟尽就真的成了六星公敌,再也无法翻身。"

路予悲点点头:"新星这边不能派出星卫军接应吗?"

"恐怕不行。"廉施君说,"新星如果主动出兵保护高阙,时悟尽会把这扭曲成高阙是新星间谍的证据,也就有借口采取更激进的举动。六星之主也不知道他会做出什么举动来。"

"我简单地总结一下。"克萨伸出一根手指,在空中虚划了一下,"现在新星和恒国之间有一条外交红线:恒国不能过分粗暴地对待路教授——时悟尽已经经不起第二次印无秘事件的冲击;新星也不能太明显地帮助路教授,那会正中时悟尽下怀。"

路予悲明白了:"所以恒国和新星现在都小心翼翼地,就像爸爸形容的那样——冰上舞蹈。"

初暮雪点点头:"高明的比喻。我阿婆也说过类似的话,其实所有政治博弈都是冰上舞蹈,只不过冰的薄厚有别。现在的情形无疑是最危险的那种。"

克萨总结道:"路先生还有七天左右抵达新星,这六天就是最关键的时期了。六天之后,如果路先生安全抵达新星,就是我们赢了,反之就是他们获胜。"

"六天……"路予悲有些无力,第一次觉得时间如此漫长。

"新星不能踩线,星统会也束手无策。"廉施君不安地踱来踱去:"我可以跟初老太商量一下,看看国防部长的态度如何,说不定能做点什么。"

"谢谢您。"路予悲十分感激,他知道能做到这个地步已经不易。

"事不宜迟,我这就去。"廉施君说着向众人道别,然后坐飞车离开了。

廉施君走后,路予悲又转头问妹妹:"恒国特使反向拦截到爸爸的概率有多大?"

"关键在于航线。"路予恕说,"爸爸可以选择的航线有七条,中间还可以换。特使的人手不可能覆盖所有航线,最多覆盖两条。所以关键就看他们能不能提前窃取到航线信息,或者赌中了。"

"你们那个什么沙盘,能帮到爸爸吗?"

路予恕看了一眼克萨:"28号成功预测到了印叔叔的死,但是我们什么都改变不了。关于爸爸的事,因为离开了恒国盟会的范畴,需要重新搜集信息,现在恐怕帮不上忙。"

路予悲皱紧眉头:"我们有没有可能跟爸爸通话?"

路予恕摇了摇头:"不行,爸爸对外发出信号就会暴露位置,刚才不就是?现在暴露还好说,因为还有六天的时间,可以改变航线,但越往后就越不能暴露。"

"也就是说这六天里爸爸也不能联络我们了?"路予悲有些失望。

"那是当然的。"路予恕说道,"这是最后关头的决战了,说什么也不能功亏一篑。"

路予悲颓然坐下,有些沮丧地说:"这样看来,爸爸被抓到的可能性还是很高啊。我们就什么也做不了吗?"

"新星什么也做不了,星统会也是。"路予恕自信地说,"但是我们已经有点儿根基了,只要发动一切能发动的力量,等特使到了,我们见招拆招吧。"

34

因为地表光雾的作用，所以每到阴雨天，第六星的空气都显得格外沉重。路予悲和初暮雪在凡星娱乐区的高空餐厅里吃午饭。凡星的菜品共分九系，路予悲比较爱吃其中咸香的一系，比如百味三头鱼，用几十种奇奇怪怪的香料煎烤而成，味道强劲，分量十足。初暮雪经常提醒他，凡星菜吃多了对身体不好，因为凡星调料大多带有微弱的毒性。路予悲向来都是一笑置之。

而今天这顿饭，路予悲吃得很少，连他平时很爱喝的香叶水也没怎么动。看着他心事重重的样子，初暮雪知道他在担心路高阙。追悼会之后已经过了两天，算起来四天之后的这个时间，路高阙就快要踏上新星的地面了。

从高空餐厅的落地窗俯瞰出去，可以看到一大片使馆区。其中最宏大、占地最广的就是地星恒国大使馆，楼宇高耸，庭院广阔，外墙高十米。一层虚拟穹顶由外墙向上延伸，犹如硕大的蛋壳，罩住使馆上空，看似半透明，实际上蛋壳外侧显现的画面只是即时演算生成的全息影像，并非真实的内部情况。最近几年来使馆一直很冷清，夏平殇和他父亲带着一批工作人员进驻大使馆之后，也只使用到其中的一小部分。现在特使即将到来，虚拟穹顶才再次启用。

饭后，二人到附近商业街散步。天空下着小雨，雨势有逐渐增强的趋势。路予悲放飞一架小小的避雨器，悬在他们头顶二尺高的位置无声地高速旋转，跟他们步伐一致，挡开落下的雨滴。

路过一家冰激凌店时，他停下脚步。这里卖的冰激凌都是正宗的恒国口味。看着那些五颜六色的冰激凌，路予悲回忆起了往日的岁月，他和夏平殇、方-夏梦离经常在课后悄悄溜出学校，偷偷买冰激凌吃。两位好友虽然都是贵族，在家里吃的都是最高档的食品，但是和路予悲一起吃平民价位的冰激凌时，也是发自内心地愉悦。他还记得梦离最爱吃柠檬味的冰激凌，而夏平殇只吃咖啡味的。

忽然，路予悲感觉到胸前有种异样的感觉。那颗心形石头在震。虽然只是微小的震动，小到几乎感觉不出来，但路予悲还是停下脚步，心跳加速。他不知道这意味着什么，但他希望这是有原因的。那种震动越来越强烈，频率也越来越高。但它太小了，只有指甲盖大小，就算震动加强，也只不过是放在桌子上自己会一点一点挪动的程度。

初暮雪发现了他的小小异常，面无表情地看着他："怎么了？"

路予悲站在原地，正怔怔地出神，一个熟悉的声音在他背后响起："路予悲？"听到这声呼唤，他像被一道闪电击中，僵在当地，眼中瞬间有了泪水。他缓缓回过身，一位年轻女子站在不远处，也惊讶地看着他。

他曾经无数次地期待着这一天，无数次幻想这一幕，也无数次想到心痛不已，痛到不得不把那些疯狂念头强行驱逐出脑海。

直到今天，这一幕真的出现了。他的胸口像是被狠狠地撞击了一下，只觉得口干舌燥，一句话也说不出口。他强迫自己把眼泪忍了回去。眼前的女子还像从前一样美丽，双眼还是一样明亮动人，只是酒红色的长发剪短了，颜色也比原来更深了一些。一个人怎么可能让他感觉这样熟悉，又这样陌生？

呆立了片刻之后，他终于找回了自己的声音："好久不见了，梦离。"

"最近好吗？"面对一年多没见的方-夏梦离，路予悲恨自己竟然只能想得出这样的问候。

"还好。"她的语气听不出真假。

两人坐在一间复古的咖啡厅里，客人很少。初暮雪坐在咖啡厅的角落，离二人距离足够远，给他们留出私聊的空间。这里离大恒帝国和伊甸国的大使馆都不远，售卖的咖啡自然也是地星出产的，品质还不错。

路予悲点了一杯三层滴滤的梦境庄园咖啡，味道还算正宗。梦离点了一杯浓奶油咖啡，捧在手里小口小口地喝。即使隔着一张桌子，路予悲也能闻到她身上淡淡的香气，恍惚中仿佛回到了那一天的方-夏庄园，梦离用的就是这种香水——冰莲花的香味，他到死都忘不了。窗外的雨渐渐大了起来，密集的雨点落在地面上，溅起的水花连成一片，白茫茫如轻烟。

"好久不见了，泰。"路予悲习惯性地跟梦离左耳的副官打招呼。

"路先生好，怎么没见到希儿？"泰反问道。

"她……在我妹妹那儿。"路予悲有些诧异，"泰居然会主动问起希儿，又有进步啊。"

"还差得远呢。"梦离苦笑着摇摇头："我平时没事就教他点新想法，万一能碰巧突破奈鲁极限呢。"

"原来不是智心副官，是超智副官，失敬失敬。"路予悲说完，两人都笑了。

"你妹妹也还好吧？"梦离问道。

"还好。"路予悲点点头，"就是整天跟着一个老男人。说真的，我不是很喜欢那家伙。"

"她都十七岁了吧，早该有自己的生活了。"梦离坏坏地一笑，"怎么，你舍不得了？"

"我会舍不得那个小魔头？"路予悲表情夸张地说，"我巴不得有个人把她带走。不过她根本就不正常，恋爱什么的不大可能。对了，你怎么会在这儿？"路予悲想起还没问这个问题。

方-夏梦离盯着手中的咖啡："我早就想来了，但是之前帝国关闭了所有第六星客运线，我身体也……不大方便。"路予悲当然知道她说的身体不方便是指大着肚子。

"现在帝国重启了一条旅游航线，所以我就想来看看。"

不会是想看我吧？路予悲在心里苦笑。梦离似乎看出了他的想法，说道："看看你和平殇，咱们三个原来是最好的朋友，现在只有我留在帝国。"

不只是最好的朋友吧。路予悲在高兴的同时，心里又在暗暗叹气。梦离也笑了一下。路予悲发现面前的女孩变化不小——酒红色长发剪短了些，笑容也变得轻浅了许多。他曾经想拼尽全力给她幸福，希望每天都能看到她开心的笑脸。但她终究还是嫁给了别人，笑容也变了样。

"你怎么找到我的？"路予悲问了下一个问题，"我可不相信是偶遇。"

"你猜？"

"这个？"路予悲隔着衣服摸了摸胸前的心形水晶，看到梦离点头，又说道，"你怎么知道我还戴着它？"

"我不知道，只是试一下。"梦离看着他的双眼，"我以为你早就把它扔了。泰说你就在附近的时候，我几乎不敢相信。"

事实上路予悲不仅没有扔，还一直贴身戴着，二人都明白这意味着什么。

"男孩还是女孩？"路予悲想到哪儿就说到哪儿，他和梦离之间的对白一向简单直接。

"男孩。"

"男孩像妈妈，他一定很漂亮。"

"是的。谢谢。"

"韩医生帮你接生的？"

梦离脸一红，看了他一眼："问这么细干什么？"

"啊，就是随口一问。"路予悲也不知道自己在说什么，"韩医生还好吗？"

她沉默了几秒才回答："他走了。"

"啊……"路予悲想起那个老医生亲切的脸，"我很抱歉，他是个好人。"

梦离没有说话，似乎也在怀念那位陪伴了她十几年的忠诚的老人。

"孩子也带来了吗？"

"对。他还太小，离不开我。"梦离的表情有点儿复杂，"带孩子很累，我每天都会逃出来一会儿，把他扔给保姆们。"

"哈哈！"路予悲忍不住笑了，笑容里夹带一些愁苦，"我还是没法相信，一年前我们还一起打模拟战，一年后你居然是妈妈了。"

"我也没法相信，一年前你还是我们队里的王牌战神，一年后竟然成了第六星的少尉。"梦离的还击也还是像从前一样犀利，"还是最年轻的少尉，对吧。"

"你连这个都知道？"路予悲毫无自豪感，反而叹了口气，"我不知道怎么解释，但当时我别无选择。"

"不用向我解释，我又没有怪你。"

"你真的不怪我？"路予悲追问道，"别的事也是？"

梦离终于抬起双眼和他对视，那双眼睛依然美得令他心碎。

两人相顾无言，但并不是普通的沉默，而是用沉默在对话。那些无奈的错过和离别，不得已的亏欠和辜负，两人都心知肚明。经历过无数个痛苦和思念的夜晚，他们已经放弃了所有不甘和悔恨，只能默默品尝不得已的苦衷。所以到了真正见面的时刻，无须再多说什么，仅仅是沉默地对视，也足以倾诉一切。

"都是过去的事了。"梦离转开视线，望着窗外落雨的街道。

"是啊，都是过去的事了。"路予悲机械地重复着，有谁知道，这简单的两句话是多么残忍。他盯着梦离握着杯子的纤细手指，还有无名指上那枚精致的戒指。

"我本来以为再也见不到你了，所以常常想起那晚离开你家时你的样子，以为那就是最后一面了。"路予悲耸耸肩，想表现得轻松一点儿，但脸上的肌肉不受控制地微微颤动。

"我是什么样子？"梦离看着他问。

"头发这样绾上去，上面有光照下来。"路予悲边回忆边说，"你穿的是深红色长裙，有点儿逆光，颜色很深……有冰莲花的香味……你在笑，但是那个笑容……我觉得很悲伤。每次回想起那个表情，我都……"只有女神才知道这一幕在他梦里重现过多少次。

梦离突然神情忸怩起来："我们那天……做了不少傻事。我当时太冲动，想要报复他们。还是忘了吧。"

路予悲心里一痛，原来梦离那天的大胆行为是出于冲动和报复心理，不用说，当然是要报复她的父母，她的贵族家庭，还有她不由自主的婚约了。

路予悲轻轻叹了口气："那就……忘了吧。现在能再见一面，我已经很知足了。那一面终于不是最后一面了，我也能解脱一些。谢谢你来看我。"

"我也能解脱一些。"她轻轻摇头，"你比原来成熟多了。"

"是吗？"路予悲没想过这个问题，"模拟战里应该是成熟了一些。原来的我太糟糕了，简直是个浑球，一直都让你们很头疼吧？真的很对不起。"

"你知道就好。"梦离微笑着说，"我接受你的道歉。"

"我早该道歉了。对了，你后来考军校了吗？"路予悲问道。

梦离摇了摇头："我先生和公公都不希望我进军校，也不希望我进外交部。所以我现在成了全职太太、全职妈妈。"

路予悲当然知道她先生是墨渊龙，公公就是墨伯爵，但是听她亲口说出这种称谓，心里还是忍不住抽痛："这也太过分了！你应该有自己的选择。你的水平我比谁都了解，你是有天赋的。"他发自内心地说。

"那有什么用?"梦离闭上眼,"你知道我爸爸的事吧,他能安稳地退下来,全靠我公公帮忙。所以我也只能听他的。你也不用替我觉得可惜,我本来也对打仗没有兴趣,和你们不一样。"

"但是……全职妈妈也太……"

"我现在在学很多东西,弹木胧琴、练字,偶尔也画画。对了,我还打算写一本书。"梦离调皮地一笑,"你看,我还挺享受这种生活的。"

路予悲沉默了,他太了解梦离,知道她确实不想当军官,至少没有路予悲这么热衷于战场。但是她现在的轻松自如,一定有几分是装出来的,路予悲确信。

"你呢,在学校之外还学了什么新东西吗?"梦离问道。

"曲势。"路予悲喝了口咖啡,坦白地回答。

"那是什么?"

"一种……舞蹈。"

"哦,是和女孩子一起学了?"梦离笑着说。

"算是吧。"路予悲放下咖啡杯,回头看了一眼不远处的初暮雪,决定不告诉梦离自己经常被她打得惨叫不止。

"她看起来很……强大。"梦离由衷地说,表情却有些落寞,"我就知道,你这么优秀,会有新的人陪着你,比我更好的人,代替我……"

她说到最后两句话时的声音极小,路予悲没听清楚:"你说什么?"

梦离只是摇了摇头,端起咖啡喝了一口,掩饰脸上的慌乱。

"你要在这住一段时间?"路予悲看似不经心地问道,"什么时候走?"

"几天吧,不会太久。"

路予悲沉默了,他知道两人最好不要再见面了,这样对彼此都好。

两个人又有一搭没一搭地说笑了一阵,外面的天色渐渐暗了,但雨势不减。

梦离不经意间瞥了一眼精致的手表。路予悲主动说道:"我送你回去吧。你出来这么久,宝宝一定想妈妈了。"

她犹豫了一下,还是微微点了点头。

两人出了咖啡厅,放飞两架辟避雨器。天上落下的雨水都被这种精巧的装置瞬间蒸发,只有地面上溅起的水花打湿了两人的鞋袜和裤脚。

他们肩并肩缓步走向恒国大使馆。路予悲不禁想起从前的日子,那几年和梦离并肩走过的时光,当时竟不懂得珍惜,真是愚蠢至极。现在这段不远的路程,每走一步就少一步,每过一秒就少一秒,再想珍惜也于事无补。

"以后,我就不来找你了。"路予悲故作轻松地说,心里却在汨汨流血。

"嗯。"梦离轻声回应。他们都明白,曾经爱得再深也好,伤得再痛也好,错过就是错过了,一切都只能留在回忆中。

"战争也许真的快来了,你没参军也好,不用上前线。"路予悲想了想,实在不知道该怎样祝福她,只能说一句,"梦离,你要好好地活着。"

女孩无声地点了点头。

路予悲猛地惊觉，两人已经走到恒国使馆高高的围墙外了。离近了看，那面虚拟穹顶高得吓人，虽然是无形的薄壁，但足以让所有来自空中的侦察都无功而返。

　　"我从后门进去。"方-夏梦离说道。

　　"好。"路予悲知道大使馆的后门开在围墙正后方，那里路很窄，人烟稀少，如果恒国有什么埋伏……他瞥了一眼身后的初暮雪，离他们有一百米之远。他犹豫了一下，还是决定送完梦离最后一段。

　　围墙后门是一条深深的窄巷，两个人勉强还可以并排走。走到离后门还有几步远的地方，梦离停下脚步。

　　该是最后的道别了，两人心里都明白。

　　"不管怎么样，我还是要跟你道歉。"路予悲提高了音量，声音微微发颤，"对……对不起。我本来想要给你幸福的，但是……"

　　女孩美丽的面孔渐渐被悲伤一点点入侵，终于忍不住哭了。先是咬着嘴唇默默流泪，逐渐变为小声抽泣，最后索性纵身扑进他怀里失声痛哭，似乎要把积攒了一年多的委屈和心酸一下子还给他。

　　"我是真的很爱你。"路予悲用力眨眨眼，好让眼泪流进喉咙，"如果不是为了爸爸还有妹妹，我宁愿一死，也不会抛下你。"

　　梦离在他怀里哭着，用力地点头，事到如今，她已经没有什么需要说的话了。

　　能当着她的面把这两句话说完，看到她接受，路予悲终于松了一口气，再没有什么遗憾了。轻轻抱着她柔软的身躯，闻到熟

143

悉的冰莲花香,就算当场死去,他也心甘情愿。心情渐渐平复下来之后,他张开双臂,方-夏梦离也后退了两步,双眼带泪,鼻子发红。

"那我走了。"路予悲咬咬牙,该结束了,"别忘了,你要好好地活着。"

梦离点点头。

路予悲狠心转身,向回走去。但只走出几步,就停了下来。

不远处,三个身穿墨蓝色制服的人向他走来,脸上毫无表情。路予悲回头一看,另外三个人从另一方向逼近,其中一人装束不同,身穿白色风衣,有着海蓝色头发。六个人把路予悲和方-夏梦离围在中间。

"路予悲少尉,你好。既然已经来了,何必急着走,进里面坐坐吧。"穿白风衣的年轻男子微笑着说,那张俊美的脸蛋儿一下子就让路予悲认了出来:"魏轻纨?"

"你还记得我,深感荣幸。"魏轻纨微微点头致意,"我家主人墨渊龙特使有请。"

35

路予悲和方-夏梦离在大恒帝国大使馆后门外被包围的时候，初暮雪就十几米之外。她的第一反应就是冲上去动手，把路予悲救出来。区区六七个卫兵，她完全不放在眼里。但她只走了两步就停下了。她抬头看了看大使馆高耸的外墙和虚拟穹顶，又看了看卫兵穿戴的目镜和电耳，如果她动手，一定会产生冲突，而且被记录下来。这冲突会引发怎样的后果，对新星会不会产生不利因素？对星统会呢？就算记录表示是使馆卫兵先动手的，但方-夏梦离会怎么说？她的证词才是关键，如果她说路予悲骚扰她……该死，路予悲刚才确实抱过那女人，这一幕一定也被记录了影像。

眼见路予悲就要被带进使馆后门，紧要关头，她决定先把路予悲救出来再说。无论会引发什么后果，再去想办法解决便是。

"老姐，别去。"初耀云的声音突然在她背后响起。初暮雪一惊，回过身来。如果不是路予悲的事让她分心，弟弟不可能这样悄无声息地接近她。

"你说什么？"初暮雪问道，随即又回头看路予悲那边。

初耀云一只手搭在她肩膀上："我说，别去。"

初暮雪知道，弟弟虽然不是她的对手，但是要甩开他去救路予悲，也不是轻松的事情。两个心跳之后，路予悲终于还是被带进了恒国使馆。初暮雪呆了片刻，知道事情已经发生，只能再想别的办法。

她回过头来，快速问了一连串问题："你怎么在这儿？你在跟踪我？还是早就知道这件事会发生？"

"老姐。"初耀云倒不紧不慢地说，"那小子就这么特别？你寸步不离地护了他一年，到底得到什么好处了？"

初暮雪察言观色，知道弟弟依然仇视路予悲。她拉着弟弟走远了一些，到一个无人的角落，确定恒国使馆看不到，才说道："上个月我本来想带着路予悲一起去找你谈谈，让你们俩讲和。但是到了你家外边，我听到里面有女人的声音，就没进去。"

初耀云脸微微一红："你听到什么了？"

"放心吧，路予悲没听到。"初暮雪早就猜得八九不离十，"是麦迟霜吧，我还以为你不喜欢她。"

"我确实不喜欢她。"初耀云毫不遮掩地说，"不过是玩玩而已，跟你没关系。"

"怎么没关系？你是我弟弟。"

"别摆姐姐架子，我已经不是十岁那时候了。你还不是把路予悲养在家里，谁知道你们是不是也玩些什么？"

这句话太过分。初暮雪一掌打过去，初耀云早有准备，轻巧地接了下来，两人四掌交错，飞快地过了几招弧手，然后同时撤手停下。

"不错，没有退步。"初暮雪正色道，"我跟路予悲没有什么，我保护他只是为了报答路予慈的情谊，这个我跟你说过。好吧，你的私生活我也不过问。你先回答我的问题，你知道恒国设了陷阱？"

"说陷阱恐怕不合适吧，只是个小计划。"初耀云放松地说，"那傻小子自己走过去的，一点儿防备都没有，怪得了谁？如果我看得没错，他确实对特使夫人有无礼行为，对不对？"

"特使夫人？"初暮雪点点头，"原来恒国特使就是墨渊龙，据我所知他还在来这儿的路上，夫人竟然先来了，就为了布下陷阱抓路予悲？不错，路予悲自责了一年多，必然会中计，说什么也不会怀疑初恋情人。哼，我还以为方-夏梦离至少是个体面人，看来路予悲这小子确实傻。"

"哈哈！"初耀云笑道，"咱们现在的共识不多了，这算一个。听我说，老姐，路高阙也正在来这的路上，恒国要抓他回去。"

"这连地底下的多尔人都知道，然后呢？"

"恒国会抓他回去的，路高阙跑不了。"

"凭什么这么说？"

"时大人提前很多天就派出了特使舰队……"

"要反向拦截路高阙，这个我也知道。所以你佩服时悟尽的神机妙算，甘愿当他的走狗？"

"你说话还是这么难听。"初耀云脸色微变，"时大人的计划非常完善，他的布局还不只于此。你以为我是怎么知道这个小计划的，是谁让我来拦住你的？"

初暮雪早就在想这个问题，现在只好不情愿地说出答案："阿婆。"

"看来你的脑子还没生锈。"初耀云评价道，"不怕告诉你，厄姆和云景来找我，求我给他们和阿婆搭线。几个小时的谈判之后,阿婆做出了决定。"

雨虽然停了,天色依然很暗。

初暮雪猜到了那是什么样的决定:"阿婆投向了外警?他们是亲恒派。"

"那又怎么样,星统会也不都是抗恒派,咱们都很清楚。"

"上次路予悲过生日差点被抓走,也是你泄漏的情报?"

"你也太小看厄姆了,这还用我泄漏?他们28小时监视着你们呢。"

初暮雪稍微冷静下来:"阿婆也没有完全投向黑派,对不对。"

"她一直都让自己有转圜的余地。"初耀云耸耸肩,"姓路的两个小鬼来了之后,阿婆卖了他们好大的人情,冒的风险也不小。"

初暮雪压抑住对政治把戏的厌恶:"现在她收回去一半赌注,把路予悲送给黑派,留下路予恕,这样就可以立于不败之地。"

"如果在他们俩之中选一个下注,傻子也知道选哪个。"初耀云盯着姐姐,"你好歹也是姓初的,不会把阿婆的计划泄露出去,对吧?"

"不会。我猜她也不怕我泄露。"初暮雪若有所思地说,"阿婆的棋子何止路家兄妹,咱们两个不也是?"

姐弟俩沉默对立,各自在心里飞快地盘算着。

还是初暮雪先开口了:"耀云,你要看清楚,厄姆他们都是地联战线的狗,时悟尽的狗,一心想让新星变成地星的殖民地,或者是分裂出一块恒国的飞地。几十年前就有过这样的阴谋,你知道。"

初耀云摇了摇头:"哪有那么夸张。厄姆上边还有情报部长,议长也算不上抗恒派。恒国只是想拉拢新星成为战略盟友,他们也需要新星。如果真打起来，新星和摩多尔星他们都要争取。"

"什么战略盟友，地位根本就不对等。时悟尽访问凡星和摩多尔星之后，怎么不来新星？而是偷偷摸摸地派什么特使。"初暮雪不屑地说，"路高阙才是真的看重新星，他的那番话你没听到？"

"你真以为路高阙是地星的希望，还是什么革命家？大恒正气对吧，哈。"初耀云笑着说，"不过是个研究六星语的书生而已，被捧得太高了。印无秘或许能威胁到时大人，路高阙嘛，我是不相信的。"

"如果时悟尽完全不怕路教授，又何必大费周章要抓他？路教授为什么被捧这么高，时势造英雄。"

"时大人才是英雄，而且靠的不仅是时势。"初耀云毫不退让，"再说，就算路高阙到了新星又能怎么样，带着新星军队打回去？地星人肯定骂他是地奸，他就完了。"

"这你就错了。首先恒国已经快要病入膏肓了，自愈的可能越来越低；其次路高阙只是暂时避难，等适当的时机再回去，带领恒国人民自救。"

"还有新星的军队，外星势力。"

"新星也许会给他一些星际援助，"初暮雪承认，"但只要不是为了侵吞或者瓜分恒国的话，路高阙的做法就没有问题，自然不会背上骂名。这样的例子在历史上有不少，比如长东先生，你应该学过。"

"我学过更多的历史，有功于母星却被骂成叛徒和奸贼，这样的案例不也比比皆是？"初耀云耸耸肩，"而且战争打响之后，一切都会变，如果新星赢了而恒国输了，战胜国总要从战败国索取战争补偿吧？也许最后真的变成瓜分恒国也说不定。"

"如果恒国赢了，可不是要战争补偿那么简单。"初暮雪说，"说到底，你真的喜欢战争吗？星际战争一旦开打，六星宇宙将血流成河！而且开战之后，我们就要抛弃盟会的立场，只服从军队的命令。什么抗恒派、亲恒派，对我们来说也就没有意义了。"

"你要是真这么想，就比麦迟霜还天真。我们要的是在战争中建立功勋，爬到军队高层，再反过来影响新星政治。"初耀云指出，"你以为阿婆让我们参军就只是为了上前线送死？"

"就算如此，你现在就开始勾结党派也太早了吧。"初暮雪瞪着他说，"而且是投靠尸狼厄姆，他只会狐假虎威。"

"是他们来投靠我们。你不也是借着阿婆的势力狐假虎威？"初耀云毫不退让，"抗恒派就真的比亲恒派高贵吗？"

"与高贵无关，我只是在做我认为正确的事。"

"我也一样。"初耀云傲然宣称，"我是地星人，我爱自己的星族。时大人说得对，我们是最高贵、最伟大的星族。其他星族也许可以为我们服务，就像凡星商人、芒格司机和天罗保镖。但如果哪个星族妄图凌驾于我们之上，动摇我们的地位，甚至威胁到我们的生存，就必须及早铲除。"

"不用你跟我解释狭隘的大地星主义。"初暮雪哼了一声，"别忘了，你也是半个幻星人。"

"我没你那种恶心的眼睛，也不是你这样的怪物。"初耀云的言辞越发激烈，"我体内的幻星血很少，而且我恨不得把那些血都放掉，换成地星血。"

初暮雪悚然无语，没想到弟弟和她的分歧已经到了这样的程度。

"怎么选择身份是你的自由，但何必这么极端？"初暮雪摇摇头，"睁开眼看看吧，在新星长大的地星人很多，为什么大多数人没有你这种偏见？"

"大多数人是蠢货。"

"你又怎么证明你是对的？"

"证明不了。"初耀云承认，"只有战争的结果才能证明一切。"

初暮雪沉默地盯着弟弟看了一会儿，开口说道："耀云，我知道你很聪明，你应该很清楚恒国现在的霸道只是表面，他们永远当不了宇宙霸主。是厄姆和时悟尽把你洗脑了，还是路予悲的出现让你选择了另一边？"

"我就是我，没人能把我洗脑，跟路予悲那小子也没关系。"初耀云话锋一转，"说到路予悲，这小子多次当众羞辱我。你知道我的原则，不管是谁冒犯到我，我都要让他付出十倍的代价。"

初暮雪叹了口气，她早就知道弟弟不会善罢甘休，没想到情况比她想象得还严重："全明星赛那天，你带头向他致敬，我就知道没那么简单。那是为了凸显你的器量而做的戏，对吗？"

"我有我的行事之道。"初耀云不无自豪地说，"也许他的控舰水平不错，但军院里愿意和我结交的人更多，这种本事他永远学不会，他只是个碰巧会打游戏的蠢货。"

初暮雪好不容易才忍住没有反驳他："好吧，你们的确各有所长。他也不是有意得罪你的，都过去那么久了，就算了吧。"

"你是小孩子吗，还说什么有意无意？"初耀云恨恨地说，"不彻底摧毁他，难解我心头之恨。好了，我要说的都说完了，他现在进了恒国的地盘，已经完了。新星议会也不可能冒着得罪特使的风险去救他，也不可能让你们强攻大使馆，那可是星际外交重罪。如果你还站在他那边，别怪我不讲情面。"

初暮雪明白了，弟弟是来给自己下达"最后通牒"的。站在他的角度来看，算是他顾及姐弟之情的做法了。

"你说的没错。但是这场战斗还没结束，我相信，最终赢的一定会是我们。"初暮雪索性关了智心瞳，露出白水晶般的双眼，情真意切地说，"耀云，我是真的为了你好，不要再帮厄姆他们，现在还不晚。等这件事过去之后，我让路予悲给你赔罪，行不行？"她拉起弟弟的双手，闪动的双眼和诚挚的语气几乎能融化世间的一切。

初耀云的神情出现了一瞬间动摇，但最终还是抽出双手，冷笑着说："我差点以为你能预知未来了。那咱们走着瞧吧，我倒要看看你们有什么本事把他救出来。我说过，得罪我的人，我绝不轻饶。"他说完转身就走。

"耀云！"初暮雪喊道。初耀云停住脚步，但是没有回头。

"算我求你。"初暮雪尽可能温柔地说，"站在我们这边吧，好不好？"

初耀云回过头看着姐姐晶莹的双眼，他也很久没有看到这样的姐姐了："你爱上他了吗？"

初暮雪没有回答，只是望着弟弟。

"我还以为你一直爱着那个男人，你们现在也偶尔见面，不是吗？"初耀云摇了摇头，"你真以为路予悲了解你的一切之后还会喜欢你？别忘了，你是个怪物，想让他当一辈子玩具吗？"他说完这句话，又冷笑了几声，就这样走了。

我们曾经一起来到这个世界。看着弟弟的背影，初暮雪苦涩地想：他明明是我最亲的人，为什么会变成这样？最后她摇了摇头,也转身离开了。

初暮雪回到家里的时候,路予恕和克萨已经在等她了。

"大蠢蛋出什么事了?"路予恕迫不及待地问,"我的表刚才紧了一下,电耳又不接。"兄妹俩的表都是廉施君送的,加装了险情联动功能。如果其中一个人受重伤,或者被人强行除下手表,另一只表的表带就会连续收紧,以通知另一个人。

初暮雪简要地复述了一遍刚才的事。

"那个大蠢蛋!"路予恕气得在客厅里走来走去,"真是路家之耻,让他去死好了!"

初暮雪在鹿皮沙发上坐下,今天的客厅是地星原始森林风格:"我也没想到方-夏梦离会算计他。"

"离恒国使馆太近当然危险,还敢抱……"路予恕抓乱了头发,也顾不得鬓角翘得更高了。

克萨用目镜反复看了初暮雪的副官尼克录下的影像:"尼克录得很清晰,是方-夏小姐先扑到路予悲怀里的。"

"是吗?我看看。"路予恕马上恢复了冷静,戴上目镜连接尼克,"真的哎。这个女人真可怕,我本来还挺喜欢她的。"

初暮雪面无表情地说:"考虑到她的家庭情况,也许确实有苦衷。早知道尼克录得这么清楚,我当时就应该出手。"她让尼克隐藏了初耀云出现的所有画面和对白,关于弟弟和阿婆的打算,她暂时不打算告诉面前的两个人。

"你没出手是正确的。"克萨冷静地说,"就算我们有这份影像,但如果事情闹大了,双方各执一词,特使夫人楚楚可怜地一哭,你猜人们会相信谁?到那时候,新星和星统会都会很被动,议会可能就明确表态放弃路予悲了。"初暮雪想了想确实如此。

"特使夫人……"路予恕重复着,"话说回来,恒国特使居然是那个墨渊龙,这么年轻。时悟尽到底是怎么想的?恒国没人了吗?对了,方-夏梦离是怎么找到你们的?难道是夏平殇那家伙……"

初暮雪摇了摇头:"应该不是夏平殇。方-夏梦离出现之前,我看到路予悲突然站住,然后伸手去摸胸前的水晶。"

"这水晶又是个什么玩意儿?"路予恕用力扯着鬓角,皱着眉头问。

"你不知道你哥哥一直戴着方-夏小姐送他的水晶?"初暮雪大概讲了一下红色心形水晶的事。

路予恕差点晕倒。她知道哥哥一直没有彻底放下初恋,但没想到他竟然会像言情小说里的小男生一样戴着那种东西,从地星到新星,一年多了,还一直戴着。虽然是亲兄妹,但相处的时间有限,哥哥贴身戴着的东西,不主动告诉妹妹自然不会被发现。

克萨也不禁莞尔:"路先生确实是个性情中人,不要怪他吧,我也有过这么痴情的年纪。"

"真的吗?我很怀疑。"路予恕说。初暮雪不动声色地横了克萨一眼。

路予恕有些急躁地说:"好了好了,骂归骂,要赶紧想办法了。这个时候他可能正在受折磨。嗯……在墨渊龙抵达地星之前,那个姓魏的大概不会严刑拷打他吧?"她终于还是掩饰不住对哥哥的担心。

"我不太了解这两个人。"初暮雪说道,"也许我们应该问问夏平殇的意见,如果你们还信得过他的话。"

"首先,我们需要确定一个指挥中心。"克萨说,"从现在起直到路教授平安抵达,我们需要调动所有力量,有时候可能要彻夜讨论。路予恕的宿舍还是太小了。"

"就在我这里,没问题。"初暮雪当然明白他的意思,"你们回去收拾一下,下午就搬过来。先不要叫其他人,我们三个先想出一个大概的方案。"

"多叫一个人行不行。"克萨和路予恕对视一眼,"他叫28号。"

36

大厅门打开,夏平殇整了整领结,挺直身板走了进去,步伐带有平时欠缺的严肃。身后跟着两个比他高出一头的人,一个是他的管家夏松,另一个是护卫。两人都已跟随他多年,忠心耿耿,值得信任。他不喜欢刻意摆出小伯爵的架子,所以抵达第六星以来,这还是他第一次带着两个随从出行。其实也不算是出行,他只是从恒国使馆的一片楼来到另一片楼而已。

魏轻纨坐在一张舒适的软木沙发上,一头黑发与白风衣颇为相称,干净利落。在他对面,方-夏梦离端坐在另一张沙发上,穿了一袭粉色与橙色搭配的裙服。任谁都看得出,两人之间的气氛相当紧张,也许刚刚有过争吵。在大厅周围,十名身着蓝色风衣的警卫挺拔肃立。与之相比,夏平殇带来的两个随从就显得有些单薄了。一位级别较高的白衣武士走上前来,夏平殇摘下耳朵上的副官夏竹,折叠起来放进一个精致的小盒,交给侍卫保管。魏轻纨和方-夏梦离也都没戴副官,这种场合不允许任何人记录影像。

夏平殇坐到梦离的沙发上,与表妹对视一眼,没有说话。方-

夏梦离似乎刚刚压下怒气，见他来了，表情逐渐缓和下来。魏轻纨与夏平殇在学校里也是多年宿敌，按官职算，现在魏轻纨低了一级，所以他站起身来，毫不马虎地向夏小伯爵行了个礼。时间已至深夜，但三个人都毫无睡意。

"伯爵大人。"魏轻纨故意隐去了"小"字，表示他知道夏伯爵非常依赖这个儿子出谋划策，"我正想找机会去拜访您，没想到您先过来了。"

"场面话就免了。"夏平殇环视了一圈大厅周围的警卫，"你知道我会来，才摆出这么多人吓唬我，对吗？"

"不敢，不敢，是为了保护特使夫人。"

"这么说只要特使夫人一声令下，他们就能让你人头落地？"

"也许可以。"魏轻纨估量着对方的怒意到底有几分是真的，"但凡事都有其相应的后果。"

"凡事都有其相应的后果。"夏平殇点点头，"正如印无秘之死。"

魏轻纨耸耸肩，没有接话，他知道夏平殇自然会说下去。方-夏梦离也不说话，索性闭上眼睛，长长的睫毛微微颤抖。她没有向表哥倾诉，她的不得已、她的自责，还有她度日如年的痛苦。她什么都不需要说，夏平殇都懂，但路予悲就不一定了。

魏轻纨不想把气氛搞得太僵，一个方-夏梦离已经不好对付，现在多了个夏平殇，虽然自己有恃无恐，但还是想尽量弥合裂痕。

"听说伯爵大人喜欢喝咖啡。"他决定从这里开始，"我们从帝国带来不少好豆子，您过目一下？"

夏平殇轻哼一声，朝身后的管家使了个眼色。夏松打开提包，拿出一个精致的银色罐子，径直走到大厅一侧的全工咖啡冲煮台前，展开三层滤网，开始繁复的调校和操作。

魏轻纨讨了个没趣，但也不气馁，说道："我很清楚我们之间素有分歧，但大家都是帝国的臣子，都该为帝国分忧，对不对？"三个人都知道，他们的分歧到底有多大，绝不仅仅是在如何对待路予悲这个问题上。但聪明人的做法是，有些话不能挑明。

夏平殇意外地点点头："没错，为帝国分忧。魏参谋这次来，到底想怎样拦截路高阙，能不能告知一二？"他尽量做出虚心请教的姿态，但是很清楚魏轻纨什么都不会说。他的目的是先说出拦截路高阙的意图，让魏轻纨不要再花无意义的时间去兜圈子。

"路教授嘛，我相信他是个明事理的人。只要我们晓之以理，动之以情，他一定会自愿和我们回去的，何来拦截一说？"

"好个自愿。"夏平殇冷笑了一声，"就像路予悲一样？"

方-夏梦离双手攥拳，咬咬嘴唇，微微低下头不去看表哥。

"路予悲确实是自愿进来做客的，难道伯爵大人听到过别的说法？"魏轻纨顺势反击，夏平殇也觉得不易抗辩。他总不能承认，初暮雪看到并记录了当时的情况，告诉了路予恕和克萨，三人又转达给自己，并交给了他一个小小的任务吧。

夏平殇的管家端着盛有三杯咖啡的银托盘走了过来，先递给夏平殇一杯，方-夏梦离也拿起一杯。魏轻纨本来想拒绝，但犹豫了一下，还是接过了最后一杯，浅尝了一下，不算太苦。他是红酒品鉴的行家，对咖啡没什么研究。

"别的说法是没有听说。"夏平殇喝了一口咖啡，靠在沙发靠背上，放松地说，"只不过以我对他的了解嘛……如果你问我的话，我会说那小子不是我，没这么好的脾气。这件事到现在还没对外公布，你打算怎么办？真的说自愿做客那一套？"

"这要等特使大人抵达了之后再做决定。"魏轻纨看看表，"应该快了。"

"现在路予悲已经进来'做客'十二个小时了吧，怎么样，你给他吃了点苦头没有？"夏平殇有点儿紧张，但没有表现出来。

"这个嘛……"魏轻纨似乎不打算承认，但是方-夏梦离开口道："他对他用了驯犬器！"她握着咖啡杯的双手相当用力，像是要把杯子捏破。

魏轻纨无言地瞥了特使夫人一眼，皱了皱眉。很显然，他不打算否认，就是默认了。夏平殇到来之前，梦离就在为这事和他争吵。

夏平殇强压怒火，他当然知道驯犬器是什么。那是一个可以放电的项圈，最初确实是驯犬用的，戴在狗脖子上，在宠物犬或竞赛犬不遵从主人命令的时候，主人可以遥控项圈里的一个或几个电极针放电，让狗吃到苦头，电击力度也可以控制。这种器械是凡星人发明的，几十年前传入地星之后就一直饱受动物保护人士的强力谴责，天芒星人对此的反应尤为剧烈。后来不得已，地星也只好全面停止销售。但依然有一小撮生财有道的人从星际自由港买来这种东西，再贩卖到地星，用在其他领域，包括且不限于虐待式教育儿童、夫妻间的情趣用品以及刑讯逼供。用这种驯犬器审讯犯人，一次次的电击可以精准刺痛脊椎神经，不会留下伤口，甚至不会烧伤皮肤，只要不开得太剧烈，也不会损伤脊椎和大脑。受刑人也只是一时痛苦，休养几个小时甚至几分钟就能恢复。当然，也许会落下一些反应降速的后遗症。但即使事后告发施刑者，也因为没有留下被伤害的证据而难以成功。相比于其他刑讯逼供的手段，这种不伤残肢体的器械已经算是温和，所以地星诸国都对此睁一只眼闭一只眼。

"你想问出路高阙的航线，对不对？"夏平殇叹了口气，问道。

魏轻纨抬头看着天花板，不置可否。

"十二个小时了，他还撑得住？"

魏轻纨耸耸肩："不管脑子怎么样，他确实是条硬汉。"

大厅的大门再次被打开，一身戎装的恒国特使墨渊龙走了进来，身后跟着两排蓝服侍卫，三名白服近卫武士在他前方开道。经过十天星际航行，他的气色依旧不错。擅长模拟战的人都有这种本事。

魏轻纨和夏平殇都站了起来，朝墨渊龙行礼。方-夏梦离则依旧稳坐，扭开头不看丈夫。

"恭贺墨小伯爵升迁，被时大人委以重任。"夏平殇干巴巴地说，"还有令尊也更进一步，请代我转达祝贺。"他心里知道时悟尽这番任命也有不得已之处，并非真的看重墨渊龙。

墨渊龙微微点头，摘下智心副官交给手下。魏轻纨走上几步，在他耳边轻声汇报情况。夏平殇与梦离对视一眼，现在的场面变成二对二，但梦离什么都做不了。

听完魏轻纨的汇报之后，墨渊龙笑着回应了几句，然后走到妻子身边，低头问道："孩子睡得还好？"

"还好。"方-夏梦离的表情似乎缓和了一点儿。丈夫对她再怎么样也好，对孩子还是挺关心的。墨渊龙弯腰亲吻她的脸颊，她扫了一眼夏平殇，有些羞涩地淡淡一笑。

这家伙摆布人心的水平有长进啊。夏平殇心里暗想。随即注意到一位长发的黑衣护卫正瞪着特使夫妇，脸色不善。夏平殇认出他是方-夏梦离的哥哥，这个表情很值得玩味。

墨渊龙坐到魏轻纨同侧的沙发上："所以夏小伯爵有何赐教？"

夏平殇看了看身边不远的表妹，又看了看对面的两个男人，笑道："这场面不像是跟政治有关，倒像是开同学会。"

"更像是模拟战。"魏轻纨补充道，"似曾相识的画面。"

"哈哈！"墨渊龙大笑起来，"确实如此，两位司令官都在，不愧是最重要的职位。"

"刺杀官才能成大器。"夏平殇的语气听不出是不是讽刺，"而前锋官只配当炮灰。"

魏轻纨当然听得出他又把话题引向了路予悲："夏小伯爵是个聪明人，总不会是来要求我们放了路予悲吧？"

"怎么可能？"夏平殇摇摇头，"就像你一开始说的，大家都是帝国的臣子，我自然是来帮你们的。"

另外三人都用疑惑的眼神看着他，等他继续说下去。

夏平殇不慌不忙地说："我刚刚听魏参谋长提到路高阙的航线，说实在的，这个信息那么重要吗？听说你们带来了三十多艘护卫舰，分散把守七条航线，勉强也够了吧。"

"做不到的。"既然有求于夏平殇，魏轻纨只好说实话，"我们毕竟是第六星的客人，就算多带了舰队，也不能想怎么飞就怎么飞。那种兵分七路的飞法是触犯了星际安全法的，第六星再客气也不可能容忍。"

夏平殇其实也早就想到了这层，只是想听他们亲口说出来："这么说，你们只能选择一条航线，先假装离开，然后在路高阙教授抵达新星之前拦住他,'劝服'他跟你们一起回地星,对不对?这样看来航线信息真的很重要,否则七选一的话,要赌中太难了。这样吧,我可以去劝劝路予悲,说不定他能说出来。"

"他真的知道?"墨渊龙双眼放光,身体也坐直了一些。他们都很清楚,抓到路予悲固然有了先手优势,但对于拦截路高阙这个终极目标来说并没有实际帮助。他们不可能公然用儿子的性命来要挟父亲,所以路高阙的航线信息才是最重要的。但是路予悲到底知不知道父亲选择的航线,他们也没有把握。

"据我所知,他确实知道。"夏平殇抿了一口咖啡,"有点儿凉了,夏松。"管家立刻接过杯子,去帮他冲一杯新的。

魏轻纨不相信夏平殇这么好说话,满脸怀疑地说:"你想玩什么把戏,让他捏造假消息欺骗我们?"

"你们可以全程监视,看看我会不会那么说。"

墨渊龙假意斥责:"阿纨,不要这么说,我们应该相信夏小伯爵。平殇,你是梦离的表哥,也就是我的兄弟。你知道什么我们不知道的,不妨告知一二。"

开始跟我套近乎了。夏平殇暗想,嘴上却说:"确实知道一些。我比你们早来了几个月,路予悲那蠢蛋还当我是朋友,对我无话不谈。他说过,路教授给他们兄妹写过一封信,存在一张数码晶片里,非常隐蔽地送过来,只有他的副官能打开。"

"信里说了航线?"魏轻纨问道,语气带有明显的质疑。

"当然没有,那封信很早,大概是一年前了。当时信里只说了说帝国的局势,龙吟阁这种白派盟会是如何一步步被黑派打败的。哦,对了,还提到一件有趣的事:路予悲是在第六星出生的。"

"哦？"墨渊龙轻描淡写地说，"那倒无所谓。"

魏轻纨边思考边说："在第六星出生，现在又入了第六星星籍。等于他出生之后去地星旅游了十几年，又回到了家乡？哼，他该不会以为这样的说法就能推卸掉他对帝国的责任吧？"

"据我所知，正是帝国开除了他的星籍，所以责任什么的……"夏平殇摆摆手，"算了，那都不重要。我说这些只是想告诉你们，路予悲对我完全信任。明白了这一点，咱们再说航线的事。"墨渊龙和魏轻纨对视一眼，他们知道天真率直的路予悲不顾阵营的对立，到现在还信任这位老友，但确实没想到会信任到这个地步。方-夏梦离在一旁默默地听着三个男人对话，一言不发。

夏平殇继续说："就在前天，印无秘的追悼会上……呵，魏一言还是那么犀利。我记得她是你的姑姑吧？"他看着魏轻纨问道。

"二姑。"魏轻纨轻抬下巴，"那不重要，你接着说。"

"追悼会上，路教授宣布他正在前往新星。当天晚上，我跟路予悲一起吃了晚餐。他对我抱怨说，新星——就是第六星——应该派出星卫队去迎接他爸爸。"

对面的两个男人都笑了。"这确实像是那个白痴会说的话。"墨渊龙边笑边说。

魏轻纨摸了摸下巴："如果不知道路高阙的航线，就没法迎接。总不能让迎接舰队覆盖七条航线吧？航线之间相隔上千千米呢。"

"我当时也装作若无其事地问了一句，不知道航线可没法迎接，七条航线之间的距离是很远的。"夏平殇说，"路予悲当时神秘地笑了笑,没有说话。"

"所以你觉得他知道航线?"墨渊龙向前探出身子。方-夏梦离也看向夏平殇,似乎惊讶于表哥真的会出卖路予悲,就像自己一样。

"不只如此,我当时还问他,这么说你和路教授一直保持联系?他摇了摇头说,只有两封信。一封是刚才说过的长信,然后就是追悼会之后,他收到了路高阙发来的第二封信。"

"怎么发来的?"魏轻纨警惕地问,"路高阙不可能从飞船上发出任何信息,他知道有被窃取的风险。"

"好像是一种很复杂的发信方式,不会被窃取,被窃取了也没法破译。"夏平殇摇摇头,"总之我没再追问,吃完饭就散了。"

墨渊龙沉默了一会儿,看向魏轻纨。魏轻纨低声说:"这12个小时,他什么都没说。我看不出他到底知不知道航线信息。如果稳妥起见,我建议现在就把他装船送回帝国,只要够快,第六星就来不及阻拦。哪怕我们没抓住路高阙,以后也有的是机会用他儿子来挟制他。"

夏平殇不动声色地喝了一口新咖啡,心想:魏轻纨果然厉害。如果墨渊龙听他的话,那么一切都完了。但是他恐怕……

果然,墨渊龙短促而坚定地轻摇了下头,然后问夏平殇:"夏小伯爵有什么办法能让路予悲开口吗?"

"先把驯犬器停了吧。"夏平殇并未隐藏对挚友的关心,"十二个小时已经足够证明来硬的没有用。我相信你们还有别的策略,精心准备的话术什么的,对不对?当然,为了表示对帝国的忠心,我会尽全力帮助特使大人。让我先和他聊一会儿,虽然不可能劝他直接说出航线或者交出信,但至少能让他的决心松动,也放下一些敌意,能认真听你们说话。这点儿自信我还是有的。"

"你不会想搞什么小动作吧?"魏轻纨谨慎地说。

夏平殇摇了摇头:"我说了,你们可以全程监视,我能搞什么小动作?听说你们带来了五十名护卫,我总不能带着他一路杀出去吧?"

"一百二十名。"墨渊龙豪迈地宣布,其中包括三十二名驾驶护卫舰的护卫兵,"如果你们能杀出去,请便。"他这次来访带了一支小型舰队,包括五艘轻武装客运舰和三十二艘轻型护卫舰。新星议会不仅没有抗议,还特地指定了一个小型太空港专供特使一行使用。这自然是亲恒派力争的结果。

走进这间"储藏室",夏平殇花了一点儿时间才让眼睛适应了黑暗。路予悲的样子比他想象中好一些,至少还能坐在椅子上,只是整个人都被束身器牢牢固定住,深深低着头,脖子上的项圈已被摘掉。夏平殇惊讶地发现他的头发并不脏乱,只是了无生气。

听到有人开门进来,路予悲缓缓抬起头来,露出一张疲惫不堪的脸。他的脸色很差,嘴唇被咬破了,嘴角有口水的痕迹,也许是忍受驯犬器的痛苦造成的。驯犬器没有让他屈服,但似乎抽走了他全身的锐气。

在这过去的十二个小时里,他被折磨得头脑麻木,无法思考,反复浮上心头的只有三件事:我可能再也见不到父亲和小魔头了,还有初暮雪;我什么也不能说,他们别想从我这里听到一个字,我大不了一死,不能连累别人;梦离……方-夏梦离,呵啊，你骗得我好苦。你靠那块石头找到我，演了一出好戏，最后故意让我送到使馆后门，其实那个姓魏的小白脸早就埋伏好了。墨渊龙那浑蛋当时还没到新星，所以我疏忽了，这也在你们的计划之中。方-夏梦离，好吧，我们两清了。我不想骂你，你也没什么好怪我的了。我早该彻底忘了你，早该把那颗石头扔进河里。你都嫁人生子了，我却还像个傻子一样，还假装牵挂着你。虽然越来越淡，我承认，但多少还有一点儿。以后不会再有了，我发誓。啊……最后那个拥抱，我也像是表演一样，入戏太深，无可救药。明明才过了几个小时，已经让我觉得可笑了，太可笑，简直没有更可笑的事情了……现在这持续不断的痛苦，就是对我的报应，我会坦然接受。六星之主，惩戒我等。

啊，有人来了。是那姓魏的小白脸吗？

看了好一会儿，他才认出进来的人是夏平殇。他动了动嘴唇，没有发出声音。

夏平殇知道路予悲现在一定很愤怒，也有懊悔、自责、失落等情绪，对每个人都充满戒备。他现在一定在想，夏平殇是以什么身份来看他的？魏轻纨就跟在后面，而墨渊龙也通过监视器在看着他们。夏平殇知道自己的每一句话都必须小心，既要让路予悲放下戒备，并接收到路予恕的计划指示，还不能让墨、魏二人起疑心。

他走到路予悲旁边，摸了摸束身器，然后回头看向魏轻纨，毫不掩饰眼神里的不满。魏轻纨不太情愿地示意手下把束身器调松一点儿，让路予悲的双手可以自由活动。路予悲晃了晃，似乎要从椅子上摔下来，但最终还是坐稳了，看起来也舒服了一些。虽然双手自由了，但他没有傻到做出什么非常举动。

"你可真是个大蠢蛋。"夏平殇决定从这句话开始。路予悲毫无反应,似乎没听见。

"我知道你在想什么。"夏平殇慢悠悠地说,"你一直在想'我就算死,也不会出卖爸爸的'哦,可能还有'我也不会连累妹妹,不会连累初六海,我一人做事一人当'对不对?"

魏轻纨在他身后,刚刚露出一丝怀疑的神色,夏平殇便说道:"我劝你不要这么想。"

路予悲抬起眼睛看着夏平殇,眼神没有平时友善,也并不恶毒。他当然知道夏平殇没法干脆地把他弄出去,但同时,他相信这位老朋友也不会害他。更重要的是,精明如夏平殇,不会说无用的废话——也许他很爱说废话,但这个时候不会。

看到路予悲的眼神,夏平殇似乎松了口气,回头说道:"看在女神的份上,先让他喝杯咖啡吧。"他的管家早有准备,端来两杯咖啡。魏轻纨没有阻止的理由,咖啡是夏平殇在他的监视下冲的,不可能有什么特殊成分。于是这对好朋友就在这种不愉快的环境下一起享用咖啡。

"这可是我亲自为你冲的。慢慢喝,细细品味。"夏平殇说,"一段时间内,你可能喝不到这么好的咖啡了。慢慢喝,别急。"

路予悲尝了一口咖啡,味道确实不错。他心里一动,夏平殇的语气似乎想向他暗示什么,又不能被魏轻纨和墨渊龙识破。难道咖啡里有纸条?路予悲很快就否定了这种可能。那么这杯咖啡还能有什么深意?不对,还不能确定老夏现在到底是我的朋友还是敌人,他虽然不可能害我,但毕竟是恒国人……

"你可真是个大蠢蛋。"夏平殇看出路予悲的犹豫,又重复了一遍开头那句话,"你应该庆幸,还有我这个朋友,愿意来看你,愿意叫你一声大蠢蛋。"

这些话在墨、魏二人听来自然毫无问题,但路予悲慢慢听懂了。小魔头?他的眼睛睁大了一些,心里想:是小魔头派他来的。老夏还是我的朋友,太好了。不过……他不会是故意这么说,想让我上当吧?

夏平殇察言观色,知道他听懂了,但还是心存疑虑,便说道:"我是来帮你的,不要再这么顽固了。记得咱们上次吃饭时说过的话吗?你说……"

"停。"魏轻纨插话道,"别想跟他串通口供,我们还没确定你说的是真的呢。"

这家伙真谨慎。夏平殇无奈地想:但是也在我预料之中。

他换了个角度:"好吧,不说那些。总之,我不是你的敌人,墨特使和魏参谋也不是。别这么看着我。听我说,先皇在上,我们都是大恒帝国的臣子,你曾经也是,没错,不管你是在哪儿出生的,总之是帝国培养你长大的,对不对?"

魏轻纨微微皱了下眉,但是没说什么。路予悲明白了:老夏知道我是在新星出生的?我好像没告诉过他,不是信不过他,因为实在没必要。这件事在网端也查不到,所以只能是小魔头告诉他的。这么说他确实是小魔头派来的?而且魏轻纨没有惊讶,看来老夏也告诉他们了,是为了取信于他们,就为了来见我?所以他到底想对我说什么?

"哼。"路予悲决定不再沉默,这样才能显得夏平殇的游说确实起了作用,"是帝国把我开除星籍的,还迫害我爸爸。"久不说话,他的声音有些嘶哑。

"大蠢蛋。"夏平殇又强调了一遍,但表情毫无变化,连一个多余的眼色都没有,"现在路教授很安全。印无秘的事情,时大人已经公开道歉,你觉得他会让特使来杀路教授吗?"他回头看了一眼魏轻纨,后者摇了摇头。

夏平殇继续说:"具体的事情让墨特使跟你说,我想说的是,你还是配合他们比较好。"他加重语气,一字一顿地说,"他们问你什么,你就回答什么。看在这杯咖啡的份上,明白了吗,大蠢蛋?"

路予悲又从鼻腔发出一声"哼",脑子里却在飞快地思考:他们问我什么,我就回答什么?他们想知道的是爸爸的航线,是七条航线中的哪一条,知道了这个就能在爸爸抵达新星之前反向拦截,但是我也不知道啊……等等,如果是小魔头的鬼主意,还有那杯咖啡……那是夜影啊,还是智心控温的,那种醇感,余韵带有酒香,我绝对不会猜错。看在咖啡的份上……难道老夏在用咖啡向我传话?夜影……智心控烘……夜影……啊!

他眼睛一亮,猛地抬起头。随即想起墨、魏二人都在盯着,自己不能表现出异常,只好强压住心里的激动。夏平殇和他对视了一眼,简单的一个眼神,路予悲就接收到了肯定和赞赏的信号。

看来我想的没错。嘿嘿,只有小魔头才能想出这种鬼点子。而且更离谱的是,老夏竟然能用这种方式告知我,而我还真的听懂了?嘿嘿,看来我也……不行,我不能表现出得意的样子。而且现在还不能这么快改变态度,还没到时候……

夏平殇知道自己的任务已经完成,接下来就看路家兄妹的了。他最后补上一句:"除了路教授,你还担心予恕对不对?我可以向你保证,只要你配合,你们一家三口都不会有事。我会保护好你妹妹，不让任何人伤害他。如果她愿意的话，也许我们将来会是一家人呢，哈哈！"

想到那种滑稽的可能性，路予悲几乎要被逗乐了，忍了又忍，嘴角还是微微上翘，随即又板起脸，说道："老夏，我信得过你。但是他们两个……还有那个女人，骗得我好苦！"这里不需要表演，他的愤怒发自内心。

"如果你愿意配合的话，我可以让特使夫人向你道歉。"说话的是魏轻纨，他抢上两步，"我也向阁下道歉，之前对路少尉太粗暴了，还望您……原谅。"

路予悲狠狠地瞪了魏轻纨一眼，但恨意已经减轻很多："先让方-夏梦离道歉，再谈别的。"魏轻纨忙不迭地答应。

夏平殇满意地后退两步，总结式地说道："我的任务已经完成，接下来就看特使大人和参谋大人的了。其实路予悲是个聪明人，只是需要一点儿咖啡因的帮助。你们如果早点请他喝咖啡就好了，特别是天芒星咖啡。赞美先皇。"

37

使馆大厅里，墨渊龙、魏轻纵和路予悲同桌用餐。此时距离路予悲被抓进恒国大使馆过去了不到二十八小时，但路予悲的待遇已经大不相同。

被解缚之后，他终于支撑不住，在审问室里就睡着了。墨渊龙命人把他抬到一间卧室，他一觉睡了十一个小时。醒来后，有仆人伺候他沐浴更衣，然后带他来到大厅。此时差不多是正午时分，墨渊龙和魏轻纵便索性等他一起用午餐。

"这里的时间太古怪了，真亏你受得了。"墨渊龙坐在主位，揉着头顶说道。他倒时差不太顺利，睡了五个小时就醒了。

路予悲没有理会他，但也没有拒绝坐在他右边下手，对面就是魏轻纵，方-夏梦离没有出现。一个高个的长发男子站在二人背后，一身黑色长衣，像是个高阶侍卫。路予悲觉得有点儿眼熟，见他正盯着自己，眼神充满露骨的恨意。

接下来，他们一起享用了烤得焦黄的兔肉，淋上辣汁的肥鸭，还有肥美的海参和葱拌黄蛤。这些都是特使一行人从地星带来的食材，由随行的资深大厨烹制而成。

路予悲真的很饿，于是毫不客气地狼吞虎咽。不管怎么说，他很久没有吃到如此正宗的家乡菜了。他心里暗暗盘算，现在他既要假意答应墨渊龙的要求，又不能答应得太痛快，难就难在如何把握这个度。听老夏的意思，这两个家伙还会有一番说辞，不妨先听听他们怎么说。

席间，墨渊龙故作从容地向路予悲问起一些新星风俗，又和魏轻纨有一搭没一搭地说笑。魏轻纨则仔细观察路予悲的反应，他始终无法完全信任夏平殇，总觉得他在搞什么阴谋。

饭毕之后，路予悲不客气地问："老夏有没有留下咖啡豆。"

"留下了。"魏轻纨示意仆人冲泡咖啡。路予悲本想自己去，犹豫了一下还是没有动。

另有仆人给墨、魏二人端上高档饮品，路予悲的咖啡很快也好了。

"感谢路兄不计前嫌，肯和我们谈谈。"墨渊龙先开口了，"我听说，路兄有个小小的请求，对吧。"

"是条件。"路予悲冷冷地说。

"对，是条件。"墨渊龙回头跟身后的高个黑衣男子甩了句，"把你妹妹叫来。"语气颇为轻蔑。路予悲这才想起，这个男子是方-夏梦离的二哥方-夏世然，本来是个玩世不恭的轻佻公子哥，在家族剧变之后似乎变得阴沉易怒起来。路予悲还想起那天在方-夏庄园的宴会上，就是这个男人十分无礼地盯着路予恕看。

方-夏世然敷衍地点了下头，又狠狠瞪了路予悲一眼才转身离开。

"你认识方-夏世然吧？他现在是我的侍卫队长。"墨渊龙说道。路予悲点点头，暗想这个职位虽然不低，但对夫人的二哥而言算得上是种折辱了。

过了不久,方-夏梦离穿着一袭绿色长裙款款而至,怀里抱着一个不满半岁的婴儿。看到路予悲坐在桌边,她吃了一惊。

正如路予悲猜测的那样,梦离怀里的男孩长得很像她,一双大眼睛清澈明亮,好奇地四下张望。梦离低下头轻拍着宝宝,脸上又露出笑容。当初,他是多么希望能和这个女人共组家庭。如果六星之主眷顾的话,此刻梦离抱着的就是他们的孩子了。而现在,哈哈,一切已成泡影,又早已注定。

如同心有灵犀一般,方-夏梦离的目光从宝宝身上挪开,和路予悲的目光碰撞了一下,然后低下了头。

墨渊龙似乎毫不在意路予悲与自己的太太之间曾有旧情:"梦离,路兄希望你能跟他道个歉。"

从梦离愣住的样子,路予悲知道他们之前没有告诉过她。他心里暗想:这帮浑蛋,居然不事先和她打招呼,这样欺负她不是太过分了吗?哈哈,欺负她最厉害的不正是我吗,是我提出的这个要求,就是为了伤害她。没错,谁让她利用我、骗我。她活该受到这样的报应。

一片沉默之中,梦离似乎也明白了整件事情。她咬紧嘴唇,闭上眼睛之后又睁开,眼里有了些许泪水。

路予悲稍微整理了一下头发,才看着梦离问道:"我想知道,你是故意把我带到大使馆附近的吗?特使夫人。"最后四个字说得一字一顿。

梦离有些局促地看了墨渊龙一眼。墨渊龙满不在乎地说:"没关系,说实话。"

女孩看着路予悲,点了点头,说了一句:"对不起。"在场的几人都稍感吃惊，本以为这个要强的女子会有些说辞，最后碍于丈夫的威严，才不得不向路予悲道歉。没想到她竟如此干脆痛快，也许这也是她心里早就想说的话。只不过在这种场合下被半强迫地说出，多少还是令她感到屈辱。所以在说完那三个字之后，双眼已经充满泪水。

路予悲产生一种前所未有的奇怪的分离感。他心中的一部分想大声痛斥她，再说出一些绝情的话，比如从此和她恩断义绝，两不相欠——比如这一生再也不想看见她，滚得越远越好——比如自己从没喜欢过她，新星的女孩个个都比她漂亮……但是另一部分内心又想要安慰她，说她根本无须道歉，错的人从来都不是她，而是墨渊龙，是魏轻纨，是可恨的时悟尽和愚蠢的方-夏公爵，是地联，是龙吟阁，是大恒帝国，是这六星宇宙，是一切的一切。

而最让路予悲感到惊恐的，是心里出现了第三种感觉，既不想斥责她，也无意安慰，只觉得这场闹剧困扰了他太久，是时候结束了。最后，正是这种感觉促使他开了口："现在我们两清了。"

方-夏梦离看着他，表情也渐渐平静下来，微微点了点头。

路予悲面无表情地说："对了，一直忘了说，孩子很可爱。"谁都听得出这只是一种礼节性地称赞，虽是称赞，却多了一层冷冰冰的隔阂。

"好了，你回去吧。"墨渊龙挥挥手，"我们和路兄还有话要谈。"

方-夏世然护送着妹妹和外甥离开之后，墨渊龙才说道："既然已经满足了路兄的条件，我们可以谈正事了吧。关于路教授现在的情况，其实比你想象得要复杂。咱们不妨直说了吧，路教授现在有危险。"

废话，危险的来源不就是你们吗？路予悲疑惑地看着他，心里暗想。

墨渊龙也读懂了他的意思，继续说道："也许你对我们有误解，这很正常。但说实话，我们是来帮助路教授的。等你听完我们掌握的情报，也许就能理解了。轻纨。"

"是。"魏轻纨接道，"路少尉，你对晁八方这个人了解多吗？"

"当然。"路予悲沉着脸说。

"我是指，除了那些大家都知道的信息，你了解他的另一面吗？"

"什么另一面？"路予悲稍微来了点兴致。

魏轻纨打开微机，让晁八方的全息影像悬浮在桌子上："晁八方不仅是智心领域的巨鳄，也是帝国最成功的投资家。智心企业其实只占他资产的20%，他能够这么多年屹立不倒，主要是因为他在各个领域都有成功的投资。他四十年前就靠房地产完成原始积累，之后进军餐饮业、服装制造业和基础设施建设，每一次都收获颇丰，而且他到现在还持有许多大公司的原始股。有人说他富可敌国，但更可怕的是，他一个人就能打造出一个小型国家。"

路予悲半信半疑地说："那又怎么样？"

墨渊龙说道："你父亲，路高阙教授，也是他的一笔投资。你应该知道，你爷爷是个作家，但是穷困潦倒。好在你父亲争气，学业有成，能够留在中都大学教书。但收入也不高，兼职替人翻译幻星文字挣点小钱,又通过一系列小商人和盟会中层,才认识了晁八方。这些你都知道吧?"

路予悲其实对父亲年轻时的事迹并不了解,但也知道他的话基本属实。

"当时晁八方已经资本雄厚。"魏轻纨接上,"他在广泛投资的同时,突发奇想,开始投资一些青年人才。你父亲就是其中之一。他把路教授带进龙吟阁,让他在好几个研究学会中任职,有的只是挂名而已,但有工资。就这样,路教授从一个默默无闻的学者,一跃成为龙吟阁的红人。后来能认识你母亲沐庭香博士,晁八方也功不可没;他的另一个成功投资人才的案例,就是印无秘。当时印无秘在龙女神教内其实是很叛逆的一派,他创立的六星宗对于六星教的研究和推崇已经超出了龙女神教的容忍,几乎要被开除教籍了。这些事不是秘密,也没封进冰堡,你让你的副官一查就知道。"

"希儿没在我这儿。"路予悲说。但他也知道魏轻纨所言非虚。印无秘在留下的影像中也提到过,当年如果不是晁八方替他担保,让他加入龙吟阁,可能他已经带着六星宗的信徒离开龙女神教自立门户了。再加上龙吟阁一直都是白派大本营,要研究幻星的六星教本宗,龙吟阁能为他提供的资源是最多的。

墨、魏二人观察路予悲的脸色,确信他并没有对这些话产生抵触,心里的把握又大了几分。

墨渊龙说道:"晁八方对你父亲的投资还不只这些。后来你父亲游历六星多年,这笔不小的开销是怎么来的?他从六星语言学转攻六星历史学和政治学,这个过程耗时好几年,这期间他根本就没有挣到钱,但你家的财政状况并不差。你姐姐就是在那时候出生的。"

"那是因为我妈妈……"

"对，沐博士进入了军事科技部下属的智心研究院。"魏轻纨接过话茬，"其实这也有晁八方的功劳。对，不要怀疑，那家研究院本来就有他的非公开投资。甚至十多年后，你姐姐去幻星留学，还有你和你妹妹进贵族学校，背后都有晁八方的帮助。"

路予悲心里一凛。他确实常听爸爸说，他们家欠晁老太多了。父母吵架的时候，似乎妈妈对晁八方颇有微词，但爸爸总是以欠他太多为由，不肯加以批评。他本来打算假意听一听墨、魏二人的话，现在竟不知不觉地被他们影响了。这二人轮番开口，看似随意，实则配合默契。

"那又怎么样？"路予悲捧起咖啡又放下，"晁爷爷对我们家确实不错，你们到底想说什么？"

墨渊龙看出路予悲心里已经有了疑惑，不禁露出一抹微笑："路兄很聪明，也许早就想到了。直说了吧，晁八方是个野心家，而你父亲和印无秘，是他的两颗重要棋子。"

"棋子？"

魏轻纨也发挥他的游说天赋，耐心地解释："没错，棋子。或者说是道具，甚至可以说是武器。之前这十年，路教授和印司台都有不小的建树，为龙吟阁带来名望，也为晁八方吸引财富。可以说他的投资已经有了回报。而时大人崛起之后，他是怎么做的？他教唆路教授和印司台逃亡，自己留下来，成了龙吟阁的大功臣。对，很多人说他伟大、勇敢。但实际上，女神在上，时大人早就和他接触过，因为需要他的智心产业。"

路予悲想起克萨说过，时悟尽大力发展智心科技，晁八方也从中获利不少。他当时完全没有怀疑晁八方和时悟尽有暗中勾结的可能，但是现在想一想，又确实有可疑之处。不对，他们是在挑拨离间，让我怀疑晁爷爷，我绝对不能中计。

魏轻纨继续说："你也许想问，在印无秘的追悼会上，晁八方明明旗帜鲜明地反地联、反时大人，不可能跟时大人暗通款曲，对不对？确实，他跟时大人并不是单纯地合作，更不是时大人的手下，他有更大的野心。你回想一下，时大人出任首相的时候，对晁八方来说，最好的方案是什么？不是加入地联和时大人公开合作，也不是守住自己的一亩三分地。他有更大的野心。最好的方案是假装苦心孤诣地坚守龙吟阁，然后想办法把时大人赶下台，他就成了英雄，能获取到最大的利益。"

"但是这中间有两个问题。"墨渊龙轻敲桌面，"第一是怎么把时大人赶下台，他需要给地联制造危机。第二，印无秘和路高阙更符合英雄的标准，他怎样才能盖过这两人，让自己厥功甚伟。发现了没有，有一个最佳方案——借时大人之手除掉印、路二位，就可以一举两得。这是古代秘陵国王的献祭之策。"

见路予悲的表情有些迷惑，魏轻纨解释道："这半年，时局越来越紧张，帝国内外反地联的人越来越多。你想想看，这个紧要关头，只要印无秘或路高阙被杀，矛头当然会直指时大人。如果一个不够就两个全死，必然可以把时大人拉下来。没错，晁八方给印无秘和你爸爸那么多恩惠，除了投资回报，还获得了他们的信任。其实他一直都知道印司台和路教授的所在，只等恰当的时机，就会出卖他们。"

路予悲盯着杯子里已经凉掉的咖啡，很想把这些话都当耳旁风，但不知不觉间，额头已经沁出一层汗珠。

"你已经想到了吧。"墨渊龙向前探出身子,"早在印无秘逃亡之初,跟随他的信徒里就有晃八方的人。没错,印无秘的行踪暴露,正是晃八方的手笔。更厉害的是,晃八方还告诉地联,说印无秘和信徒带有危险的武器,时大人这才命令军队开火。之后的事情你都知道了。"

魏轻纨总结道:"看到没有,献祭一个印司台,借此攻击时大人。晃八方的武器不是别的,正是六星道德公约!如果这次时大人践踏的还不够狠,就再献祭一个路高阙。"

"不可能,晃爷爷他……他在印叔叔的追悼会上……"

"演戏,全是演戏。"墨渊龙一脸鄙夷地说,"那只老狐狸能在商场纵横几十年,狡猾程度连凡星人都自愧不如。"

"证据……你们有证据吗?"路予悲声音不大,但额头上隐约浮现青筋。

"没有。"魏轻纨坦率地承认,"他都是通过层层手下,非常隐秘地做这些事。如果留下证据,他就不是晃八方了。你信也好,不信也罢,不妨告诉你,这些都是时大人亲口对我们两个说的。若非如此,凭我们两个的头脑,根本参不透晃八方的阴谋。还有你和你妹妹,对晃八方有过半点儿怀疑吗?"

路予悲愣了一下:"没有。"他知道魏轻纨接下来要说什么了。

"这正说明他的可疑。"果然不出所料,"连路教授都被他玩弄于股掌之间,全然不知自己也将成为牺牲品。"

路予悲依然倔强地摇头:"如果是真的,时悟尽为什么不公开这些内幕?"

"有人会相信吗?"魏轻纨做出一个夸张的表情,"印圣人的死，时大人作为首相难辞其咎，没人会相信他对晁八方的指控。晁八方也会趁机反过来指责时大人恶意诽谤，反正没有证据嘛。你看，这就是晁老的厉害之处。"

"我……还是不信。"

"你可以不信。"魏轻纨说，"你可以认为晁八方是个表里如一的烂好人，无私地帮了你爸爸二十多年不求回报。以及时大人绞尽脑汁，才编出这样一大通谎话来骗我们。"

路予悲沮丧地坐在那里，心里乱作一团。为什么爸爸宁可让他们兄妹俩横穿半个星系来到第六星找廉施君，也不愿让他俩去寻求晁爷爷的庇护？在印无秘的追悼会上，爸爸的发言中又为什么全然不提晁八方的贡献？难道爸爸对晁爷爷早就有所怀疑？魏轻纨的话纵然有添油加醋的成分，但是不是也有一些是真实的？

"无论怎样，印叔叔的死，时悟尽依然要负全责。"路予悲说道。

"同意，他也已经付出了代价。"魏轻纨知道种子已经发芽，"先皇在上，我不是要替时大人推卸责任，只是想告诉你晁八方在背后搞的鬼。"

路予悲沉默了一会儿，颓然问道："我爸爸……会怎么样？"

魏轻纨和墨渊龙对视一眼，知道路予悲已经开始接受现实。

"我刚才说过，晁八方一直知道路教授在哪儿。"魏轻纨说道，"印无秘死后，路教授可能也意识到了什么，才最终决定离开地星。如果时大人猜得没错，应该是廉施君派了人吧。"

路予悲没有说话，暗想：竟然连廉施君的帮助都能猜中，确实像是时悟尽和他的参谋们才能做到的。

"但是真正的危机还没过去，晁八方一定知道路教授的航线。等路教授踏上第六星地面那一刻，女神在上，还来不及走出太空港，就会被迎接他的人所杀。"魏轻纨说道，"凶手当然会被抓住，并承认是受了时大人的指使，谁又会怀疑呢？毫无疑问，在第六星杀害'龙吟君子'一定会引起六星众怒。六星道德公约将再次成为武器，而且比上次更厉害。时大人只能下台谢罪，甚至可能会坐牢。这样一来，获益最大的人是谁呢？"

连路予悲这种对政治不敏感的人都明白，倘若真到了那一步，最大的受益者无疑是晁八方。

魏轻纨轻拍路予悲的手背："放心，我们既然来了，就是要帮助你父亲的。听起来是不是有点儿荒谬，跟你想象的正相反吧？很正常，真相总是扭曲颠覆的，假象才是安逸自然的。你愿意接受哪个？女神在上。告诉你吧，现在全宇宙最不希望路教授死的，除了你们兄妹俩，就是时大人了。"

路予悲心里乱得像摩多尔石芒树丛。他绝不相信墨、魏二人是为了帮助父亲这种谬论，但不得不承认他们对晁八方的指控也并非空穴来风。也就是说，父亲的敌人可能比他们想象的更多，处境也更加危险。现在的好处是，他可以顺理成章地按照小魔头的计策行事，假意相信他们，再告诉他们错误的航线。至于他们说的这些事，还是回去之后跟小魔头他们商量之后再说吧。

路予悲打定了主意，又故意沉默了一会儿，等到墨渊龙快失去耐心的时候才开口："如果我告诉你们我爸的航线，你们能保护他不受伤害吗？"

墨、魏二人面露喜色，墨渊龙痛快地说："以我的名誉担保，一定会保证路教授的安全。我的任务是把路教授带回帝国，以贵宾的身份。"

你有个屁的名誉。路予悲说道:"我还有别的要求,你们接到我爸之后,我要和他单独见面。之后你们要放我走,我还不想回帝国。"

墨渊龙迟疑了半秒,随即说道:"这个也没问题!"

路予悲仔细审视他的表情:"我不相信你。"

"路少尉要怎样才能相信?"魏轻纨问。

"以特使名义公开承诺会放我走。"

墨渊龙的犹豫出卖了他的心口不一:"如果我公开承诺之后,你没有配合我们,或是给了我们假消息,没有让路教授跟我们走,那又怎么办?"

这家伙还算不傻。路予悲思考了片刻,说道:"如果你们刚才说的都是真的,我给你们假消息,不就等于判了我爸爸死刑吗?所以你们应该可以相信我才对。"

墨渊龙摇了摇头:"我们相信你的前提是你相信我们。说来说去,我们双方毕竟有些过节,没法互相信任也是正常的。"

场面一度僵持住,直到魏轻纨打破僵局:"不如这样吧。我们对外宣称,路予悲少尉来帝国使馆做客,和特使夫妇叙同窗之谊。但是在路少尉是否返回帝国这件事上,双方还存在分歧。最终商议决定打一场友谊模拟战。如果路少尉赢了,特使恭送他离开使馆,留在第六星;如果特使赢了,路少尉就自愿放弃第六星星籍,回帝国谋求更好的发展。你们看如何?"他看着墨渊龙,墨渊龙点了点头。

路予悲心里第一次对魏轻纨产生钦佩之意。眼下的状况不可能是他早有预料的,而能在短短几分钟内想到这样一个办法,他确实聪明过人,也许距夏平殇和路予恕的水平相去不远。这个办法乍一听如同儿戏，怎么能靠一场模拟战来决定政治问题。但仔细一想又相当有道理，他们本来就对外宣称在"叙同窗之谊"嘛。做同窗的那些年，做得最多的事情就是模拟战。而且这样一来双方都在公众面前做出了承诺，最终到底谁能如愿，不靠别的，靠的是双方都引以为傲的实力。

"你们这里有舱？"路予悲疑惑地问。

"有，就在楼上。"不用墨渊龙多说，谁都明白是零重力舱。

"除了你们二位，还有谁参战？"

魏轻纨说道："我们手下有好几位军校出身的侍卫，找出三个能上场的不难。"

"我这边呢？"

"你，夏平疡，还有她。"墨渊龙说道，这个她指的是谁自不必说，"另外两个由你任选，你在军校有不少同学吧，或者选现役军官也行。"

"副官呢？"

"可以启用副官。"墨渊龙说道，"就像当天一样，最多三个。你的副官也可以让你选中的队友带进来。"

真是的。路予悲心里无奈地苦笑：军院也好，恒国也罢，怎么每个人都喜欢让我挑队友？这次我不可能再找初暮雪和唐未语了，来这里太冒险，如果墨渊龙彻底抛弃荣誉，她们可能也出不去了。而且我需要的是护卫官和刺杀官，因为司令官和数据官都有了，老夏和梦离……该死，我居然又能和他俩并肩战斗？真不知道这是什么心情，六星之主带走我吧！

最后他抬起头，坚定地说："一言为定，一战决胜负。"

38

当天下午，恒国使馆便对媒体宣布：新星星卫军少尉路予悲正在恒国使馆做客，与恒国特使墨渊龙进行亲切的会谈。二人以前就是同学，现在一位在恒国外交部担任要职，一位在新星星卫军进阶神速，相信二人的会谈定会增进恒国和新星的友谊。

看到这里，初暮雪已经怒火中烧。路予恕不得不安抚她，痛骂这些政客外交辞令之虚伪。初暮雪家的一间客厅已经被改造成了指挥中心。路予恕的智心沙盘28号已经搬了过来，放在房间的中央，微机和目镜一应俱全，旁边是一条大理石长桌。房间周围有许多显像板和光子屏风，沙发和吧台也应有尽有。三人此刻正坐在28号周围，通过微机看使馆发布的消息。

然而后面才是重点。恒国使馆宣布：为了巩固双方的友谊以及切磋技艺，路少尉将和墨特使进行一场友谊模拟战，并向整个新星直播战况。如果墨特使获胜，路少尉承诺将回母星一叙；如果路少尉获胜，将暂时继续留在新星，另择他日返地。

"这是什么意思。"路予恕一时也没有搞懂，"是大蠢蛋向墨渊龙挑战的吗？"她首先想到的是哥哥是不是又犯傻了。

"不像。"克萨边思考边说,"倒像是恒国要放路予悲,但是又不好直接放,所以找个台阶下。"

这回是初暮雪最先想明白:"这两个人打模拟战,不会是闹着玩儿,一定是全力以赴的。我猜是路予悲要走,以此作为条件才透露航线,墨渊龙答应了。但路予悲不信任他,又没有别的办法确保他守信。所以用模拟战来作为折中方案,而且让全新星观战,路予悲能不能出来,最终还是要靠实力说话。"

路予恕和克萨也是一点就透。路予恕无奈地说:"这两个男人都是白痴吗,这是什么,古代决斗仪式?说起来,大蠢蛋的模拟战水平还马马虎虎过得去吧,墨渊龙看来也很有自信?而且又不是前锋死斗,模拟战必须五对五吧,其他四个人怎么凑。"

三个人沉默了一会儿,又互相看了看,心里都想到了答案。

"我去。"初暮雪干脆地说,"路予悲这边至少需要三个人,也可能是两个。"

很快,新星议会也做出回应,外交部也正式通报了路予悲少尉正身处恒国大使馆一事,并向大恒帝国特使墨渊龙小伯爵提出释放路予悲少尉的要求。星统会也发声支持路予悲,称相信路少尉并非非法闯入,进入大使馆的细节有待求证。双方都很默契地没有把事态升级,留有和平解决的余地。

正在这时,夏平殇对路予恕发来通信请求。三人对视几眼,克萨点了点头。路予恕把通信影像投放到长桌一端的光子屏风上,这样夏平殇就能与他们三人一起对话。

"你好啊小天才,看到使馆的消息了吧?"夏平殇开门见山地说。

夏平殇之前帮他们给路予悲传话,算是站在他们一边的,但毕竟阵营不同，路予恕当然不会先发表看法："夏小伯爵怎么看？"

"我也是刚知道这个玩法，和你们一样。"夏平殇耸耸肩，"我们之前跟墨渊龙有点儿过节，可能是他想报仇吧，才弄出这么个比赛。如果是这个目的的话，我和梦离自然是和路予悲一队的。"

初暮雪冷漠地指出："你们早就不是队友了。"

夏平殇叹了口气："我明白初大小姐的怀疑。确实，如果我和梦离想的话，可以让墨渊龙赢。但是不会那样的，我保证会全力以赴地帮路予悲。梦离的话，我相信她也和我一样。是，她骗过路予悲。但是以我对表妹的理解，她正想要做出一些弥补，也一定会做的。"

初暮雪和路予恕对视了一眼，两个女孩都不对方-夏梦离抱什么期望，但是夏平殇的担保则是另一回事。

"也就是司令官和数据官都有了，还需要护卫官和刺杀官，路予悲可以自己指定，对不对？"初暮雪又问。

"正是，你们那边有人选吗？"

"天罗人索兰和摩明人休，是路予悲在军院的队友。"初暮雪觉得这些信息没必要对夏平殇保密，"不过……我们需要商量一下。路予悲还没急着做决定吧，我们这边商量的结果，你能传达给他吗？"

夏平殇转了转眼睛："可以。我想墨渊龙不会拒绝任何人选，就算你们把军院的教官找来，以那小子的傲气也会照单全收。你们尽管商量吧，路予悲应该会听你们的。对了，希儿也可以带进去，我们这边还是保持三副官参战。

"你有几成把握能赢？"路予恕问道。

夏平殇喝了口咖啡，不慌不忙地说："说实话，三成左右吧。墨渊龙和魏轻纨本来就不好对付,而且我有种预感,他们这次是有备而来,很可能有什么秘密武器。"

"我也有同感。"克萨点点头,"虽然模拟战我是外行,但这件事明显有别的味道。"

几个人都沉默了一会儿,最后夏平殇挥挥手:"那我就先走了。应该还有些时间,你们慢慢商量。"

夏平殇的影像消失后,艾洛丝和索兰又发来通信,然后是莉莉安娜和图伦。路予恕和克萨临时策划了一些外围行动,交给他们去执行。

"主人,他们来了。"下午18点,希儿终于说道。这才是他们等待已久的最重要的事。

克萨和路予恕几乎同时冲到沙盘旁边,从微机上呼叫出领地观察者。初暮雪也戴上了目镜。

在庞大的数字网络中,每个智心副官都有自己的一小块领地,安全性极高,一百个智心副官都无法攻破。在希儿的这块领地中,藏着路予悲的许多珍贵回忆。有方-夏梦离写给他的第一封长信,痛骂他的狂妄自负;第二封信则青涩稚嫩地表示愿意与他重归于好,这样的信有十几封;夏平殇发给他的地星咖啡地图也在其中,两人曾约定好喝遍上面所有珍品;更不用说家人的影像和特辑,就连路予悲嘴上嫌弃的小魔头,也占据了不小的篇幅。虽然希儿的至高主人变成了克萨,但克萨是绝对不会在未经路予悲允许的情况下翻看他的回忆的。

路予恕想起自己曾经失礼地偷偷翻看过克萨在卡维尔的领地里珍藏的秘信,不禁又是一阵自责。

现在路予悲身陷囹圄,墨渊龙要逼他说出路高阙的航线信息。克萨便提议在希儿的领地中布下陷阱，再引敌人踩进去。为了确保计划执行无误，他们才看了路予悲的那些秘密。

最近一年来，路予悲很少往这块领地里增加内容。为数不多的信息里，最重要的就是路高阙的那封来信。通过的希儿的识别码打开之后，路予悲把它转移到了这片空间，然后销毁了那枚小小的晶片。而现在，这封信的旁边出现了第二封信，而且是未完成的状态。

通过领地观察者，克萨和路予恕可以看到领地里出现了一位访客，他熟练地通过了三层密码、瞳孔辨识和自然行为确认，毫无疑问是路予悲。毋庸置疑，墨渊龙和魏轻纨也一定正在通过微机共享路予悲的视野。

"很好，你哥哥确实领会了夏平殇的传话。"克萨赞许地说。

路予恕扯了扯鬓角："哼，他再怎么蠢，毕竟是姓路的，这么简单的事怎么可能领会不到。"

夏平殇给路予悲冲的咖啡名为夜影，这名字取自龙女神教圣典中的一个神话，关于一位国王和他的影子。传说中那位国王是开明的贤君，国家昌盛太平。他的影子却在王宫地下开拓领地，组建夜影议会，为国王策划阴谋，做出见不得人的勾当。后来三大敌国来犯，王国兵力不足，是影子和夜影议会拯救了王国，靠的是把敌兵引入王宫地下的陷阱。王国得救了，国王却堕落成了影子的傀儡。最后影子成了国王，被称为夜影王，国王成了影子。夏平殇特地送来夜影咖啡，就是在暗示路予悲，他的夜影议会已经造好了陷阱，正等着墨渊龙踩进去。智心控烘则是暗示，希儿的领地就是那个陷阱所在。

此时计划正完美地执行。访客先翻了翻路予悲的珍贵回忆，看得出每次打开信息时都十分不情愿。

"当着墨渊龙的面看他老婆的信。"路予恕差点笑出声,"真不知道他们俩谁更尴尬。"

"我赌是你哥哥。"初暮雪也难得幽默一次,"如果有的选,他可能宁愿去戴驯犬器。"

克萨不动声色地说:"要让墨渊龙完全信任这里的隐秘性,这是不可或缺的一步。好了,他们已经进入正题,开始看路教授的第一封信了。"

初暮雪替路予悲松了一口气。实际上,领地里也有她的影像,是为路家兄妹过生日那天拍摄的。她难得地同意希儿把她也拍进去,但画面中的她冰冷一如往常。和这段影像放在一起的还有同学们给路予悲的生日祝福,其意义也不言而喻。最令她心情愉悦的是,有一张路予悲手绘的图画,画中有一男一女在跳舞。但因为画得过于抽象离奇,路予恕和克萨完全看不懂那是什么,先猜是恐猿噬人图,又怀疑是路予悲设计的什么怪兽对战游戏。只有初暮雪一眼就懂了,差点打破素心清颜而笑出声。

"第一封信看完,开始看第二封了!"路予恕掩饰不住内心的兴奋。

初暮雪知道,正是在他们伪造的这封信里,路高阙教授向儿子透露了自己选择的航线。如果计划顺利,墨渊龙就会全力堵截这条航线,等发现扑空时已经晚了。这封信最逼真的一点在于,它是在路高阙刚刚在印无秘的追悼会上发声之后,不到三个小时内就存在于希儿的领地内了。不仅有时间戳为证,还有一种叫介质纹的计时系统,那是连希儿也无法伪造的。

"也就是说,介质纹可以证明,这封信在三天前追悼会结束之后就收到了？"初暮雪不解地问。

"是的。"路予恕承认。

"怎么做到的？"

路予恕看向克萨，后者解释道："在路教授公布他已经上路的时候，我就写了这封信放在这里。"

初暮雪的惊讶被智心瞳很好地掩饰住了："你当时就料到路予悲会被抓？不可能。是了，你预料到航线信息会是关键，所以先伪造一份比较真实的假消息，将来是谁踩上陷阱还不一定。"

"他很厉害，对不对！"克萨还没说话，路予恕却抢着说道，像是在炫耀什么，眼睛里放射出热情的光。初暮雪从没见路予恕有过这样的表情，她看克萨的眼神不仅充满仰慕，更有一种……初暮雪难以确定那是什么，而这样的神采，她也在哪里见到过。这两人的关系什么时候变成了这样？也许路予悲都没有发现，路予恕不再是颐指气使的小公主，克萨也不是唯命是从的保镖，反而成了两人里占据主导地位的那一个。

克萨说回正题："如果魏轻纨有夏平殇说的那么聪明，一定会反复验证介质纹，可能会花一天以上的时间。我在卡维尔里还布下了另一重陷阱，以备不时之需，但应该用不上。"

"如果路教授真的选了这封信里的航线怎么办？"初暮雪问道。

克萨解释道："我让28号计算过，这是可能性最低的一条航线。保险起见，我会放出私人卫星，用广播覆盖这条航线，通知路教授改走别的航线。"

初暮雪知道私人卫星成本高昂，即使在新星的富豪里持有量也不多。而且航线并非直线，广播覆盖也很难做到。但克萨既然说可以，想必确实可以。路予恕脸上又露出了那副仰慕的表情，初暮雪只能无奈苦笑。

"你们这么信任这位……28号？"初暮雪看着面前庞大复杂的沙盘，"如果这个沙盘真有你们说的那么厉害，也许可以做到更多事？"

"你提醒了我。"克萨说道，"希儿，回到沙盘里。28号，你可以在不影响希儿领地的情况下工作吗？"

"可以。"28号的声音是希儿和卡维尔的重叠，无论听几次，初暮雪都觉得怪怪的。

路予恕说道："之前28号成功预见到了印叔叔的悲剧，可惜我……没能帮上印叔叔。"她对此事非常自责。虽然克萨一直宽慰她，说她没有做错什么，但她总是忍不住想，如果提前把印无秘可能被杀的信息公开，能不能救他一命？

"这么厉害？"初暮雪的紫色双眼看不出疑惑，"那不如就让他预测一下路予悲能被救出来的概率吧。"

克萨点点头："可以试试，28号。"

没想到28号回答说："这个问题需要计算的时间比较长，因为我收集的相关信息比较少。我建议你们先关注另一件事，就是路高阙教授安全抵达的概率。这和我一直以来分析的恒国盟战方向有关，计算起来会比较快。"

初暮雪心里吃了一惊，28号给出的建议明显超过了智心副官的水平，也许路予恕和克萨没有夸大其词。

"好啊。"路予恕有点儿不安地问，"我爸爸能安全抵达的概率是多少？"

28号沉默了几秒，似乎在做最后的演算。然后他说道：

"5.3%。"

"5.3%?"路予恕惊得手足无措,克萨也微微皱眉。既然他们的陷阱计划已经顺利展开,恒国特使反向拦截的威胁应该已经大大降低。为什么28号还会计算出这样的结果呢?

"很不幸,路高阙教授安全抵达的概率只有这么低,这是我现在的计算结果。你们一直忽略了一件很重要的事。"28号继续说道,"想对路教授不利的人,可不只地星联合战线和时悟尽。"

路予恕微一思考,已经想到:"还有地联的帮凶,那些黑派的盟会。宇内一心会、高尚者……但是他们的手段会比时悟尽还厉害?"

"他们不会像时悟尽这样派出特使。"28号承认,"但可能用出更卑鄙的手段。根据我搜集到的情报,最近新星黑市的军火走私越发猖獗,甚至十几年没有出现过的雇佣杀手也有活动的苗头。"路予恕听得不寒而栗,她已经习惯了安全和平的社会,陪审团已经是她接触过的最恶组织,尚且不会轻易杀人。为钱而杀人的雇佣杀手,在她听来简直难以想象。

克萨已经想到:"不只那些盟会,还有一些狂热崇拜时悟尽的基石。最近从地星飞来新星的客运舰变多了,而且一票难求,也许有很多人不怀好意。"

"这些人还在路上吧?"初暮雪指出,"路教授在这之前抵达。"

"没错。"克萨点点头,"也就是说路教授就算成功抵达,后续的安全问题依然非常重要。"

28号用希儿和卡维尔的双重声音继续说道:"路教授的敌人比你们想象得更多。就连白派的盟会,也有很多人不希望路教授成为领袖。如果能假借时悟尽之手除去路教授，那么地联很可能会倒台，白派的盟会可以从中得利。"

"为什么地联会……"路予恕很快便想到了答案，"六星道德公约？用这种方法打败时悟尽，也太……"她汗流浃背，只觉得胸口淤积着一团说不出的厌恶。

"这个盟战时代，更多的其实是暗战。"克萨也已经想到了这一层，"时悟尽和路教授已成双雄局面，互相既是死对头，从某种角度看，又是命运共同体。"

路予恕觉得头有点儿发晕。如果按照28号和克萨的思路想下去，时悟尽派来特使反而是要保护爸爸的了？不，绝对不能往这方面想。我们不能让时悟尽抓走爸爸，而且要保护爸爸的安全。唉，还要先把大蠢蛋救出来，他应该也能帮一些忙吧……

"新星也有人不欢迎路教授。"初暮雪心里想的是弟弟，"但我想没有卑劣到派出杀手的地步。"

忽然，希儿脱离28号单独说道："主人，廉施君先生的副官燕子发来一条消息。"

"说。"

"燕子说：'出于种种原因，廉先生暂时不能帮助我们了，希望我们谅解。'"

"没有别的了？"克萨皱了皱眉，"路教授乘坐的客运舰是廉老安排的，他这个时候这样说是什么意思？"

路予恕也想不通这个问题，想回复消息追问，希儿却说燕子已经变为通信不可达的状态。

初暮雪则直言不讳："很明显，廉施君背叛了我们，投靠了敌人。"

路予恕双手揉着头："为什么？廉爷爷一直对我们很好，怎么会被收买呢？"

克萨转问沙盘："28号，关于这件事，你有什么头绪吗？"

"有。"28号回答，"之前陪审团的盗贼加纳第一次对路予恕小姐下手那次，最开始的契机是一个小偷抢了希儿，你们还记得吧？那个小偷后来也下落不明，很可能是被外警一组秘密软禁了。"

"我想起来了，那个小偷有什么问题吗？"路予恕问。

"当时希儿没有查到那个小偷的信息。"28号说，"但是后来我调出当时的影像，比对面部特征后发现，他和廉施君的血统很接近，应该就是廉施君的儿子廉思君。廉施君老年得子，太太又去世了，所以他很宠这个儿子。只不过这个儿子经常惹出麻烦，所以从十年前开始，廉施君就绝口不提廉思君的事，但暗中一直很关心。"

克萨点点头："当时咱们都在讨论伊弥塔尔、外警一组和陪审团的事，没人注意这个小偷。"

"竟然是廉爷爷的儿子？"路予恕发愁地说，"廉爷爷为什么不说呢？他帮了我们这么多，就算他儿子想对我们不利，我们也不会为难他的。"

28号说道："当时廉思君已经落到厄姆手里，很可能厄姆当时就在威胁廉施君了，不许他说出来。廉施君一直有这块心病，但是不敢也不好意思跟你们吐露。现在他突然跟你们划清界限，很可能也是厄姆在拿他儿子来要挟他。"三人都觉得28号的话有道理。他虽然不是真人，但好像很懂人类的想法。

"厄姆能把他儿子怎么样？"路予恕扯着鬓角问道，她已经快到极限了,"新星不是很讲法律吗?"

"别忘了,他盗窃你的智心副官未遂。"克萨提醒她。

28号补充道:"而且他是惯犯,在警局有很多案底。如果厄姆想从重处罚的话,最多可以判他坐牢二十年。最少的话可能两年就释放了,现在已经过去一年多了。"

三个人点点头,这样就说得通了。廉施君再怎么关照路家兄妹,自己的儿子毕竟是亲骨肉。这个时候做出这样的选择也就不奇怪了。

"路教授乘坐的是廉施君派出的太空舰。"初暮雪说道,"他的叛变太危险了,我可以问问阿婆,能不能先把廉施君保护起来。"路予恕和克萨都听得出,她说的保护其实是有软禁隔离的意思。

路予恕思考了一会儿,坚定地说:"我相信廉爷爷是很讲'道义'的。爸爸也相信他的人品,才把我们托付给他。就算现在儿子成了人质,他最多也就是停手不帮我们,不会做出更大的背叛。"

"你这么相信他?"初暮雪问道。

"他值得我们信任。"路予恕说道,"他说过,派去接爸爸的客运舰一抵达地星,他就主动切断了和舰上的一切联系。这就足以说明问题了。如果有心出卖爸爸的话,他完全可以不这么做。我明白了,他一定是早就知道自己可能会被要挟,所以才这样安排。他知道得越少,爸爸就越安全。"

克萨和初暮雪都察觉到了路予恕心底的善良,她是如此愿意相信他人,路高阙和路予悲也具备同样的特质,正是这种特质让他们拥有过人的魅力,才让人能够死心塌地地追随。

28号也说道:"我的计算结果和路予恕小姐说得很接近,廉施君对路教授构成危害的可能性不足7%。"

路予恕松了一口气,同时感觉到前所未有的疲惫。太多的人和太多的事掺杂进来,每个细节都需要考虑,每走一步都可能出现意外。就连她引以为豪的头脑也快要承受不住了,太阳穴发胀,像是要爆开一般。如果不是有克萨、初暮雪和28号辅助,她不知道自己会怎么样。

虽然未开一枪,但战争已经打响了。第一阶段是头脑和谋略的比拼,如果有真刀真枪的第二阶段,也许还需要路予悲的力量。

克萨看出她的疲态,轻拍她的肩膀说道:"怎么样,这就是你最喜欢的政治。好了,先集中全力想想怎么救你哥哥出来吧。"

路予恕感激地点点头,闭上眼,用一个深呼吸让自己放松下来。然后她睁开眼,平静地说:"克萨、雪姐,我有一个不成熟的计划,你们听听看可好?"

39

路予悲被抓紧恒国使馆之后的第三天,越来越多的新星居民开始聚集到恒国使馆外,到中午14点已经多达三百人,各个星族的人都有。艾洛丝和卡卡库他们混在人群里,这些人大多是他们找来的朋友,以及朋友的朋友;军院里的学生也来了一些,以武千鹤和穆托为首;还有很多"唐"的常客,一直都对路予悲颇为崇拜,听说他出事了自然义不容辞;索兰更是发动自己的人脉,轻松找来了天罗人和芒格人共八十多位,如果有需要的话,这个数字还能扩大一倍。

但唐未语没有出现,艾洛丝他们联系不上她。现场还有许多听说过路予悲的社会人士,还有一位开清洁车的老奶奶,一口咬定路予悲是他的亲外孙。大使馆门前十分热闹,人们高举五颜六色的电子屏,要求放出路予悲,也有人斥责恒国特使的舰队特权等问题。但因为使馆周围都是禁飞区,所以天罗人不能起飞,也不能放飞升空屏和飞眼。天空下着小雨,一大片避雨器飘浮在离地三米左右的高度。

围墙之上的电幻虚拟穹顶呈现出钢铁的颜色,门口站岗的蓝服卫兵脸色极不友善。

　　与此同时，莉莉安娜和图伦也在和平大学内部搭建宣传通道，散发电子传单。虽然说民间舆论不一定能真的让恒国使馆感到压力，但路予恕强调说，这些前期的准备工作是为了在他们打出最终王牌之后，让墨渊龙放弃继续升级事态，选择息事宁人。

　　随着使馆门前的人越来越多，新星警方很快赶来维持秩序。但警察并没有驱散人群，而是在使馆门口用警戒线划出一块方圆五十米左右的安全区域，并留出安全通道，人群只能在这之外活动。

　　"警方其实是在表达纵容。"艾洛丝小声指出，"看来新星议会没有放弃路予悲。"

　　"外警也没出现，很好。"索兰一直在四下张望。

　　"路予恕说的最终王牌会是什么啊？"卡卡库忍不住嘟嘟囔囔，"这次的模拟战，要是能派两名教官去帮路予悲就好了，那才是王牌。"

　　索兰摇了摇头："教官都是军方的人，不能贸然进使馆。还是让我和休去比较好。"

　　休似乎毫无信心："我去的话，你们就再也见不到路予悲了。"

　　艾洛丝没有指责休的悲观："听说墨渊龙确实很强。也许最佳的选择应该是古雷和魁。"这两位都是军院里的王座学员，而且在全明星赛上和路予悲做过队友。听到古雷的名号，索兰也不争了。

　　"反正谁都不需要我。"卡卡库耸耸肩，"前有特使夫人，后有唐未语。奇怪，地星很流行美女数据官吗？"

　　"塔拉图也很漂亮呀。"艾洛丝开玩笑地说，"我听说她约你吃饭来着？"

198

"只是一顿饭而已。"卡卡库似乎毫不窘迫,"我根本看不上她。"

"恒国使馆又发声了。"休的一句话,就把几个人都拉了过来,"他们呼吁使馆前的新星居民尽快离开,恒国特使把路予悲少尉奉为上宾,绝无传闻中的殴打虐待等情节。"

"嘿,好奢华的晚宴!"卡卡库赞叹,"这小子待遇不错啊。"

"还说什么了?"艾洛丝抢过微机,一个劲地往下翻页,"模拟战双方的名单也出来了!路予悲这边……夏平殇……方-夏梦离……还有……初暮雪?克萨?"

四人面面相觑,谁也不懂路予怨他们在想什么。初暮雪明明是司令官,和夏平殇的职位一样,而克萨再怎么能干,似乎对模拟战并不在行。为什么选这两人参战?难道仅仅因为他俩是路家兄妹最亲近、最信任的人?

使馆消息的最后公布了模拟战的时间,是在明天中午15点,距离现在还有大约一整天。

"咦,那不是初耀云吗?"卡卡库个子虽矮,眼力却不差。初耀云带着几个学员刚走进人群当中。

很快,初耀云便在人群中间开始了一场演说。同为地星裔,又都是军院的同期生,他先攀了攀和路予悲的交情。说到路予悲在这一年内的耀眼表现,初耀云表现出由衷地欣赏甚至是崇拜他的样子,人群中也爆发出一阵阵掌声,不少人高举起微机拍摄。紧接着,初耀云又向人群公布了一个好消息,"大家可能还不知道,路少尉其实不是在地星出生,而是在新星出生的。"这个消息引起了一阵欢呼,特别是那些崇拜路予悲的人,听到这个消息当然倍感自豪。

但艾洛丝等人面面相觑，他们也是刚刚听说这件事，难以判断真伪。初耀云还在滔滔不绝地演讲，什么"路予悲绝对不能被带去地星""新星议会应该尽一切努力救他出来"云云，时而耐心劝说，时而慷慨激昂。听众的情绪越来越高涨，几位年轻的天罗少年已经开始低空滑翔，芒格人则蹲踞低吼，似乎随时可以冲进大使馆强行救人。

"有点儿危险。"休说道。艾洛丝也有同感，初耀云言语的力量不可小觑，如果他继续煽动的话，不知道这几百听众会做出什么来。

"索兰，先把你的朋友们带开。"艾洛丝说道，然后迅速联系路予恕，简要地讲了现场的情况。

路予恕正在埋头苦想明天的计划还有哪些风险，听了艾洛丝的汇报大吃一惊。稍作思考之后，跑到初暮雪的房间和她商议。

初暮雪犹疑地说："路予悲在新星出生这件事，我也是听你们跟夏平殇说的时候才知道。我没告诉过耀云。他可能是通过星际警局查到的。"她简单说了一下，初耀云可能跟厄姆、云景他们达成了某种协议。

"这么说，你弟弟现在也是我们的敌人了？"路予恕一语道破，"路予悲在哪里出生本来不重要，但现在这个时候……他公开这样说，不仅帮不上忙，反而会害了大蠢蛋。如果恒国趁机做文章，不知道会扭曲成什么样子，甚至连爸爸都……"路予恕暗暗发愁，恒国本来就给路高阙扣上间谍的罪名，可能真的会有很多人把这两件事联系起来。

"耀云……他的天性不坏，只是缺乏容人之量。"初暮雪摇了摇头，"一定要说的话，他大概想要借恒国之手给你哥哥点儿教训。"

路予恕明白初暮雪也很痛苦,所以尽量不批评她或她的弟弟,只能扯扯鬓角:"我会想想办法,先让艾洛丝控制住现场。"

"谢谢。"初暮雪小声念道。

路予恕竟被这句话所感动,走过去拉住初暮雪的手说道:"我才应该谢谢你,雪姐。为了大蠢蛋,明天要让你冒这么大的风险。其实你可以拒绝的。"

初暮雪轻轻摇了摇头,紫色双眼虽然毫无变化,但两个女孩之间的距离缩短了不少。

"我也去一趟吧。艾洛丝可能对付不了耀云,我去帮她。"初暮雪刚要走,艾洛丝发来消息:"初耀云离开了,现场已经恢复正常。"

初暮雪松了一口气,随即想到:这可能是弟弟发来的又一次警告,下次也许是更大的麻烦。如果事情发展到最坏的地步,自己要不要为了路予悲去和弟弟正面对抗?这会让弟弟更恨她吧。

此时的路予悲正在享用丰盛的午餐,公平地讲,卡卡库的羡慕不无道理。但是他胃口很差,根本吃不下多少。除了墨渊龙和魏轻纨,夏平殇和方-夏梦离也一起同桌用餐。路予悲偶尔跟夏平殇聊几句,但只当梦离不存在。

饭后,梦离走到落地窗边,把窗帘拨开一道缝向外张望了一会儿,十分焦躁地嘟囔:"聚集的人越来越多,怎么办?"

墨渊龙脸色一沉:"别唠叨了,我已经快被你哥哥烦死了。"护卫队长方-夏世然一直通过电耳向他汇报消息。路予悲暗自揣摩着是不是妹妹计划中的一环。

魏轻纨喝了一口仆人端上来的茶，放松地说："特使夫人不必担心，他们威胁不到我们的安全。"

"他们吓到我儿子了。"梦离看起来就像个平凡的妈妈，"别人怎样都无所谓，我儿子不能有事。如果他爸爸有点儿良心，也该这么想。"

墨渊龙本想顶她两句，但最终只是叹了口气。路予悲什么都没说，他和梦离已经互不相欠，毫无关系。

夏平殇慵懒地喝着咖啡，说道："特使大人，如果路予悲提供的信息没问题，就放他回去吧。放了路予悲，外面的人自然就会散了。"

"还用你告诉我？"墨渊龙走到窗边向外看去，"这个星球真令我作呕，这些奇形怪状的家伙，他们能活着就应该感激了，竟然还敢在我们地星人面前张牙舞爪。"

路予悲没法责怪他，如果是一年半之前的自己遇到这种事，大概也会这么说。

"尤其是那些长翅膀的鸟人，肮脏的禽兽，粗鄙不堪！"墨渊龙像是从嘴里啐出这几个字，"真想把他们的翅膀扯下来！"

只凭你，恐怕没这个本事。路予悲心里暗想：当面称呼天罗人为"鸟人"之日，就是你最后一次见到"鸟人"之时。

"如果我没看错，外面也有不少地星人。"夏平殇提醒他。

"被禽兽同化了的地星人，还能算是人吗？"墨渊龙瞥了路予悲一眼，也不再假装友善了，"路先生，你配合我们的工作，是一件非常明智的事。我还是很希望路先生能跟我们回帝国。"

路予悲没有直接否决，而是反问道："那对我有什么好处？"

墨渊龙抬起下巴，倨傲地说："很明显，你在帝国的发展会比在这好得多。那个什么狗屁少尉，你不会真的以为有用吧。"

"也许没用。"路予悲耸耸肩，"但是回去的话，如果我爸爸被判为政治犯，我也不可能有什么前途可言。"

"外阁恐怕进不了。"墨渊龙承认，"但是凭我的人脉，给你安排一份体面的工作，衣食无忧肯定是没问题的。咱们毕竟是老同学，你又跟梦离有交情，这次算你帮我一个忙，我肯定不会亏待你。"

最好不要再提我跟你太太的交情，拜你所赐，我们已经没有交情了。路予悲心里暗想，但没有说出口。梦离看了路予悲一眼，似乎心情很复杂。夏平殇在一旁看着，像个老者一样微微摇头。

墨渊龙继续自说自话："对了，我有个远房妹妹，今年十三岁，长得很可爱，阿纨可以作证。如果你跟我回去的话，过几年她成人了，我可以让她嫁给你。到那时，你也算是我们墨家的一员了，你们的孩子自然也是贵族。"

想把我圈养在你身边，好随时都能羞辱我，就像羞辱方-夏世然那样？路予悲对墨渊龙的鄙视无以复加。

"我相信令妹很可爱，也很感激你的提议。"路予悲面无表情地说，"但是我还是希望留在第六星。如你所说，我已经是个被禽兽同化了的地星人了，恐怕承受不了您的美意。"

"我是想放你，但是我的手下们不愿意。"墨渊龙的笑容既虚伪又夸张，"这样吧，你试试看能不能说服我的手下，武力说服也行。我个人绝不拦你，也不会怪你冒犯，哈哈哈！"

一阵沉默之后，路予悲平静地说："既然如此，那就明天见分晓吧。"

晚上26点，克萨正穿着睡袍坐在床上，微机放在工作台上，不时有信息跳出。希儿忽然告诉他："予恕小姐来了。"

克萨愣了一下，还是点头示意希儿开门。路予恕走进来，穿着一件薄薄的黑色睡裙，露出两条又细又白的小腿，而且光着一对小小的脚丫。

克萨依然保持坐在床上操作微机的姿势，转头看着路予恕："这么晚了，还没睡？"

路予恕身后的门自动关上，她迟疑了一会儿，还是满脸疲惫地说："明天就是关键了。我有点儿不安，睡不着。有什么新消息吗？"她好奇地凑到克萨身边，探头看他的微机。

克萨把光子屏转向她："还不是那些事，幻星呼吁恒国不要限制路教授的人身自由，凡星的主流声音则是出兵拦截。但这两个行星现在都离路教授的航线非常远，什么都做不了。"

路予恕点点头，接着说下去："天芒星和摩多尔星离航线倒是近，但内部都有亲地派和亲幻派，吵得不可开交，也不可能贸然出兵。"

"宇内一心会和逝水盟一直在说废话。"克萨摇了摇头，"真正有动作的只有龙吟阁和万星天图。"

"他们做什么了？"

"表面上什么也没做。"克萨往下翻了几页，"但是希儿查到，新星的白派盟会'启示者'私下活跃起来，多名成员申请了武装保护。"

"没听过这个盟会啊。"

"确实，这个盟会在新星并不惹眼，但暗中跟龙吟阁和万星都有联系，很可能是那两个盟会在新星安插多年的秘密分会。"

"他们会保护爸爸吗？"路予恕眼睛一亮，"我们能信任他们吗？"

克萨默默地看了她一会儿，最后无奈地说出了真相："到头来你可能会发现，真正能信任的人只有你自己。"

路予恕的眼神逐渐暗淡下去，最后身子无力地一歪，像只小动物一般靠在克萨宽厚的肩膀上："知道吗，我经常想，好不容易通过廉施君认识了初副盟主，我该怎样利用这来之不易的人脉呢？最后我发现，初奶奶把你借给我，这就是我从她那里能得到的最好的礼物了。"

"原来我是个礼物。"克萨微笑道，"很抱歉，没有更多的赠品了。"

"我不要什么赠品，你就是最好的礼物。"

"你最近太累了。"克萨说，"我知道，你很担心你父亲，还有你哥哥。"

"是啊。"路予恕叹了口气，小声说道，"也担心你。我总有一种预感，你进了大使馆之后就会……会有预料之外的情况发生。"

克萨把微机连同工作台一起推开，面无表情地说了句："哦？"

"我不知道为什么会有这种感觉。"路予恕摇了摇头。"我只是进去一两个小时而已。"

"我知道，但你的任务最重。"

"初暮雪的任务最重。"克萨说道，"至于我这边，使馆的加密算法果然很老旧，是星际安全委员会的默认算法。我训练了希儿这么久，没问题的。"

路予恕依然靠着克萨："也对。但是雪姐的任务很明确，脱身的方法也很明确。而你到底要怎么逃出来，你到现在也没跟我说明白。"

克萨沉默了一会儿，说道："我只是一介平民，墨渊龙没有理由为难我。他们明晚就必须离开新星，出发拦截路教授，不可能带我一起走，所以只能放了我。28号是这么说的，89%的可能，不记得了吗？"

"我知道，但还是……"路予恕坐直身体，两条腿搭在床沿轻轻摆荡，"好吧，我相信你的判断，也相信28号。但是……不知道为什么，我还是很不安。"

"我说了，你太累了。"

"好吧，总之，你可是我专属的骑士和魔术师，也是我的跟班。没我的命令，不许你出事。"路予恕倔强地说。

"是是是，遵命。"克萨无奈地说。

路予恕就这样在他床边坐了一会儿，再开口时换了个话题："给我讲讲你的故事吧，就当是哄我睡觉了。"

"我不擅长讲故事，更不擅长哄小孩子睡觉。"克萨一只手放在她头顶，轻柔地拍了拍。

"我不是小孩子！"路予恕生气地噘起嘴说。

"平时的你不是，现在有点儿像。"

"我已经十七岁了，马上就是个成熟的女人了，你看不出来吗？"路予恕朝他转回身，装作无意地挺起小巧的胸部，这种程度的大胆动作已经让她脸红到了耳根，心跳也随之加速。

克萨扫了一眼，无奈地说："好吧，我看得出来。那么，你想听我讲什么故事？"

"你太太的事。"路予恕只好承认,"她是怎么死的?我不相信是你亲手杀的。"

克萨走下床来,到窗边的圆桌旁倒了一杯幻星白冰酒:"你听说过未知恐惧症吗?"

"听说过一点儿。"路予恕点点头,"是一种心理疾病吧。"

克萨一口喝干杯子里的酒,看着漆黑的窗外,平静地说:"如果有一天,六星七族都被灭绝,很可能是这种病造成的。"

路予恕睁大了眼睛:"这么可怕?为什么很少人提起?"

"就是因为太可怕了。"克萨说道,"可知道,这是目前唯一一种七大星族都会患上的病,仅凭这一点就很能说明问题了。这几十年,恐惧症的案例每年都在增加,但至今没找到病因,只能认为是基因变异。而差异巨大的七个星族居然能发生同一种突变,这不像是自然现象,倒像是神的手段。"

"那么你太太……"

克萨点了点头:"她从小就有臆想症,一直靠药物和治疗控制。上大学的时候,她更是个出名的怪人,经常突然大哭大笑,这是思维突进征的表现。"

路予恕大为惊讶,本以为能让克萨爱上的女人一定是位美丽无双、智慧超凡的淑女,或是有其他过人之处,很难想象竟是个"怪人"。

"我们结婚之后,一开始是很幸福的。但是如你所知,我创建了苍穹院。之后的几年,公司越做越大,我太在乎事业,陪她的时间很少。我一步步走向成功,她的病情却逐步恶化,最后竟变成了未知恐惧症这种最可怕的病,一旦发病就……"他轻轻摇头。

"类似于重度抑郁症吗？"路予恕小心地问。

克萨呆了几秒才开口："顾名思义，因为未知而恐惧。在这种恐惧的驱使之下，一开始可能会疯狂地学习某一学科或某一类知识，不吃饭也不睡觉直到昏厥。这还是轻症，再严重下去会对宇宙产生恐惧。宇宙的真相、宇宙的意义、宇宙的目的，未知实在太多，而且难以研究。这种无力感带来的痛苦会越来越强，就像把你关在黑暗的海底，夜以继日，永不停息，最终彻底崩溃。"

"那之后她活了多久？"

"不到两年。"

"最后……"

"她自杀了。我就在旁边，没能阻止她。"克萨的脸色变得有些可怕。

路予恕反而松了一口气。厄姆说克萨亲手杀死妻子，真实情况远没有那么残忍。在那种情况下，任她死去反而是一种解脱。

"这些年，你一定过得很……很苦吧。"她想安慰克萨，但这份苦痛太过沉重，她只是分担了一点点就被压得几乎窒息，"难怪我从没见你发自内心地笑过。"

克萨的表情动摇了一下，似乎马上就要说出一些他本不会说出的话。但最终他还是忍住了，只是摇了摇头："我不想再谈论这件事了，会影响到我明天的任务。"

路予恕沉默了一会儿，似乎还是心有不甘。但最后还是点点头，站起身来准备离开："好吧，我不强迫你。"

克萨没有说话，只是默默地盯着手中的酒杯。

走到门口的时候，她又回过头说道："等我们过了这一关，路予悲和爸爸都没事了，到时候再给我讲更多你的事，好吗，米迪？"她的表情温柔如水，完全不像平时那个精悍顽皮的女孩，也不是她擅长摆出的商业广告般的可爱笑脸，而是一种发自内心的温婉。路予悲如果在路上见到这样的她，大概只会擦肩而过，根本认不出妹妹。

克萨直视她纯洁的双眼，过了片刻，微微点了点头。

两人就这样对视了很久，像是在进行一场无声的交战。最终还是路予恕输了。

"晚安，米迪。"她走出了房间。

40

　　银白色飞车从初暮雪家出发，像一道亮眼的白光划开阴雨的天空，沿空路前往恒国使馆。初暮雪和克萨并排坐在车上，气氛有些凝滞。初暮雪知道恒国使馆不会允许她戴着智心瞳这种设备进入，索性摘下来留在家里，换上一副宽大的黑色目镜。普通目镜不像智心瞳那样有实时调色的功能，所以初暮雪的无明眼只能被目镜稍微遮一下颜色，从外面看起来时而纯黑，时而深灰，更多的时候是在这两种颜色之间变幻。

　　克萨先打破了沉默："你在盘算什么？"

　　初暮雪直视前方："同样的话奉还给你，你在盘算什么？"

　　"你想把路予悲怎么样？"克萨看了她一眼。

　　"跟你没关系。"初暮雪冷冷地说，"做好你自己的事。"

　　克萨苦笑着摇了摇头。

　　过了一会儿，初暮雪像是自言自语般地说："那孩子很依赖你，也很喜欢你。"

　　克萨沉默不语，似乎回想起了什么往事。初暮雪也一样，双眼在目镜遮掩下显得十分暗淡。

中午14点整,克萨和初暮雪在几百人的注视下走进大使馆,使馆方也表示会以贵宾待遇招待二人,确保他们的安全和离开的自由。

经过了一系列安全检查之后,两人被带进主厅楼,乘坐电梯上了四楼,经过一条长长的过道,来到宽敞的休息大厅。墨渊龙和魏轻纨虽已调查过二人的情况,但亲眼见到这对男女,还是有些吃惊于二人的仪表和气魄。

"这位是大恒帝国外交特使,墨渊龙。"魏轻纨向二人介绍。

克萨脸上挂着敷衍的微笑,初暮雪索性闭起眼睛。就算带着目镜,也没法完全遮住她的无明眼。

墨渊龙尴尬地笑了笑,说道:"二位不必紧张。"

初暮雪眯着眼睛冷淡地道:"我看起来像紧张吗?"

墨渊龙碰了个钉子,魏轻纨只好打个圆场:"哈哈,我开始明白路予悲为什么这么信任二位了。"

两名警卫把路予悲带了过来,初暮雪拉着他问道:"你没事吧?"也许是摘了智心瞳的缘故,她没有掩饰语气中的关怀。

"还好。"几天不见,路予悲对初暮雪也十分想念,此时真是说不出的开心。见他傻笑的样子和原来一样,初暮雪这才松了口气,悬着的心放了下来。

克萨把希儿交给路予悲:"你的副官,已经做了屏蔽处理,不能与外界联系。"

路予悲把希儿戴上左耳:"谢谢。"

墨渊龙拍拍手:"那我们准备开始吧。"

"还有两位队友在哪儿,我们还没见过。"克萨说道。

墨渊龙使了个眼色,魏轻纨传令下去,让方-夏世然把夏平殇和方-夏梦离带了上来。

初暮雪看着方-夏梦离，目镜下的双眼闪烁不定。

克萨突然对墨渊龙说道："恕我冒昧，这里是你们的地盘，裁判也是你们的人。为了保证公平竞赛，我建议在比赛结束前，你们的智心副官也不能和外界交流。你们能接受吗？"

魏轻纨还没说话，墨渊龙已经大方地一挥手："没问题，这两间训练室都有现成的信号屏蔽装置，比赛开始之后，裁判启动屏蔽功能就好。对了，这位是我们今天的裁判。"墨渊龙一侧身，出现在他身后的竟然是初耀云。

"耀云？"初暮雪惊道，"你怎么会在这儿？"这件事不在计划之中，克萨和初暮雪都在飞快地思考这一变故会不会打乱整个计划。

初耀云似笑非笑地看着姐姐："我上午来的，和特使大人相谈甚欢。特使大人和我一见如故，十分投机，所以邀请我担任裁判，我无法推辞。"

路予悲一时也猜不到初耀云在打什么算盘：难道是军官学院的安排他来接应我？不对，如果是那样的话，墨渊龙绝对不会放他进来。

初暮雪在最初的震惊之后，一转念间已经猜到一二："厄姆派你来的？"

初耀云顿时显得有点儿不自然："跟你没关系。"这句话就等于承认了。

初暮雪猜得没错，外警一组一直想巴结上大恒帝国特使，希望能和墨渊龙当面洽谈。但是墨渊龙和魏轻纨不信任他们，所以一直变相拒绝厄姆的献媚。按照公开的计划，今天晚上特使即将离开新星，厄姆无论如何都想在此之前和墨渊龙谈谈。初耀云就在这时主动出面，自称新星的亲恒派社会人士，向大恒帝国大使馆提出面见特使的请求。因为他的盟会、家族和军官学院三重背景，墨渊龙竟同意接见他。于是厄姆也顺势委托初耀云来向墨渊龙表达自己的敬意，为外警一组博取好感。

就这样，初耀云从后门隐蔽地进入大恒帝国大使馆，外界竟不知晓。见到墨渊龙后，他施展口才，几句话就赢得了墨渊龙的赏识和信任。特别是在贬损路予悲这一点上，二人达成了高度一致，简直要引为知己，称兄道弟了。初耀云很聪明地没有把外警一组的事当作重点，只说他此行全是为自己打算，想在大恒帝国多一个朋友。墨渊龙也深以为然，他也想在第六星多一个朋友。双方都是大有前途的青年，这样的联盟在未来必然会有很多方便。连魏轻纨也挑不出初耀云的毛病，只是隐隐感觉到他藏起了自己的狂气。提到下午的模拟战，墨渊龙知道初耀云也有不俗的实力，便顺口邀请他担任裁判一职，初耀云一口答应下来。二人心照不宣，无论模拟战的结果如何，都必须要把路予悲送回地星。

初暮雪刚猜到一点儿眉目，初耀云马上岔开话题："我也没想到你会来打这场模拟战，而且是做护卫官，你这是想搞什么？还有你，米尔达，我刚知道你竟然换了张脸。嘿，原来如此，老姐，看不出来你这么……念旧。"

路予悲稍一思考，就猜到是厄姆告诉初耀云的。但他没想到初耀云竟然也早就认识改头换面之前的克萨。

"你们认识？"墨渊龙好奇地说，"第六星果然小啊。"语气中带有不屑和讥讽。

初家姐弟对视了一眼,都沉默不语。还是路予悲开口说道:"这二位是双胞胎姐弟。"

初耀云怕墨渊龙误会,急忙补充道:"虽然有血缘关系,但是我们立场不同。厄姆大人派我来,也是相信我和他们是不一样的。特使大人,这个人原名叫米尔达,是个危险的家伙。"

"哦?"墨渊龙反而来了兴趣,仔细打量了克萨一番,"你看起来不像个危险的刺杀官啊。"

"真正危险的刺杀官首先要让自己看起来不危险。"克萨淡淡地道。

"说得好,我会记住这句话的。"墨渊龙回头跟手下们笑着说,使馆的工作人员也都配合地笑起来。

"介绍一下我们这边的另外三位队友。"魏轻纨轻轻挥手,三位身着蓝色制服的年轻侍卫走了过来,"他们都是和我们同级毕业的,虽然不是当时那三位队友,但我可以保证,他们的水平只低不高,哈哈!"

路予悲看了看那三个人,似乎只是一般的侍卫,看不出模拟战水平如何,但身手一定不如自己。

夏平殇最后说道:"再确认一下,我们这边有三位智心副官,比赛开始就启动。你们有两位副官,没错吧?"

"没错。"墨渊龙说,"就和上次一样。对外直播也会同步开始。好了,时间差不多了,开始准备吧。"

15点整,双方分别进入两间训练室,有15分钟的战术商议时间。训练室十分宽敞,除了五台零重力舱,还有五间独立更衣室可以换驾驶服。

"到底怎么回事?"路予悲这才问出憋在心里的问题,"初暮雪做护卫官应该没问题，但克萨先生做刺杀官？"他虽然相信路予恕和克萨的安排，但一直都没想通。

夏平殇从口袋里掏出一个小包交给克萨："你要我带进来的东西。"

"非常感谢。"克萨看了看包里的东西，是一排小小的针筒，一共五支。

他随手递给了初暮雪："按我教你的那样用。"

路予悲和方-夏梦离一头雾水地看着三个人。夏平殇也不明白那些小小的针筒是做什么用的，只是路予恕拜托他提前带进来，因为使馆的人不会搜查大使之子。克萨他们要想把这样可疑的东西带进来，就很困难了。

克萨又说道："特使夫人和夏小伯爵，麻烦二位把你们的副官完全关闭。我接下来要说的话，连副官也不能听到。"

夏平殇很干脆地照办了，越来越好奇克萨到底有什么高招。梦离犹豫了一下，但毕竟身在使馆里，料想自己不会遭遇危险，也关闭了泰。

但接下来克萨所说的战术，远超三个人的想象："一会儿模拟战开始之后，你们四位都不用进入真空舱。"

一阵沉默之后，路予悲犹豫着问："什么意思？"

"意思就是，我一个人进入模拟战，牵制住墨渊龙特使的小队。当然，对方不知道，还以为我们是五个人。在模拟战之外，特使夫人、夏小伯爵和初暮雪护送路予悲离开使馆。"

路予悲愣住了，他本以为克萨根本不会打模拟战，难道正相反，他的实力强到可以以一敌五的地步？不可能，整个六星宇宙都没有那样的人，以后也不会有，除非出现超智生命。

"路予悲先生,请把希儿交给我,这场战斗少不了她的帮助。"克萨说道。

路予悲看着手中的希儿,银白色的智心副官和之前一样精致亮丽。仔细想想,他已经很久没有希儿的陪伴,心里总觉得缺了点儿什么。

"希儿,拜托你了。"他边说边把副官递给克萨。

希儿那甜美的声音说道:"希儿一定完成任务。主人还请保重。"

路予悲心里一热,虽然希儿的至高主人已经是克萨了,但她对自己竟然还保留着昔日的称呼。

初暮雪开口问方-夏梦离:"特使夫人,我们有个请求。一会儿模拟战开始之后,你夫君和魏轻纨都会与外界隔绝。到时候可否请你假装遇袭,把所有侍卫都呼唤到这里,好让我们趁机带走路予悲?看在你们多年的同窗情谊,还望帮忙。"

梦离眼睛睁得大大的,过了好一会儿才从震惊中恢复过来。她也很聪明,马上明白了克萨和初暮雪的战术。模拟战只是个幌子,他们的真正目的是趁墨渊龙被隔离在真空舱里的时间,强行把路予悲带出使馆。

"这是小神童的策略?"夏平殇忍不住问。

"正是路予恕小姐的主意,我帮她做了一些微调。"克萨回答。

"可是你一个人要怎么牵制他们五个?"夏平殇也想不通,"用不了10分钟,墨渊龙就能发现不对劲。难道我们只有10分钟的时间?"

"我会给你们留出至少30分钟。"克萨面无表情地说,"然后我再赢下比赛。不要问我怎么做到,我说做得到,就是做得到。"

路予悲和夏平殇对视一眼,克萨的信心简直颠覆了他们俩对模拟战的一切经验。初暮雪其实也有同样的疑问,克萨没有把这一部分战术告诉任何人。路予悲暗想:这不是小魔头做得到的事,一定是克萨自己藏了什么秘密武器。

沉默了一会儿,方-夏梦离说道:"路予悲是被我……带到这里的,所以我愿意参加模拟战,尽量帮你们打赢。但是如果用别的方法,我……没办法同意。你们为什么不能堂堂正正地靠模拟战的实力取胜呢?"

路予悲也在想这个问题。既然有同步直播,墨渊龙也不能不遵守承诺吧。

"他很有可能不遵守承诺。"克萨说道,"他如果真有诚意,就该让我们也派人担任裁判,在现场监管直播。现在全都是他的人,不,初耀云可不算我们的人。我相信,一旦战况对墨渊龙不利,他们随时可以关闭直播,推说是设备故障,然后硬说他们没输,不放路予悲,我们也毫无办法。不要否认,特使夫人,以你夫君的为人,确实做得出这种事。无意冒犯。"

方-夏梦离一时语塞,但还是摇了摇头:"我爸妈一直被墨渊龙软禁,如果我背叛他……后果……不堪设想。"

克萨沉默了一会儿,最后点了点头:"好吧,那我们也不勉强。"

他话音刚落,就像释放了某种信号,初暮雪闪电般地出手,用一个小小的针筒刺中方-夏梦离的胳膊。不到一个心跳的时间,梦离便昏睡过去。初暮雪抱着她摇摇欲坠的身体,轻轻放到地上。

路予悲这才反应过来："急速休眠针？你怎么会有……"

"现在不是说这个的时候。"初暮雪说道，"计划一行不通，启动计划二。"

41

裁判室是一间独立的拱形全封闭房间，位于两间训练室中间，能容纳五名裁判，而现在只有初耀云和另一位特使侍卫靠坐在宽敞的弧形沙发上。二人随意寒暄了几句，比赛就开始了。通过一整面影壁，裁判可以随意观察战场的任何位置。他们先开启了副官参战许可，又按约定开启了两间训练室的信号屏蔽，最后将影壁上的实况画面转播到使馆穹顶对外的影壁上，就没有什么需要做的了。现在，使馆门口的观众只要抬起头，就能在围墙上方的虚拟穹顶看到模拟战的画面，很多记者和百姓又在用自己的设备把比赛情况转播给更多人。初耀云知道，另一位裁判的最主要任务，就是在墨渊龙一方快要输掉比赛的时候切掉画面传输。如果真有这种情况发生，初耀云自然也无意制止。

他开始关注战场，看了看墨渊龙这边的布阵，侦察舰的路线中规中矩，旗舰三角移动到比较偏僻的位置，摆成防守阵型，护卫官开始精心布置水雷。看来他们对路予悲小队的刺杀官还是足够重视的。墨渊龙的刺杀舰则剑走偏锋，选择了一条不太寻常的路线，中速迂回前进。

初耀云故意不切换到路予悲小队的视野，而是跟着墨渊龙小队的视角逐渐洞悉敌方阵型，再跟着他们一起想对策，这样更有代入感。如果直接打开路予悲小队的视野，就像是提前翻看了答案，没有惊喜了。

5分钟后，墨渊龙一方的探测舰还未与路予悲小队接触。初耀云自然明白，在面对强大的对手时，弱势一方通常会选择先回避锋芒，靠走位拖延时间。初耀云冷笑一声，他不知道夏平殇和方-夏梦离的水平如何，但既然路予悲自认弱势，看来这场战斗多半是特使一方获胜。他乐于看到路予悲沮丧的面孔，但想到自己曾经输给他，又有些不是滋味。

而此时路予悲小队的训练室里，五台零重力舱都已关闭舱门，但只有克萨身处舱内，另外四台内部都是空的。方-夏梦离躺在地上熟睡，初暮雪、夏平殇和路予悲依次站在门边，正做着最后的准备。初暮雪摘下方-夏梦离左臂戴的粒子盾，戴在自己左臂，又示意夏平殇把他的粒子盾交给路予悲。她和克萨不可能堂而皇之地携带粒子盾进入使馆，那样太可疑，只能"征用"队友的，这也是计划的一环。夏平殇一边照办，一边问路予悲："我表妹没事吧？"

"放心吧。小魔头也挨过一针，睡一会儿就醒了，没有副作用。"路予悲戴上粒子盾，扫了一眼躺在地上的梦离，对她不予配合感到遗憾，除此之外再没有别的感觉。

路予悲看着初暮雪把昏睡针别在腰带上最顺手的位置，不由得感慨："咱们怎么成了陪审团了。克萨先生也真是神通广大，这种东西都能搞得到。难怪小魔头叫他魔术师。我都有点儿崇拜他了。"

"不要崇拜他。"初暮雪突兀地说，随即话锋一转，"我再确认一遍，没有抢夺飞车的可能？"

"没有。"夏平殇摇了摇头，"整个使馆里根本没有飞车，土得要命。"

"但是居然有零重力舱？"路予悲好奇地问。

"据说前前前任大使是个模拟战爱好者。"夏平殇解释道，"比咱俩还狂热那种。"

"没时间闲聊了。"初暮雪打断这对朋友的聊天，"夏小伯爵，你能不能代替特使夫人，把所有侍卫都召唤到一起？比如说特使遇袭。"

"恐怕不行。"夏平殇摇摇头，"我有我的人，特使有特使的人，互相使唤不动，通信频道也是分开的。如果到了下面，我大声喊特使遇袭，大概能叫走一部分侍卫。"

"好，现在听我说接下来的战术。"初暮雪戴上暗红色的莹虫丝手套。

外面的大厅十分空旷，果然和初暮雪猜测的一样，有四个特使护卫，两个坐在长沙发上，两个站在窗边。见到初暮雪他们出来，四个人都愣住了，不明白发生了什么，现在明明是比赛时间。

"特使夫人找你们有事。"初暮雪让到一边，指指打开的房门。

四人见夏小伯爵神态自然，放松了警惕，快速走过来。忽听扑通一声，走在最后面的人已经被初暮雪的休眠针刺中，转眼便倒在地上。另外三人听到声音回头的时候，第二个人也倒了。

第三个人想按初暮雪肩膀，却不知怎么被她一拳打中面门，力道大得出奇，然后胳膊上微微一痛，就失去意识了。最后一人骂了一句，刚掏出震击枪，却被路予悲一脚踢掉，接着肚子上挨了一拳，坚持着没有倒下，直到被初暮雪的休眠针刺中胸口。

夏平殇不禁后退了几步，脸色有些发白。他没有经历过路予悲这一年多以来经历的事情，还从未见过这样暴力的场面。

路予悲却早已习惯了，和初暮雪讨论起细节："刚才那一拳真漂亮，比揍我的时候还快。"

"知道感激了吧？"

"感谢雪姐不杀之恩。"他充满敬意，"说真的，我再练多久才能赶上你？十年？"

"等我死了的时候吧。"初暮雪扶了扶目镜，扫了一眼裁判房，还好初耀云看不到外面。她从一名侍卫耳朵上摘下电耳，查看了一番才确认："还好，没有自动报警系统。"

"墨渊龙太自大了。"路予悲捡起侍卫的震击枪，可惜无法通过身份识别系统，扳机处于锁死状态。他摇了摇头，放下了枪。初暮雪收起用过的休眠针，又拿出另外一支。

他转向夏平殇："别怕，这只是小场面，不会误伤你的。后面得看你的演技了。"

夏平殇无奈地点了点头："这什么睡眠针真的没有副作用吧，疼不疼？你们最后也给我来一下吧，我也好说我是被胁迫的。"

"数量有限，恐怕没有你的份了。"初暮雪耸耸肩，"就算不让你睡着，你也可以说是被我们胁迫的。"一支休眠针里的药剂只能对付四个人，克萨给了她五支，即使是他也搞不到更多了。

"或者你最后装睡也行，就说你也中针了。"路予悲灵机一动，"反正他们马上要离开，没时间去挨个化验。"

"也对。"夏平殇还是紧张了，否则应该早想到这一点。

三人朝大厅尽头的过道走去，对过道里的四名侍卫又重复了一遍之前的战术。这次夏平殇表现得很自然，引侍卫们毫无防备地走近。路予悲搞定一个的工夫，初暮雪已经刺倒了另外三人。

"好的开始，比我想象得容易嘛。"他有点儿兴奋地看着自己的双手，这是他第一次把曲势用到实战中，也切实地感觉到了自己的强大。

"后面会越来越难。"初暮雪说，"且记住，只要有一个失误，咱们就出不去了。"

"明白。"路予悲点点头。

下一关是守在电梯门口的两个人，没想到在这里就出了意外。夏平殇的话没能让他们放下戒备。其中一名侍卫第一时间掏出枪来瞄准路予悲："站着别动！你们是怎么出来的！"

路予悲没有回答，初暮雪打开粒子盾，淡绿色粒子在她身前形成一面半透明的墙。她加快脚步向前冲锋，外围的粒子向后飘散，但装置不断喷射出新的高浓度粒子，足以从正面护住她全身。侍卫开枪，子弹被波瓦粒子化解了大半，只剩一些颗粒打在初暮雪身上。她高高跃起，借助墙面反弹加速，一脚踢翻一名侍卫。路予悲放倒另一名之后，看到初暮雪肩膀流血，心里一紧，问道："疼不疼？"

"没事，破皮而已。"初暮雪关掉粒子盾以节约一些粒子，又在两名倒地的侍卫身上各补了一针睡眠针，"这声枪响很不妙。"

夏平殇说道："训练室和裁判室的隔音很好，墨渊龙他们应该听不到。"

"只怕侍卫队长那里能收到开火信号。"初暮雪说。

夏平殇犹豫着说:"侍卫队长是梦离的表哥,我看他不一定懂这些。"

四人进入电梯开始下行,初暮雪说道:"一楼才是最关键的,人多于四个,就很难阻止他们发出警报。咱们往北大厅突破,走边门出去,离后门就不远了。"

夏平殇则说道:"很遗憾,后门现在是打不开的。"

"为什么?"初暮雪问。

"使馆门口有人聚集,墨渊龙为了加强戒备,把后门彻底封死了,庭院的警卫全部调到了正面。"

初暮雪和路予悲对视一眼,第一个小意外已经出现,他们必须随机应变。但电梯此时已经到了一楼,两扇门打开,门外有三名侍卫正端着枪严阵以待,看来他们确实知道上面开枪了。

然而出现在侍卫们面前的是大使的公子,三人自然而然地放下了枪。

"出什么事了,夏小伯爵?"一名侍卫走上前问道。只见两道黑影从夏平殇身后蹿出,三人没来得及做出反应就全都倒在地上,睡了过去。

正当路予悲稍微放松的时候,第二个小意外出现了——两名保姆推着一辆婴儿车走了过来,似乎要乘坐电梯,车里的小婴儿自然是方-夏梦离的孩子。看到这里的情况,两位中年妇女吓得正要大叫,夏平殇却抢先一步说道:"别怕,坏人已经走了,我们也是路过的。"

保姆们将信将疑地看了看路予悲和初暮雪。初暮雪也要犹豫要不要在她们身上浪费两发宝贵的休眠针。

夏平殇轻巧地安抚了保姆几句，最后说："快带着小公子回房间吧，这里危险。有个长着翅膀的鸟人在楼里杀人，自称是什么陪审团的人。如果有人问起，你们就这么说。"夏平殇听路予悲讲过陪审团刺客的事，这时随口就用上了。他没指望保姆的证词能骗过墨渊龙，但留个话头，也就有更多的狡辩空间。

路予悲默默地看着婴儿车里的小宝宝，还不到半岁，连坐都坐不起来。婴儿的一双大眼睛正盯着路予悲，粉嘟嘟的小脸上漾起笑容，十分可爱。

保姆把婴儿车推进电梯。电梯门关闭之后，夏平殇似乎松了一口气："还好你们没有想拿孩子当人质。"

路予悲和初暮雪对视一眼，他们确实完全没有想到还有这样的手段。即使是处于如此危险的境况，路予悲也做不到挟持婴儿，他相信初暮雪也不会，但如果克萨在这就另当别论了。

三人沿着一条过道谨慎地前进，到了过道出口处，初暮雪悄悄探头观察，发现前厅里有六名侍卫。她退回几步，小声对二人说："比想象中多，门外好像更多。我大概估算一下，到大门之前可能会遇到五十……甚至六十多人。"

"这么多？"路予悲吓了一跳，休眠针不够用是一方面，最重要的是即使是初暮雪，一次也最多面对六七个人，而且体力有限。

可恶。初暮雪暗想：因为后门临时封死了，他们才把大部分人手安排在前门。我们没算到这一点，是最大的失策。

路予悲突然说道："他们会不会呼叫新星的警察？那我们就更打不过了。"

"不会的。"初暮雪说，"第一，地星人骄傲自大，相信一百多侍卫能确保安全，绝不会放下面子求助新星内警。第二，如果新星警察进来这里更好，我们只要坦然被捕，就能出去了。"

路予悲恍然大悟。

夏平殇则边思考边说："六十多人的话，就算有我这个人质，你们也出不去。我有一计，我上楼去叫醒梦离，告诉她有陪审团刺客潜入，她儿子有危险……"

"聪明！"路予悲差点控制不住音量，"她那么爱孩子，一定会把所有侍卫都叫过去！"

"至少能叫去一半吧。"夏平殇估算着，"只要她哥哥比你懂得爱护妹妹。"

"什么话，我……"

初暮雪有点儿犹豫，她还不能完全信任夏平殇，如果现在放他走，后面的情况是不可控的。如果他脱身之后去找侍卫队长，让所有侍卫守在正门，他就立了大功，之前的责任也不用承担了。他说过自己既是路予悲的朋友，又不会背叛恒国。

路予悲看出了初暮雪的想法，说道："我相信老夏，没时间了，现在只能用这招了。"

初暮雪咬了咬牙，微微点了下头，说道："药剂分量很少，用力晃，大声喊，她马上就能醒过来。要快！"夏平殇挥挥手，转身往回跑去。路予悲还是第一次见到老夏行动这么迅速。初暮雪和路予悲观察着前厅里侍卫的动向，随时准备躲进过道一侧的卫生间。

"你为什么这么信任他？"夏平殇完全消失后，她忍不住把心里的疑惑说出口。

"我只信任值得信任的人。"路予悲坚定地说,"我现在最信任的人,就是你。"

此时的模拟战战场中,双方前锋官已经正式交火。初耀云知道,墨渊龙小队里最强的无疑是刺杀官墨渊龙和司令官魏轻纨,但另外三人也不是庸手。几招过后,他就看出来,墨渊龙队的前锋官水准不低,虽然不及路予悲,但在军院里也能排到前锋官前十五的水平,而且司令官和数据官也在向前锋官倾斜数据资源,所以跟路予悲打得难分高下。

但是好像有什么不太对劲。初耀云暗暗纳闷:路予悲的技术应该更强一些才对,他居然在这种时候还隐藏实力?墨渊龙那边也是,前锋官一直在迂回撤退,好像是在卖个破绽给对方。如果是我的话,抓住机会猛攻一波,至少能取得三舰的优势,然后只要及时收手,别太冒进就可以了。

再看路予悲小队的旗舰三角,架构松散,防御松懈。初暮雪的护卫舰只是完成了一些例行工作,并没有亮眼的表现。他们的防御网到处都是漏洞,连太空水雷都没布多少,简直像个自由市场一样。墨渊龙的刺杀舰已经绕到后方了,2分钟内就会攻过来,要刺杀掉旗舰并不困难。

初耀云从鼻子里发出一声轻蔑的哼声,这场比赛比他想的还要无趣,看来马上就要结束了。

因为太无聊,他索性切换到路予悲小队的通信频道,想听听他们在说什么。没想到电耳中传来一阵巨大的噪声,夹杂着路予悲和夏平殇的声音。初耀云赶紧摘下电耳,纳闷电耳到底出了什么问题。

但很快他就无暇顾及电耳的问题了，因为路予悲小队的旗舰三角发生了变化。这变化实在太明显，就像换了另外一队人马一样——旗舰迅速位移并且调整防御结构，护卫舰的调动井然有序，水雷也在迅速重排。克萨的刺杀舰也一改之前漫无目的的走位，开始跟着旗舰一起行动，似乎打算专心防守墨渊龙，放弃刺杀对方旗舰。

初耀云微微点了点头，暗想：这才像话，刚才那种状态简直像"唐"里的业余玩家一样。那么墨渊龙小队要怎么下手呢？他突然发现，墨渊龙小队的护卫舰群竟然已经绕过了前锋战场，用最快的速度朝路予悲小队的旗舰突袭而来。同时前锋舰群也分出八艘冲向对方后方助战。

竟然是护卫舰前压的战术，再配合八艘前锋舰，时机刚刚好，精彩的布置。初耀云心中暗赞：他们算准了克萨不会来刺杀旗舰，所以用这种战术反向克制，漂亮的策略，那个叫魏轻纨的不简单。路予悲如果反应慢一点儿，没有第一时间回防，就要吃大亏了。他再次戴上电耳，切换到了墨渊龙小队的通信频道。

"……好了，三十秒后发动攻击。"魏轻纨说道。

"我已经等不及了！"墨渊龙斗志高昂地说，"修白，准备好了吗？"初耀云知道修白是墨渊龙的智心副官。

"准备好了，影子刺杀舰、八艘护卫舰，还有八艘前锋舰都在我的控制中，准备包夹攻势。"

这番话让初耀云的眼睛猛地睁大，这么多兵力交给智心副官也太离谱了，就算是路予悲那个"作弊器"也只能控八舰而已。难道这个智心副官在吹牛？不对，会吹牛的智心副官更不可思议。

更让初耀云吃惊的是，修白确实展现出超高的控舰水平，无论是影子刺杀舰、前锋舰还是护卫舰，都像是有真人操作一般，走位既迅速又灵活，阵型既整齐又多变，完全看不出来是由副官控制的。初耀云甚至有种预感，只靠这个副官就有望攻破路予悲小队的旗舰三角。

他开始明白了，墨渊龙的副官一定不是普通的智心副官，难道大恒帝国真的研究出了超智生命？如果真是这样的话，新星就更不能和地星开战，必须和地星站在同一阵营，否则就是自取灭亡。超智生命的可怕，净化教派早有预言。

接下来的10分钟里，初耀云见识到了超智生命的恐怖，却和他预想的完全不同。

42

路予悲和初暮雪躲在过道一侧的卫生间里,看着侍卫们从门外匆忙经过。

"是老夏和梦离。"路予悲轻声说,"已经过去十几个人了,差不多了吧?"

"还不够,至少要再过去十个。"初暮雪摘掉目镜,擦了擦双眼周围的汗,又戴回去。等了一会儿,确实没有侍卫经过了,他们只好开始行动。

硬闯过前厅、门廊之后,他们避开主厅楼正门,从侧前门闯了出去。一路上又留下了六个昏睡的敌人,而休眠针也只剩最后一支了。

初暮雪拉着路予悲冲到室外,迅速翻过一排矮墙,跳进小路旁边的花丛里。三名侍卫看到了他们,大声警告之后开枪,子弹被波瓦粒子分解之后,又在二人身上留下几处擦伤。初暮雪腾空跃起,像一只灵巧迅捷的野兽,一脚重重踢中一个侍卫的头部,落地后接住第二名侍卫踢来的一腿,一抬手把他掀倒在地,再用膝盖在他头上砸了一击。最后一名侍卫已经从后面靠近,初暮雪回身一把攥住刺来的电流匕首，萤虫丝手套既坚韧，又能隔绝电流。下一个瞬间，对手已被她甩过头顶摔在地上，脖子上又挨了一拳。三人都晕了过去，省下了休眠针。

即使已经十分了解初暮雪的强大，路予悲还是被这一套流水般的技法迷得心神俱醉。但初暮雪的体力消耗已经不小，开始有些气喘。路予悲忍不住担心地问："你还好吗？"

"还可以。"初暮雪甩开一支束发器固定好头发，又抹了一把脖子上的汗水，抬头张望。这处花丛还算隐蔽，离大使馆正门大概还有一百多米，过了这座花园，就只剩一大片空地。

"这该死的地方比地图上看起来大得多。你带上这把匕首，必要的时候用。"她把缴获的电流匕首交给路予悲。

路予悲收好匕首，暗暗希望不要被逼到那一步。六星之主，看护我等。

二人再次出发，弯着腰在花园内穿梭，利用树丛隐蔽。初暮雪突然拉着他缩到一个角落，皱起眉头："前面好像不大对劲。"

"路予悲！"一个男人在前面大喊，"我看到你了，出来受死吧，你已经被包围了！"

"方-夏世然？"路予悲心里一沉，"特使的侍卫队长，没想到还真有两下子。"二人放眼望去，前方的空地上出现了一大片穿着深蓝制服的侍卫，围成一个半圆，逐渐向二人逼近。在他们身后是几名穿着白风衣的近卫武士，身材高大，一眼便知战斗经验丰富。一身黑衣的方-夏世然站在最后面。

"五十五个蓝服，五个白服，一个黑服。"初暮雪没戴智心瞳，瞳速极快，只用了几秒钟就清点了一遍，"原来如此，有飞眼。"她看到了天空中隐蔽的白色小球。

路予悲今天第一次感到心慌:"这么多人,打得过吗?"

"不知道。"初暮雪也不禁面色凝重。她已经先后击败了十几个人,再来六十多个严阵以待的侍卫,对她来说也要碰碰运气了。她翻了翻腰上的口袋,却找不到那支蓝色的针筒。

"怎么了?"路予悲问,"休眠针没有了?"

"不是。"初暮雪摇摇头,心里暗叫不妙,控血剂竟然忘带了。前面还有一场硬仗要打,如果进入精神误区……算了,现在已经没有退路了,只能向前。

"他会不会把刚才那些去楼上的人再叫回来?"路予悲不安地说。

"所以咱们得马上动手。"初暮雪皱着眉说,"直取首脑看起来不太可行,他站得太靠后了。"

"懦夫。"

"但是谨慎。"

在方-夏世然背后,高大的围墙已经近在咫尺,黑色的大门格外醒目。路予悲知道,只要踏出那扇门一步,他就自由了,但最后的这段距离,比他们预想中艰难得多。上方的虚拟穹顶从内部看是透明的,可以直接看到天空。

"我知道了,你们把特使骗进零重力舱,再趁机偷偷溜出来。"方-夏世然傲然看着二人的方向,"嘿嘿,不得不说这招挺聪明,可惜遇到了我。你们还有多少同伙,藏在哪儿,快说!"

初、路二人心里一动,同时想到:他以为我们有同伙,所以会低估我们!

忽然,主厅楼警报声大作,有人开启了最高警报。随之而来的还有方-夏梦离的声音:"有入侵者,侍卫快来!我和孩子有危险！呀——你们要干什么！别过来——"梦离的呼救声非常真实，路予悲差点以为她真的遭遇险情。这声音从多个扩音器发出，也直接传入警卫们的电耳中。

"浑蛋，到底有多少人！真的是陪审团？刚才去的人居然不够？"方-夏世然吃了一惊，朝白服武士喊道，"你们两个，带上二十个……不，三十个人，快去保护我妹妹和孩子！"一大批侍卫领命而去。

路予悲心里五味杂陈，如果梦离刚才只是听了老夏的话，为了保护孩子而叫走人手的话，这次逼真的演戏就纯粹是为了自己了。初暮雪也说道："最后还是被她帮了一把。夏平殇很可靠，你说对了。特使夫人也不是那么绝情——说不定……还喜欢着你。"她嘴角一动。

"雪姐，都这个时候了，还开什么玩笑……"路予悲无奈地摇摇头，这女人虽然不苟言笑，有时候也忍不住作怪。

两人做好最后的准备，站起身，打开粒子盾，如闲庭信步一般从容地走出花丛，径直朝着卫兵们迎了过去。侍卫们同时举枪指着他们。

双方距离三丈远的时候，二人站定脚步，摆出同样的架势，身体微侧，双手微微抬起，掌心向上。见他们这样大胆自信，侍卫们也都感到疑惑。

"他们有粒子盾，开枪没用，冲上去抓住他们！"方-夏世然大声下令。但接下来发生的事情远远超出他的理解范畴。

第一个冲上去的卫兵不知怎么就飞了出去，落地的同时大声惨叫。第二个卫兵被初暮雪抓住手腕轻轻一带，转了半圈之后摔在地上，右臂发出咔的一声。方-夏世然这才发现不对劲，喊道：

"别一个个上,一起上,把他们围住!但是要抓活的!"

十名蓝服侍卫把二人围在中间,然后一拥而上。这是他们训练过的战斗方式,用得相当熟练,每时每刻都有三四个人和初暮雪交手,其他人在外围寻找破绽,随时补上空位。但初暮雪变成了一团白色影子,在包围中左突右蹿,上下起伏,左手一拉一拧,身体急转,脚步腾挪,右手一推一带,侍卫们就像中了妖法一样一个个地倒下。但初暮雪头上身上也挨了几下重击,体力急速消耗,放倒敌人所用的时间和招式都在明显增多。路予悲则独自对抗三个侍卫,嘴角被打破了,但三个对手也依次倒下。

十二名蓝服卫兵倒下之后,剩下的人退开几步,犹豫着回头看向方-夏世然。方-夏世然看得目瞪口呆,二人使用的都是他从没见过的格斗技巧。严格来说,初暮雪的手法他连看都看不清。

但初暮雪掩饰不住粗重的呼吸,路予悲索性蹲在地上稍作休息。初暮雪固然已经干掉了二十多名侍卫,路予悲也已经独立击倒了九人——这表现超出了初暮雪的预期,他自己也越发自信。

"他们快不行了,继续,全都上去!"方-夏世然大吼,自己带头扔出三颗微型气爆弹,初、路二人有波瓦粒子保护,爆片的伤害大大减弱。剩下的十三名蓝服卫兵呐喊着冲了上去,三名近卫武士也拔出高电匕首加入了战团。初暮雪边打边退,身法依旧灵活,弧手、弦身和转步奇妙莫测,每次出手都有一名敌人倒下。但她身上的伤口也渐渐增多。

路予悲也已经用出了看家本领,他的弧手刚有小成,但还没学弦身和转步,曲势的威力大打折扣。虽能扣住敌人的手腕和手肘,但力量不如初暮雪,对方总能挣脱出来。被他摔在地上的蓝服侍卫,往往也还能再爬起来。一名白服武士见路予悲露出破

234

绽，挥动高电匕首发起一阵猛攻，逼得路予悲连连后退。他知道高电匕首的可怕，挨上一下可能就完了。他逼自己保持冷静，也拔出匕首招架，但使用得不熟练，反而不如不用。他灵机一动，把匕首朝对方扔去，然后趁对方露出破绽，冲上去缠住他的右臂，用弧手夺下了电流匕首，狠狠刺入对方大腿。白服武士号叫着摔倒在地，路予悲也吓得后退几步，扔掉了匕首。这是他第一次用这样的兵器造成伤害，心里一阵悸动。

收拾完最后两名蓝服侍卫后，他转头看向初暮雪那边。一片雾气中，只见十几名蓝服侍卫护卫横七竖八地倒在初暮雪脚边，还剩最后四个敌人与她过招。初暮雪的气息变了，用出的招式凶狠异常，他从未领教过。只见她一掌托住敌人的下巴，不知怎的一翻手腕，转眼便把那人的头砸按在地上。头部受到那样的重创，伤势一定不轻。路予悲知道初暮雪的体力已经见底，无法控制下手的力度了。

最后三个人一拥而上，一声令人作呕的吱嘎声过后，一名白服武士惨叫着倒下，腿骨折断成奇怪的形状。第二人腹部挨了初暮雪今天最重的一拳，倒地之后全身缩成一团，颤抖着干呕起来。但这两人制造出机会，最后一名白服武士竟成功把初暮雪按倒在地，一拳狠狠打中她的头部，打掉了她的目镜，随后双手掐住她的脖子。路予悲不假思索地冲上去，却看到白服武士倒向一旁，初暮雪胸口剧烈起伏，手里握着最后一支休眠针。

看着初暮雪艰难地站起来，路予悲竟有了落泪的冲动。女孩全身受伤无数，胸前被划了一刀，汩汩渗血。左臂的一道吓人伤口血流如注，顺着手肘和小臂流到手上，把莹虫丝手套染得更红了。背上的衣服被撕开一大片，露出的雪白后背上有手掌大的一片血肉模糊。目镜被打掉后,脸上也肿起一块,那双与众不同的眼睛也没有了遮挡。她站在那里,像是一头受了重伤的猛兽,虽然浑身浴血,疲惫虚弱,但余威尚存。

路予悲还是第一次见到这样恐怖的初暮雪。

"你……没事吧?"

"没事。"初暮雪的声音掩饰不住虚弱,"快点结束吧。"她看到脚边重伤的几个敌人,似乎觉得有点儿奇怪,又看了看自己的手。

方-夏世然已经彻底傻掉,不敢相信自己的眼睛,二十多名蓝服侍卫和三名白服武士都倒在地上,或一动不动,或翻滚哀号。初暮雪在一片雾气中向他走来,无明眼如寒冰般冷酷。方-夏世然从没见过这样的女人和这样的眼睛,他忍不住颤声道:"你是人吗……还是什么怪物……"

"确实有人这样叫我。"初暮雪调整了一下呼吸,说道,"如果你好心地让开一点儿,就不用被怪物吃掉了。"

"现在也不用!"黑衣男子突然掀起右边的袖筒,露出小臂上的小型折叠弩。粒子屏障和波雾虽然能防御子弹和激光,但无法防御弩箭这种速度的武器,所以这种古老的战争兵器近些年又被拿出来,成了粒子屏障的克星。他瞄准了初暮雪,路予悲见状也心里一惊,急忙喊道:"小心弩!"

弩箭应声而出,目标竟然不是初暮雪,而是路予悲。

路予悲虽然早有提防,但箭的速度比他想象中快得多,根本来不及躲闪。他脑中闪过一个念头:难道我会死在这支箭下?没想到初暮雪横跨一步,一伸手,把箭杆牢牢攥在手中。

其实她的状态已经很差,这一抓得手,也有运气好的因素。

但她不能让对方看出来,冷冷地说:"再放一箭,我就把它从你的……从你的嘴里插进去!"

方-夏世然果然被震慑住了,面如死灰地后退了两步,身后就是高高的围墙和使馆正门。他藏起恐惧,大声说道:"你们在大使馆里打伤多人,犯下这么重的罪,践踏了大恒帝国的尊严!如果引发战争,完全是你们的责任!"

路予悲踏前一步,指着地上翻滚哀号的侍卫们说道:"他们每个人都是先对我动手,我们才反击的。看看他们用的武器,我们只是两个空手的人,我们是正当防卫!而且这件事如果传出去,嘿,恒国不仅理亏,而且脸都被你们丢光了!"

方-夏世然的嘴张开又合上,竟说不出话。

初暮雪捡起地上的目镜,罩在双眼上:"而且别忘了,路予悲本来就是被你们强行抓进来的。"

"哼,你有什么证据……"

"我有证据。不信的话,你们就把事情闹大,看看我是不是虚张声势。"初暮雪表面上不动声色,暗中努力压制着身体深处的不安反应。

路予悲说道:"还有,特使大人亲口说过,如果模拟战赢了,就放我走。模拟战应该快出结果了吧……"

"快了。"一个声音在他俩背后响起。二人猛地转身,竟看到初耀云朝他们走来。

"嘿,居然是靠蛮力救走路予悲,确实让人意想不到。"初耀云阴阳怪气地说,"而且连说辞都准备好了,不会造成外交上的麻烦,这招实在高明。如果你们成功跑掉,又赢了模拟战,墨渊龙确实没脸把事情闹大。毕竟他还要急着去拦截路高阙呢,那才是重头戏。"

"你怎么来了?"初暮雪脸色微变。路予悲也暗叫不妙,这个时候他最不想见到的人就是初耀云。

初耀云大大方方地从二人中间穿过,走到方-夏世然面前,对他说道:"方-夏先生,希望你能转告特使,第六星有很多人愿意和大恒帝国做朋友,但不是作为附庸,而是平等的盟友。"

方-夏世然一脸鄙夷地看着他:"可笑,凭你们也配跟我们谈平等?"即使到了山穷水尽的地步,他依然无法放下心中的高傲。

初耀云对他的话不置可否,突然一拳打在方-夏世然脸上,打得他惨叫一声倒在地上。初耀云弯下腰,从他怀里摸出一个小小的发信器,用它可以打开大门。

初暮雪松了一口气:"你终于肯帮我们了?"路予悲也没想到初耀云竟然是来帮自己的。

"恒国人太让我失望了,一个两个都傲慢得不像话。"初耀云回头看着姐姐,"再加上连特使夫人和夏小伯爵帮你们,说是陪审团闯入,我还能怎么样?不过我实在没想到,你为了救这小子,竟然拼到这个地步。啧啧,看看你现在的样子。"

初暮雪没有说话,但是呼吸更加急促了,双手开始微微发抖。

初耀云没好气地说:"我本来想教训一下这小子,没想到他的曲势用得有模有样,你连弦身都教他了。"

"啊,我刚才用弦身了吗?"路予悲错愕地说,"她只教了我弧手。"

初耀云瞥了他一眼,就像在看一只会说话的狗:"好了,快走吧,等墨渊龙出来就来不及了。"

"模拟战怎么样了?"路予悲边走边问,"克萨一个人居然能撑这么久,真了不起。"

"你在装傻吗?"初耀云咬着牙说,"你们带来那种东西,还有什么可说的。这也是我帮你们的原因之一。灾难终于还是降临了,你们真该死,到底是怎么做到的?"

"什么东西?"路予悲有点发蒙,"我们带来了什么?"

"好了,快走吧。"初耀云一脸厌恶,不耐烦地说。

两人都没察觉到初暮雪的反常,她已经沉默了好一会儿。路予悲走出几步,这才发现初暮雪没有动,一直僵在原地,像是变成了一座石雕。

"你没事吧?"路予悲走过去,向她伸出一只手。

"笨蛋,别过去!"初耀云一把拉住路予悲。路予悲还在纳闷,突觉胸口像被锤子重重砸了一记,身体腾空向后飞出。如果不是初耀云拉了他一把,他的胸骨必定要被初暮雪第二次打断了。

路予悲摔倒在地,咬紧牙关才没有痛得喊出声来。他努力撑起上半身,看到初耀云和初暮雪已经开始快速过招。初暮雪用的并非曲势,而是毫无章法的乱打,但速度之快,力量之强,依然令人望而生畏。初耀云脚下不住后退,双手左一钩右一带,曲势用得比路予悲纯熟得多。而且他保持着镇静,明显不是第一次面对这样的情形了。

"怎么回事……"路予悲睁大眼睛看着陷入疯狂的初暮雪,心里既惊又怕。

"该死,她到底打了多久,药效控制不住,进误区了!"初耀云咬着牙说,一不小心脸上被初暮雪的指甲划伤了一道。

"误区？什么药？"

"她没跟你说？看来你们的关系也不过如此，别傻看着，快来帮忙！"初耀云边招架姐姐的攻击边喊，"控血剂有没有？"

"控血剂？"路予悲完全搞不清状况。

"算了，先一起制住她，我有控血剂！"

路予悲大概明白了，一定是初暮雪战斗过度，诱发了某种特殊病症。现在来不及刨根问底，如果再拖下去，墨渊龙就要出来了，这场逃离就将功亏一篑。他爬起来，忍着伤痛加入战局，和初耀云一起抵挡初暮雪的猛攻。

发狂的初暮雪完全不像平时那个冷淡又不失娴雅的女孩，而变成了一头猛兽，无明眼隐藏在目镜之下，面目凶狠，微张着嘴，时而尖叫，时而发出"呵呵"的声音。路予悲在她的拳脚狂轰下勉力支撑，几乎只能被动挨打。而初耀云虽然也比较狼狈，但还能打得有板有眼，攻守有度。路予悲不得不承认，拿出真本事的初耀云依然比自己强大。

"有机会！"初耀云看准时机，抓住初暮雪打来的右臂，一抬，一转，将她重重摔在地上，"按住她！"

路予悲来不及多想，扑上去牢牢地按住初暮雪的双肩，没提防挨了她一脚，疼得眼冒金星，急忙用膝盖压住她的腿。初暮雪几次发力竟没有把路予悲掀下来，可见体力已经几乎耗尽。

初耀云从怀里掏出一根小小的蓝色针筒，拔掉前端的细套露出针头，猛地扎进初暮雪的胳膊，把一小管蓝色液体注入她的体内。方-夏世然远远地缩在一旁，捂着脸上的伤，胆战心惊地望着这边，完全不明白发生了什么。

注射之后，初暮雪渐渐安定下来，不住地喘着粗气，胸口上下起伏，几个心跳之后便恢复了理智。看着压在身上的路予悲，她虚弱的声音有些不自然："放开我。"

"啊！"路予悲一下子跳起来，短暂的尴尬之后，欣慰地说道，"你没事了？那太好了，刚才到底是……"

"精神误区。没时间解释了，有人要过来了，快走。"初耀云摸了摸脸上的伤口，伸手拉起姐姐，搀着她快步走向使馆大门，路予悲紧随其后。初耀云按下发信器上的按钮，大门缓缓打开了。丧失斗志的方-夏世然在旁边看着，毫无阻拦的意思。门外的广场本来十分开阔，但此刻挤满了新星的百姓，路予悲看到艾洛丝和卡卡库也在其中，正朝他用力地挥手。

走出大门时，初耀云瞬间换上一副完全胜利的喜悦表情，左臂搀着姐姐，右手拉起路予悲的手高举过头顶，迎接众人的欢呼。

43

"怎么搞的!"墨渊龙咬紧牙关,又换了一条切入路径,但对方护卫官引爆水雷的时机太好了,简直没有半点儿破绽,他飞到一半就不得不撤退。他已经尝试了几十次,竟然完全没法刺入对方旗舰三角的腹地。

"修白,还没打下来吗?"盛怒之下,他开始责怪自己的智心副官。

修白操控的影子刺杀舰早已被击毁,八艘前锋舰和八艘护卫舰也损失了一大半,而对方的护卫舰只损失了六艘,实力差距非常明显。

魏轻纨也早已看出问题:"不是修白弱,而是他们太强了。怎么回事,这个水平也太离谱了吧。夏平殇和你老婆有这么厉害吗?"

"他们俩当然没这么厉害。"墨渊龙不耐烦地说,"一定是那个护卫官初暮雪!"

"只靠护卫官不可能强到这种程度。"魏轻纨的汗珠漂浮在头盔里,"他们好像还保留着实力,就像是老师在指导学生一样。你看,旗舰这个走位太明显了。直说了吧,他们每个人都比我们强，强得多。相比之下路予悲反而是最不起眼的一个。"路予悲在将墨渊龙小队的前锋官击杀出局后，自己的前锋舰群也几乎全灭。

"别说没用的了，咱们就真的赢不了吗？"墨渊龙咬牙切齿地说。

他的副官修白说道："报告主人，我们目前的胜率只有3.5%。"

"我这边算的结果是3.3%，都一样。"魏轻纨叹了口气，"他们只是在耍我们玩而已，继续打下去也没意义。我刚才已经发了暗号给裁判室，比赛的转播应该已经中断了。"

墨渊龙又说道："修白，你不是超智副官吗，怎么会打不过他们？"

修白略显委屈地说："我的计算能力是一般智心副官的5.5倍，这个是不会错的。在大恒帝国的行业标准中，我这个规格可以被称为广义超智副官，但是还达不到整个六星系公认的超智生命标准。"

"你的意思是，我们只是在自欺欺人而已？"墨渊龙冷嘲热讽地说。

魏轻纨无奈地说："你跟副官发什么脾气。好了，我发起投降了。"

"可恶，我辛辛苦苦练了这么久，就是想一雪前耻，连超智副官都动用了，怎么会输呢？"墨渊龙大骂脏话，队友们一句话都不敢说。

零重力环境解除后，舱门缓缓打开，墨渊龙垂头丧气地走出来，又打开训练室的大门，猛然发现外面是一片乱糟糟的景象。

几十名侍卫或躺或坐地散落在各个角落，包括几名白服近卫武士，都带着不同程度的伤。看到墨渊龙走出来，侍卫们才都挣扎着站了起来。

一位白服武士捂着脸上的大片瘀青，羞愧地向墨渊龙汇报整个路予悲逃离事件。墨渊龙静静地听着，脸上的表情很难说是震惊还是疑惑，似乎又觉得很好笑。因为零重力舱都启动了通信屏蔽，侍卫们又不能强行打开舱门，所以只能等墨渊龙出来才汇报。

好在侍卫们受的伤都不太重，接受治疗后已无大碍，只有初暮雪最后打倒的几人伤得较重，还有侍卫队长方-夏世然失踪。

魏轻纨忍不住打断了警卫的描述："你是说，初暮雪和路予悲早在几十分钟前就离开了训练室，那么和我们战斗的人是谁？"

墨渊龙几步跨到路予悲小队的训练室门口，打开门向里面看去。五台零重力舱全部大开舱门，一个红黑发色的男子坐在房间里的一把椅子上，正在仔细端详手里的智心副官。墨渊龙隐约记得这个人的名字叫克萨。

知道哥哥成功被救出大使馆之后，路予恕终于松了一口气。但她的心还没有完全放下，每过几分钟就试着联系一次克萨。但直到几小时后，路予悲和初暮雪离开医院，一起回到家，克萨也没有任何回应。

在路予恕的作战中心里，兄妹俩相隔几天之后再次见面，路予恕摸了摸哥哥包着绷带的小臂，又上下左右地仔细看了他一遍，才露出笑容："你回来啦，大蠢蛋。"这样的欢迎称得上是热情了。

"我回来了,小魔头。"路予悲笑着说,声音温柔得连他自己都难以相信。他张望了一圈:"几天不见,你的房间怎么搞得这么乱?"

"雪姐的伤不要紧吗?"路予恕关切地问。

初暮雪也已经在星元统合会下属最好的医院接受过必要的治疗,身上涂有不少生物药水和医用胶质,较深的伤口也用最高超的技术缝合好了。她坚强地摇摇头,反问路予恕:"克萨出来了吗?"她已经戴回了智心瞳,紫色的双眼毫无感情。

路予恕摇了摇头,掩饰不住脸上的焦虑和关切。

"他那么厉害,肯定没问题的。"路予悲倒是没怎么替克萨担心,"但是我逃了出来,墨渊龙会不会怀疑我给的航线情报有问题?"

"大概不会吧。"路予恕回答,"表面上看,营救路予悲是雪姐和米迪干的,跟大蠢蛋没什么关系。一事归一事,他们现在只能赌一把航线信息是真的,就算有点儿怀疑,也没有更好的办法。可以说,这场暗战他们已经输了90%。"

路予悲兴奋之余,还是想到了一些担心的问题:"墨渊龙肯定气疯了,但是他不会把这件事闹大的,对吧?"

"不会的。"路予恕说,"模拟战被一个人打败,上百手下又没拦住你们两个人,这么丢人的事情他是不会大加宣扬的,只能宣称是故意放你们走。"

"他真的咽得下这口气?"路予悲有些不确定。

"如果他够聪明的话,就必须咽得下。我刚刚把雪姐拍到的影像发过去了,可以证明你是被他们抓进大使馆的,他们自然明白我的意思。"路予恕眨眨眼,"如果还不放心,我还有一重保险。"

她轻触微机，里面传出墨渊龙的声音："我是想放你，但是我的手下们不愿意。这样吧，你试试看能不能说服我的手下，武力说服也行。我个人绝不拦你，也不会怪你冒犯，哈哈！"

兄妹俩同时放声大笑，初暮雪也觉得很难忍住不笑出来，心里明白这段录音大概是夏平殇的杰作。

"而且想要拦截爸爸的话，他们还有三个小时就必须出发了。时间也不允许他们再生事端。"路予恕脸上露出得意的神色，随后拉起初暮雪的手，"这次真是多亏了雪姐，你太厉害了。"

初暮雪面无表情地微微点了下头。

路予悲也感慨地说："还有克萨先生的神机妙算，他怎么会提前在希儿的领域里伪造爸爸的信呢？那介质纹不像是假的啊。真是太神了。"

提到克萨，路予恕又把关心写到了脸上："一直没有他的消息，我有点儿担心。"

路予悲有些疑惑地看着妹妹："他没有说自己怎么逃跑吗？听说模拟战的直播中断了，他真的打赢了五个人？怎么赢的？"

"我也不知道。"路予恕走到沙盘前面，少了希儿的沙盘只能进行一些基本的数据归纳，做出不太可靠的推演预测，"他只是说自有办法，但是我实在想不出他能有什么办法。他总是这样，什么都不跟我说。"她的眼睛里似乎有了泪水。初暮雪走了过来，轻轻拍了拍路予恕的背，路予恕把头靠在她胸前。路予悲不知道这两人什么时候变得像是姐妹一般。

"对了，还有一件事，我觉得你们有必要听一下。"路予悲凝重地说，"墨渊龙和魏轻纨说了一大通晃八方的坏话，虽然是为了骗我说出爸爸的航线,但是我觉得……也有一些可信的地方。"

他把魏轻纨的话复述了一遍,包括晁八方如何计划通过牺牲印无秘和路高阙来扳倒时悟尽。

路予恕听完之后愣了半晌,最后叹了口气:"唉,28号也有类似的推论。"她把28号之前说过的"想对路教授不利的人不只地星联合战线和时悟尽"那番论述重复了一遍。

最后路予恕说:"我真的不想怀疑晁爷爷。但这套说辞哪怕只有一半是真的,我们也需要多加一层防备。现在想一想,晁八方确实有可疑的地方。就算不像他们说的那样恶毒,也绝不像看起来那么伟大。总之多一层防备,肯定不是坏事。"

"怎么防备?"路予悲问。

"如果晁八方或者别的盟会真的派人暗杀爸爸,最可能的就是在爸爸走下飞船的时候。"路予恕边思考边说,"这件事交给我吧,最后的阶段了,可绝不能前功尽弃。你们快去休息,后面可能还要应付突发情况。"

"对,必须休息,你太累了。"路予悲看了看两个女孩怀疑的神色,补充道,"你们俩都累了,都要休息。小魔头这几天也很辛苦。初……呃……雪姐刚才的消耗太大了,如果是我早就累趴下了。"

初暮雪点点头:"我去睡了。"

"你的伤……"路予悲有点儿结巴,"能睡得着吧?"

"这点儿疼痛,算不了什么。"她尽力掩饰疲惫,转身走出房间。

"我连澡都没劲洗了,希儿又不在,没人帮我。"路予悲仰面躺在沙发上，朝妹妹顽皮地一笑，"你来帮我洗吧。"

"就算是亲兄妹，你这也是性骚扰哦。"路予恕瞪了他一眼。

"你也没少性骚扰我啊，上次还说让我给你搓背呢。"

"别贫嘴了，快回房间吧，大蠢蛋。"

"我就在这睡了——呵。"路予悲打了个大大的呵欠。

"别睡，大蠢蛋，我还要工作呢……"路予悲根本没听见妹妹的话，已经在沙发上睡着了。

路予恕摇了摇头，又试着联系克萨，依然没有回应。她焦躁地想：米迪，你到底在做什么？你可千万不能有事啊。

正如路予恕预料的那样，大恒帝国大使馆马上发布通告，说在那场友谊模拟战结束后，墨渊龙特使主动送路予悲少尉离开。新星议会也大度地表示这次事件并无冲突，希望不会影响到两国外交。当时在使馆外的新星民众自然都明白路予悲是被解救出来的，而传闻中最大的功臣是初耀云，他把路予悲带出使馆的那一幕越传越广，说法也越来越夸张。作为初六海的外孙，他在新星一直都有一定威望，这次经过舆论的发酵，知名度更是指数级爆涨。

从大使馆出来后，多家媒体争相要采访初耀云，他选择了一家知名度不是最高，但观众缘很好的媒体接受采访。在访谈中，他夸大了他和墨渊龙谈话的重要性，看起来像是他用言辞的力量促使恒国使馆和新星议会达成和解。这样说的另一个好处是避免提及墨渊龙在模拟战场内外的两大惨败，也保全了恒国的面子。再配上几张他和墨渊龙谈笑风生的全息影像，几乎没有人可以质疑他的说法。最后他还不忘隐晦地提及星际警局的协助和厄姆组长的支持，让厄姆没法怪罪于他。

晚上23点多，恒国特使一行一百二十多人悄然撤离大使馆，通过他们专用的太空港，乘五艘轻武装客运舰和三十二艘轻型护卫舰离开了新星。恒国大使馆里又变得冷清了下来，只剩夏平殇父子和十几名部下。

与此同时，路予悲被妹妹推醒。他迷迷糊糊地坐起来，看到路予恕脸上的恐惧，马上就清醒了。

"怎么了？"路予悲不安地问，心里暗想难道是父亲出事了？

路予恕尽量保持冷静地说："索兰有消息。"

她把电耳放在桌子上，索兰的声音传了出来："陪审团有情况，暗爪查到了加纳的动作。"

"加纳？他怎么了？"

"黑鳞酯和蓝锂石，加纳持有黑翼装。"

路予悲脑子里空白了几秒，才明白事情的严重性："黑翼装？他要对付我们根本用不到这些。他是要袭击爸爸乘坐的客运舰！"他和妹妹相对而视，表情紧张而凝重。好不容易才把墨渊龙送上错误的航线，没想到又有了新的威胁。

"可能性很高。"索兰压抑不住声音里的紧张，"早有人怀疑，陪审团有黑翼装，但几十年来，他们从未动用。没想到现在竟然拿出来。"

路予恕分析道："也就是说，他们不惜暴露情报，也要抓到爸爸。嘿，爸爸的面子还真大。或者是雇主给的钱太多了？"三个人都心照不宣，陪审团的雇主一定是恒国，甚至可能就是时悟尽本人。接下来的剧本也很明显，加纳和墨渊龙是一伙的，极有可能联手拦截路高阙。这也能解释为什么路予悲和初暮雪在恒国使馆里多次宣扬是陪审团袭击,但使馆方最后绝口不提。

"他们不在乎钱。"索兰说道,"暗爪说,陪审团的理念是,平衡痛苦。"

"那是什么意思?"路予悲不解地问。

"我也不懂。"索兰回答。

路予恕问索兰:"加纳还在新星吗?"

"三天前还在,暗爪跟丢了。若进太空,他需要一艘小型母舰完成黑翼准备。"

"但是只靠一个黑翼也不够啊……"路予悲自言自语道,"算了,细节先不去想了。总之这件事很严重,足以触发新星反恐预警了。蓝锂石对电子设备的威胁太大,恐怖分子持有蓝锂石,甚至能攻入议会塔劫持政要。"

"不错。"路予恕面露喜色,"我们能利用这一点,让新星保护爸爸!"

"怎么做?"路予悲疑惑地问。

路予恕不说话了,开始认真思考。每当这个时候,连路予悲也不得不承认,她看起来真的像个老谋深算的政治家。她花了一点儿时间估量了大致的后续发展之后,才对哥哥说道:"你马上联系军院院长,再让雪姐联系初奶奶,我去找一位和平大学的学术专家。一小时后,我们来一场小型的三方会谈。"

路予悲事后回想起来,这次小规模三方会谈之所以能如此迅速地召开,必是因为初六海和德米尔院长也早就准备与他们谈话,只是没有主动提出。

虽然已是夜里25点多，初暮雪家的客厅依然明亮绚丽。装饰风格变成了较为正式严肃的会议室风格，中间的长桌一侧坐着路家兄妹和初暮雪，另一侧立着三面一人高的光子屏风，等待三位年长的贵客接入进来。

第一个接进来的是德米尔院长。这位幻星人已有八十七岁，但并未开始衰老，外表和三四十岁的幻星人没有多大区别。

德米尔开门见山地对路予悲说："我刚刚正在想，你打算什么时候向格里娜或者我汇报大使馆的事。"他的语气低沉有力，带有不明显的责备意味。

路予悲顿时紧张起来，就连在恒国使馆最严峻的时刻，他都没有这样紧张过。德米尔院长不动声色的威严胜过一百个飞扬跋扈的墨渊龙。路予悲吞吞吐吐地讲述了在恒国使馆发生的一系列事，讲到一半的时候，初六海出现在另一块光子屏风上，继续听他讲完后半段。

德米尔院长先向初六海问好，然后对路予悲说："年轻人犯点小错误，耍点小聪明，本来也无可厚非。但是要记住，你是新星的军人，不当的行为会给新星带来麻烦。这次的事足够把你送上军事法庭了，那可不是闹着玩的。"

"是，我会记住的。以后不会再做这样的事了。"路予悲诚恳地说。

初六海笑呵呵地说："后面的营救计划是妹妹的主意吧。真了不起，连我家小雪都被你摆布了呀。"几个人心里都明白，大闹恒国使馆这件事，明面上看造成最大伤害的，也就是最大的责任人，其实是初暮雪。

路予恕惶恐地说："对不起，初奶奶，都是我的错。"与德米尔院长直白的责备相比,初六海的笑容更令路予恕恐惧。

"我没有被谁摆布,阿婆。"初暮雪冷冷地说,"是我自己的判断,当时的做法是有必要的。"路予悲和路予恕满怀感激与敬佩地看着她,仿佛看到了姐姐路予慈的影子。

"谢谢雪姐。"二人由衷地说。路予悲心里有点儿奇怪,小魔头也就罢了,自己什么时候开始叫初暮雪"雪姐"的?但除了这个称呼,竟想不到还能怎样称呼她,直呼其名显得陌生,总不能叫"暮雪"吧?

初六海知道外孙女的脾气,见她袒护兄妹俩,也只好不去追究了:"算了,既然事已至此,从结果来看也还好,让恒国吃了个哑巴亏。那特使也不是什么太要紧的人物,根本没有约见新星政要,也是个无礼的小鬼。"她语气一转,"小雪,你真的不用去医院?"只有在跟外孙女说话时,初六海才变回一个普通的外婆。

"不用。"初暮雪淡淡地道。她的伤势都是外伤,用最好的药物做过处理,半个月内就能痊愈。

德米尔院长又说道:"关于使馆事件的最后部分,还有很多疑点。等事情过去,我希望你们能给我一个合理的解释。"他似乎在对路予悲说话,目光却更多看向初暮雪。

初六海也明白了,接道:"德米尔院长,在这场会议之后,不知道您是否愿意听我说一些事情。"德米尔表示接受。

路予悲突然明白,地幻异血的事,初六海和初暮雪一直瞒着军院。但是在使馆事件之后,军院大概能猜出一二。且不说地幻异血受到歧视,初暮雪的突然暴走暴露出的精神状态不稳定也确实不适合担任军官,她能否留在军院就成了问题。

而初六海可能早有打算，也许会跟军院展开协商。而路高阙事件的结果，以及双方在其中扮演的角色，也成为不同分量的筹码。

终于，最后一位贵客也接入进来，和平大学六星政治研究院的赫教授是一位老年摩明女性，今年已经八十多岁。她在六星政治领域研究了一辈子，提出了很多经典的政治理论。她虽然不是政客，但很多政客要向她请教问题，新星议会也曾多次采纳她的提案。她一出现，德米尔和初六海都肃然起敬，先后向她问好。

"十分感谢您能接受我的邀请。"路予恕起身向赫教授致意。路予悲心里明白，这次三方会谈会集了新星军方、盟会方和学界的三位高层，虽然都不是最顶端的人物，无法直接改变大局走向，但也能造成不小的影响。而且这已经是路家兄妹能找到的最有权势地位的人了，阵容堪称华丽。

赫教授顶着一头枯黄的卷发，脸周的棱角如刀削斧凿般，双眼眯成一条线，肤色偏黑——这是摩明人年老的体现，声音却意外地温暖："哈，路予恕同学是我一直都十分欣赏的，路高阙教授的事我也一直在关注。而且你承诺说，路高阙教授抵达之后第一个和我深入研讨？"

"我父亲一定十分乐意。"路予恕微笑道，然后对所有人说，"时间紧急，我就长话短说，想必各位都知道我爸爸已经快要抵达新星了。各位能不能简短地评价一下这件事？"路予悲看着妹妹神态自若的样子，不得不佩服她小小年纪就能主持这样的场面，在这些大人物面前谈笑自如。其实路予恕也是故作镇定，双脚在桌子下面不安地蠕动。

初六海和德米尔都默不作声，赫教授先开口了："对恒国来说，路高阙是一剂猛药。说到与时悟尽对抗，印无秘死后，他必是第一人。仅仅是他的存在，对反地联的人来说已经是个强大的精神符号，更何况他的六星变合论也很有远见，十分值得推广。我仰慕已久，十分期待和他的研讨。对新星来说呢，路教授是块金子，但也是块烫手的金子。"

"烫手的金子，这个比喻很妙。"初六海说道，"金子烫手的时候，也是最脆弱的时候，容易形变，甚至熔化。"

"我就直说了吧。"德米尔院长不喜欢兜圈子，"我个人对路教授并无好感。不必惊讶，新星人也并不是都赞成他的主张。而且新星还太年轻，也太脆弱，在对待路教授的问题上，必须格外谨慎。所以从路教授发声到现在，议会也没有公开表态。"

赫教授点点头："容许他踏上新星没有问题，但是为了保护他而派出军队，则是另一回事。"

"外交红线，对吧。"路予恕扯了扯鬓角，"我有幸拜读过赫教授的《双边停滞模型论》，正适用现在这种情形。我们也很清楚议会的难处，也理解军方的谨慎还有盟会的考量。所以我们才耍了一点儿小聪明，至少让特使无功而返，我爸爸就安全得多了。但现在有另一个紧急情况出现，所以我们才冒昧地邀请三位一起商量。"

"请说。"德米尔院长简短地回应。

路予悲本以为妹妹要说出晃八方或其他恒国盟会的潜在威胁，没想到妹妹绕开了这一部分，只是说道："星河陪审团，这个犯罪组织曾经试图绑架我和路予悲多达三次。有情报显示，这次他们要对我爸爸下手。而且跟前三次不同，他们这次可能会使用黑鳞酯和蓝锂石。"

从德米尔院长微微睁大的眼睛看来,他之前并不知道这件事。初六海和赫教授不动声色,她们当然也知道事情的严重性,但是这个麻烦与她们的关系不大。

"情报可靠吗?"德米尔院长问道。

"可靠。"路予恕胸有成竹地说,"我们在天罗人里有不少朋友。"

"哼,暗爪吗?"德米尔的语气有些轻蔑,"他们的话最多只有一半能信,还是看在卡契拉的面子上。但即使如此,陪审团派出黑翼也是个很大的安全隐患。你是想说,他们可能会派黑翼袭击路教授乘坐的客运舰?"

"对,而且我猜恒国特使舰队会配合黑翼行动,把我爸爸连同整艘客运舰带走。"路予恕说道,"他们的舰队有这个能力。"

初六海也点点头:"如果是打出消灭陪审团的旗号,他们甚至可能在新星宙域开火。啧啧,恒国一向很重视星际反恐呢。"她毫不掩饰语气中的讽刺。

赫教授也说道:"这样确实没有触及外交红线,从六星道德公约角度无可指责。"

路予恕心里暗暗叹服,这三位长者确实智慧过人,每句话都直击重点。她知道自己目前还做不到这种程度,路予悲就更不必说了,如果是米迪的话说不定……唉,现在不是挂念他的时候。

路予悲也终于明白为什么墨渊龙和魏轻纨总是一副胸有成竹的样子,原来他们有加纳这个秘密武器,从路予悲口中逼问出航线情报对他们来说并不是唯一的制胜手段,只能说是锦上添花。

"但是他们需要先定位到客运舰。"德米尔院长说出另一个重点,"据我所知,你给他们的航线信息是假的。"

"的确如此。"路予悲点点头,"他们的舰队最多只能监视两条航线,但我怀疑他们有别的手段获取航线信息,比如让黑翼参与搜索。"

"那不可能。"德米尔院长说道,"你很清楚在茫茫宇宙中找到一艘客运舰的难度。"

"至少能多守一条航线,他们的胜算就大了不少。而且恐怕不只如此。总之,我们会继续分析他们的策略。"路予恕深吸一口气,"但是保险起见,还是希望您能帮帮我们。"

"哦,终于说到关键了。"德米尔院长眯起双眼,"说说看,你们想让我做什么?"

路予恕朝哥哥使了个眼色,路予悲配合地说:"德米尔院长,如果我记得没错,三十多年前,天芒星有一批蓝锂石遭窃。之后在凡星附近发生了一次恐怖袭击,某太空军事基地被几块蓝锂石废掉了一半,最终被劫走两艘太空战舰。是有这件事吧?"

"对,宇宙海盗多姆诺干的。"德米尔院长点点头,"虽然被凡星政府封锁了消息,但是各星的军事机构都知道这件事,并且以此为戒。"

"那么这次陪审团出动黑翼,是不是也能威胁到新星的太空基地,或者机要部门呢?"路予悲问道。

"是有这种危险。"德米尔院长早就在思考这件事了,"所以我必须马上通知国安部,提高防卫等级。"

路予悲继续说:"而且我查过航班表,在我父亲到达之前,还有一艘民用客运舰飞过来,也会受到陪审团的威胁。"

路予恕说道:"所以我有一个提议,主要是想麻烦德米尔院长,也想让初奶奶帮我完善一下,还要请赫教授评估一下我的提议会不会触及红线。"

"我大概能猜到你们的计划。但是你应该知道,我的军衔虽然是少将,但没有军队调度权和指挥权。"德米尔院长说道,"陪审团的出现也改变不了这个事实。如果让我去军队申请,倒是可以找卡契拉,但是层层审批至少要一天时间,恐怕来不及。"

"我明白。调动星卫军需要响应时间,而且容易踩到红线。"路予恕露出一个甜美的微笑,"但是只派出军官学院的学员就不一样了吧?"

44

三方会谈结束后,路予悲和初暮雪顾不得休息和养伤,马上动身,驾飞车前往军用太空港。下一阶段的战斗即将打响,必须争分夺秒。

"你的伤真的不要紧?"初暮雪让尼克驾驶飞车,转头问路予悲。

"小意思。"路予悲小臂的伤口正火辣辣地疼,但还是故作轻松地反问道,"你呢?你伤得比我重吧。"

"只要不用再一打三十就没问题。"初暮雪脸上就有几处明显的伤口,身上更是有大大小小几十处。好在新星的医学已经相当发达,生物药水和医用胶可以迅速让肌肉和皮肤组织再生。只是那些刚刚经过缝合的伤口,如果剧烈运动话又会裂开。

"对了,当时你……变成那个样子,到底是怎么……"

"我现在不想讨论那件事。"初暮雪固执地说,"你放心吧,我能胜任这次的任务,不会再出现那种情况。"她随身带了两管控血剂,肯定够用了。

"我不是怀疑你,只是……"路予悲挠了挠头,"你还有什么事瞒着我？精神误区到底是……"

"需要的话我会说的，这次只是个意外。"初暮雪干脆换了一个话题，"你妹妹真不可思议，竟然真的能说动院长，还有我阿婆。"

路予悲也不得不承认妹妹的言辞有很强的说服力。一番讨论之后，德米尔院长接受了路予恕的提案，当即以联合实战演习为名，火速召集了学院里的小队。但时间仓促，几个小时内可以集结的只有三年级的梅尔迪沙小队和蒙蒙小队。梅尔迪莎小队有新晋王座数据官唐未语这张王牌，蒙蒙小队则是新晋王座刺杀官吉科最为耀眼。再加上路予悲和初暮雪坚持要带伤出战，二人所在的两支小队也确实可以集齐成员。

通常实战演习的时候，每支小队除了五名军官学员，还应有五十多名下级士兵参与。但这次演习不同，德米尔院长同意派出学员已经不易，而要让二百多名士兵参与，又需要向军方上级请示，短时间内难以实现。

"对方只有一个黑翼。"路予悲私下跟妹妹说，"我们这边有四支小队二十名学员，已经足够了，就算没有士兵辅助，靠无人舰也可以了。"

"墨渊龙如果杀回来呢？"路予恕当时这样问。

"他不敢在新星宙域太放肆。"其实路予悲也不太确定，"就算他敢，不过一百多虾兵蟹将，其中一半被我和雪姐揍过，不足为惧。呃，有几个伤得比较重，可千万别死了……"

"初耀云也去？"路予恕有些担心，"虽然雪姐很可靠，但她弟弟嘛……我可信不过。"

"我也是。"路予悲耸耸肩，"但是到了这个地步，他应该搞不出什么花样了。何况我需要他的技术。这次参加演习的四个前锋官里，他比另外两个三年级的都强，仅次于我。"

回想到这里，路予悲看着身边的初暮雪，忍不住说道："你弟弟……"

电耳传入通信，打断了路予悲的话。原来是廉施君发来通话，在确认路予悲安然无恙之后松了一口气："太好了，我都快担心死了。予悲，我必须向你认罪。厄姆他们抓了我儿子，逼我背叛你们。我那个儿子……唉，一言难尽。但我发誓没有出卖你们，也没有出卖高阙，只是不能帮你们。现在特使走了，他们放了我儿子，我终于可以坦白地跟你道歉了。对不起！真的对不起！我活到这把年纪，这几天是我最难过、最痛苦的几天。"

"没关系的，没关系……廉爷爷，您听我说……"路予悲不得不一个劲地重复，才能让廉施君停下，"您已经给了我们很多帮助了。您的难处我们也能理解。在这种情况下您都没有出卖我们，足以证明您的品格高尚。"

"唉，别说了，我真是无地自容……听起来你们早就知道思君的事？"廉施君赞叹道，"不愧是高阙的孩子，看来是我多虑了。不像我儿子，丢尽了我的老脸……对了，我要提醒你，厄姆还没有放弃，他还在试图跟特使接触。"

"什么？"这倒是个新消息，路予悲皱起眉头，"可是墨渊龙已经离开新星了啊。"他和初暮雪交换了一个警惕的眼神。廉施君提供的这个情报相当重要。

"是，但是他们通过卫星向太空里发信号，具体的发射方向，加密方式好像是通过初耀云沟通的。记住，只要高阙没有踏上新星的地面，就一刻不能放松警惕。"

260

"好吧,我知道了。"路予悲无奈地说,"麻烦您也跟我妹妹说一声。就这样,廉爷爷再见。"

初暮雪摇着头说:"原来耀云还是帮到厄姆了,难怪厄姆没有为难他。"

路予悲没有说话,他不想责怪初耀云,也想不出厄姆接下来会做什么,只能寄希望于路予恕的临场应变了。

刚才和妹妹告别的时候,不知道为什么,他突然感觉到心里有点儿刺痛。也许是被抓进恒国使馆的经历,曾让他产生了可能会跟妹妹永别的念头。最后,他让初暮雪先去准备飞车,然后在路予恕诧异而嫌弃的目光中,用额头轻轻抵住她的额头。妹妹没有躲闪。

兄妹二人就这样靠在一起,彼此可以闻到对方的呼吸,在他们的记忆里,似乎从未这样亲近过。

"爸爸会没事的。"路予悲轻轻说,像个真真正正的哥哥,"我们也会没事的。要记住,永远心存希望。"

路予恕没有说话。不知不觉,她的眼眶渐渐湿润了。好在泪水流下来的时候,哥哥已经离开了。

抵达军用太空港后,路予悲和初暮雪转乘小型升空舰前往太空中的一号军事基地。路予悲在升空舰上又睡了一觉,而且做了个梦,梦见一切都过去了,又好像一切都没发生过。他和父亲、妹妹三个人一起,在海边踩水。这好像是小时候的某段回忆,但是梦里的三个人都是现在的模样。他突然发现妈妈和姐姐不在,就问父亲:妈妈呢?父亲不语,只是望着大海。

醒来后,路予悲觉得神清气爽,他每次梦到家人,都是化险为夷的征兆。最近发生了太多事，让他几乎没有半刻清闲。大使馆事件把新星的舆论气氛炒得沸沸扬扬，甚至有人称之为新星对地星最大的一次外交胜利，这些都让他既得意，又不安。直到现在飞进空旷的宇宙，一切声音都消失了，安静得不真实，他才能真正放松一会儿。

参加演习的二十名学员全部抵达太空基地时，距离三方会谈结束才只过了不到三个小时，效率可谓十分惊人。但是对路予悲来说时间依然紧迫，他们必须马上出发，全速前进，才有可能从墨渊龙和加纳手下护住目标舰。

这四支小队的指挥权属于各队的司令官，但德米尔院长下达了命令，本次联合演习最高指挥官为路予悲少尉。有心的学员都想到了，以路予悲今天在指挥链上的位置来看，他已经踏入中尉级别了。中尉是王座学员毕业后进入军队授予的军衔，路予悲提前了足足三年。

出发前，路予悲向四位司令官下达演习任务："有情报显示，宇宙海盗星河陪审团的一名刺客此时可能潜伏在新星附近，而且持有黑翼装，对军事基地和两艘客运舰构成巨大的威胁。"初暮雪和艾洛丝早就知道这一情况，另外两位司令官则震惊不已，特别是凡星司令官蒙蒙，对黑翼有一种本能的恐惧。

路予悲继续说道："军事基地已经启动应急防御措施，而我们的任务就是要保护那两艘客运舰。第一艘是民用客运舰，将于两个多小时后沿3987航线进入新星宙域。"

"可是我们要飞八个小时才能到达宙界。"蒙蒙问道，"来不及保护这艘民用舰了。"

"没关系，这艘民用舰不是重点，加纳攻击它的可能性极低。"路予悲解释道,"重点是另一艘客运舰,联星集团所属白鲸号,称为目标舰吧。目标舰将于四到六个小时后进入新星宙域,加纳攻击这艘舰的可能性非常大。"

"还是来不及啊。"蒙蒙无奈地说。

"没错,但是目标舰的航线还是未知的,所以有一段时间的隐蔽期,敌人需要一段时间才能发现它,然后又需要一段时间赶过去。"路予悲说道,"我们只需要在那之前接触目标舰,并开始护航就可以。"

"明白了。"梅尔迪莎说道,"敌人只有陪审团吗?"

路予悲稍微沉默了一会儿才说:"可能还有一支小型舰队,包括五艘轻武装客运舰和三十二艘轻型护卫舰。"

梅尔迪莎马上明白了:"你说的是……恒国特使舰队?"

路予悲点点头:"他们有可能会来捣乱,但是应该不敢在新星宙域内开火。当然,他们不开火的话,我们也不能开火。所以给他们个代号——'捣乱者'吧。"

"不能开火?"蒙蒙点点头,"那只能靠走位来互相干扰了。"

路予悲总结道:"这次演习虽然有一定风险,但也几乎没有伤亡的可能,毕竟可怕的敌人只有一个,而且黑翼的手段大家也都了解,反正我此刻是真心感激的。"几位司令官都笑了,气氛轻松了一些。

"要记住,行星是一直在运动的,航线轨道也在不停变化,所以我们也要开启轨道动态修正。"路予悲提醒道。

"放心吧,长官。连这个都不记得,还当什么司令官?"梅尔迪莎说道,又引起了一阵笑声。同为幻星女生,她那双金色的眼睛比艾洛丝更大、更美,也更有自信。她天生就有活跃气氛的天赋,难怪军院里每逢重大活动都请她做主持人。

"敌人的信息和任务细节指令现在发给你们。"路予悲说道,"大家记住,第一优先级是保证生命安全,包括客运舰上的乘客和你们自己。"

"长官,如果二者出现冲突怎么办?"蒙蒙问道,"要牺牲我们拯救乘客吗?"她的语气十分平淡,不带有任何情感,像是在询问晚饭吃什么一样。

路予悲像只石蜥蜴一样僵住了。他本能地想给出肯定的答复,因为乘客中有他的父亲,他可以毫不犹豫地牺牲自己以换取父亲的平安。但是他怎么能要求同学们也和他一样呢?但如果给出否定的答复,是否就等于在危险时刻要放弃父亲,以保全队友呢?他突然感觉到一股巨大的压力,这也许就是指挥权的提升带来的无形重任。

四名司令官都屏住呼吸,静静地等着他的回答。

"这只是场学员演习,不是真正的军事行动。"路予悲双手紧紧握拳,痛苦地闭上眼睛,"保证所有学员的生命安全是第一优先级,第二才是保护客运舰和乘客。明白了吗?"

"明白,长官!"四位司令官同时回答。

很快,四支小队都整装完毕,二百多艘舰船浩浩荡荡地从基地出发,也颇为壮观。路予悲暗暗感慨,刚刚从大使馆逃出来不到半天,身上带着这么多伤,竟然这么快就再次出征。他十分想念希儿,在他坐进战舰飞入太空的此刻,希儿不在他身边,让他觉得心里缺了一点儿安全感。

艾洛丝刚才没来得及和路予悲私聊,出发后才在小队频道里迫不及待地问他:"你们到底是怎么出来的,快给我们讲讲!"

路予悲还没回答,卡卡库又插嘴道:"传闻已经越来越多了,有人说是初耀云绑架了特使夫人,就是你那个老相好。快说快说,我的未知恐惧症又要犯了。"

未知恐惧症到底是什么鬼啦。路予悲哭笑不得地想。

索兰此时还未披挂黑翼装,在旗舰上的黑翼备战舱内加入对话:"你们赢了模拟战,特使果然守信誉放人,对不对?"

"最好大家都能这么想。"路予悲苦笑着说。

休也说道:"最离谱的说法是,初家姐弟偷偷带你溜出来的。"

接近正确答案了。"这个……以后再跟你们好好讲吧。"路予悲暗想:他们所做的事竟比最离谱的说法还离谱。

"总之一切还在你的计划中吧?"艾洛丝问道。在路予悲承认后,大家都面露喜色,干劲十足。

接着,唐未语又通过私人频道向他发起影像通话:"对不起……我知道你这几天出了事,但是我爸爸不让我帮你。他说……唉……总之就是盟会那些事,他刚刚加入无限公司,说什么不能帮抗恒派。"画面中的唐未语看起来十分不安。

路予悲马上明白了,无限公司是地星和凡星双星族盟会,立场无疑是亲恒的。想到唐老板一直对自己不错,却因为盟会的事放弃了自己,不免有些遗憾,看来以后没法再去"唐"打工了。

"我本来也想去大使馆的,但是他喝了酒,我从没见他那么凶过。我被关在家里,真的没办法出去,幸好你没事……你没事就好。"唐未语急得快要哭了。路予悲看得出来,她是发自内心地自责,也是真的担心自己,不由得十分感激。在路予悲眼中,通话屏幕上的唐未语依然美丽出众,但与方-夏梦离不再有半点儿

265

相像之处。不知是因为他刚刚见过梦离，还是有别的原因。

"谢谢你的关心，真的。"他只有单纯的感激，"这次联合演习的对手很危险，你要注意安全。"除此之外，他竟想不出还能说什么。

"这次演习……嗯，我明白的。"唐未语说道。路予悲点点头，心里有点儿过意不去，学员们好端端地放着假，又是半夜，突然被叫出来演习，而且竟然是要对付陪审团的黑翼。至于更深层的原因，在路高阙即将抵达新星的这个时间点，任谁也猜得到一二。

前进了一段时间后，四支小队渐渐分散开，各自沿不同的航线前进。路予恕早就把星际航线图研究透了，路高阙可能选择的七条航线，从天顶方向往下看，其中有六条近乎平行，第七条在最右侧绕了个圈子。路予悲泄漏给墨渊龙的航线在最左侧，而根据路予恕和沙盘的判断，最右侧那条绕远的才是路高阙最可能选择的。

"墨渊龙真的会相信我的情报吗？"他在私人频道中问初暮雪。直到此刻，他依然心里没底。

"你妹妹的沙盘计算出，他有92%的可能性会相信你。"初暮雪回答，"那封信伪造得非常逼真，他没理由不信。"

"这是克萨先生的功劳，真厉害。"路予悲发自内心地说，随即又担心，"万一爸爸真的走那了条航线怎么办，不是被墨渊龙堵个正着？"

"沙盘说不会，概率小于3%。而且你妹妹一直在往这条航线的方向发警告，她说这叫双重保险。"

"真是……诡计多端。"

初暮雪思索片刻，说道："但是，如果敌人也像你妹妹这样聪明，你父亲就危险了。"

"墨渊龙？哦，还有魏轻纨。"路予悲放松地笑道，"不会的。那个天生的小骗子，从两岁多就开始行骗了。有一次她跟爸妈说我敲她脑袋，哭得可逼真了，我被狠狠训了一顿，她还躲在旁边偷笑呢！"思及往事，路予悲不禁莞尔，"总之，从来只有她骗别人的份儿，谁能骗得了她？还有她那个沙盘，我听说是她骗了……好吧，是请了不少人帮她一起做出来的，有了那东西，估计连时悟尽也算计不过她……"

路予悲突然觉得自己的语气像是在称赞妹妹，急忙补充道："我是说，她根本就不是个正常人，正常人干不出那种事。说回航线问题，其实还有最后一重保险。"

"是什么？"

路予悲本想说出来，却在最后一刻闭上了嘴。回想印无秘的追悼会那天，在听到父亲发声之后，他和妹妹那个无言的对视，那是只有他们两个才懂的信息。过了一会儿他才开口："对不起，这一点我不能说。"

初暮雪没有说话。

路予悲有些不安："你生气了吗？"

"当然没有。"初暮雪反而赞许地说，"你进步很快，我很欣慰。好了，我们都需要睡一下，一会儿见。"

路予悲深以为然，他们太需要休息了。好在宇宙航行足够漫长和无聊，他开启自动航行，又把面罩调整到不透光，然后便沉沉睡去了，至少能睡五个小时。

经过这几天的高强度工作，路予恕经常感觉心跳震着耳膜，眼球也不时颤动，疲倦得几乎可以随时随地睡着。但她强迫自己撑下去，为了爸爸的安全，她不能有一点儿松懈。她喜欢用自己超过常人的智力，去换取一个安全稳定的未来。而在她用智力筑起的高大城墙后面，其实住着一个很胆小的女孩子。

三方会议的后半段，她和初六海、赫教授又讨论了很久迎接路高阙的细节。会议结束后，她强迫自己睡了三个小时，上午6点准时醒来。看着天蓝色的天花板，她抑制不住内心的激动。还有十几个小时，爸爸就能踏上新星的地面，他们父女终于可以团聚了。

她实在太想念爸爸了，甚至超过了对妈妈的缅怀和对姐姐的思念。妈妈已经和她阴阳永隔，姐姐也在遥不可及的地方，而爸爸正在来找她的路上，每过一秒钟，就离她又近了一些。路予恕已经太久没有在父亲面前撒娇了，她多想扑进父亲怀里，感受他有力的拥抱和温暖的呼吸，就像小时候那样。她能支持到现在，全靠一个念头支撑着她：只要能再见到爸爸，任何努力和辛劳都是值得的！

她挣扎着下了床，挠了挠头发，想像往常那样叫克萨过来，发了一会儿呆，才想起克萨不在这里。她再次试着联系希儿，依然没有回应。有那么一段时间，她竟然陷入了一种从未有过的情绪之中。过了片刻，她才明白这种感觉就叫孤独。

奇怪，我怎么会这么想他呢？到底从什么时候开始，我变得这么依赖米迪？嗯，一定是因为太久没见到爸爸的缘故。

她晃晃悠悠地进了浴室，强打着精神爬进放满水的浴缸，任由机械臂温柔地搓揉她娇嫩的身体，却两次差点在浴缸里睡着，还好浴缸会自动托住她。

从浴室出来后,路予恕感觉精神好了些。她今天下午要去太空港接爸爸,现在时间还早,她还要继续坐镇司令塔,以防厄姆和墨渊龙耍什么花样。

她最后一次用沙盘推演了一遍今天的流程。没有了希儿的辅助,沙盘的推演速度慢了很多,数据广度和准确率也都下降了不少,但还是可以一用。马上就到7点了,那艘客运舰即将进入新星宙域。德米尔院长也说过,会在7点向国家安全部传达黑翼的威胁。沙盘按部就班地显示接下来的程序,国家安全部会提升防卫等级到第四级,各军事基地进入防御模式,星际交通局启动太空复眼……太空复眼?

她发现这是一个盲区,百密一疏,她自以为算无遗策,终于还是有所疏忽。她匆忙抓起电耳呼叫夏平殇。

"这么早,小神童有什么指教?"夏平殇似乎也没怎么休息,声音有些虚弱。

"太空复眼。"路予恕只说了这四个字,跟这个男人说话可以直接一点儿。

"哦呀,不愧是小神童。"夏平殇变相承认了路予恕的猜测。太空复眼是新星最强大的超级望远镜群,可同时观测到新星宙域内几十万个区域。因为消耗过大,平时是不启用的。在这样的监视强度之下,所有进入新星宙域的舰船都会被第一时间定位。

"如果启用太空复眼,星际交通局就会定位到我爸爸的位置。你会用夏竹窃取到这个信息,再发送给墨渊龙,对不对?"路予恕冷冷地问,"我早就该想到,夏竹也是一把冰刃吧。"

"这个嘛,恕我无法回答。"夏平殇的态度就等于承认了。

路予恕全部想通了，加纳的信息、黑翼装，可能是故意泄漏的，让暗爪发现。就是为了让新星启动太空复眼，他们再从中窃取路高阙的航线信息。

"难怪墨渊龙信心满满，原来除了加纳，还藏了第三招。夏平殇，你不是路予悲的朋友吗，为什么要帮墨渊龙？"话一出口，路予恕就后悔了。

"你现在的口气真像你哥哥。"夏平殇的吐槽果然精准，语气也严肃起来，"我早就说过，我毕竟还是大恒帝国的人。先皇在上，特使的命令我必须服从。既然我已经帮你哥哥逃了出去，也该平衡一下，帮一帮恒国吧？"

"你倒真会做人啊。"路予恕毫不掩饰话中的讽刺。

"错了，我是两边都得罪了。"夏平殇无奈地说，"以你的智商不难想象吧，处在我这个位置有多难做？你要不要和我换？"

"不要。"路予恕不得不承认他说得对，现在责怪他也无济于事，只好又问道，"这都是墨渊龙的计策？"

"大概是魏轻纨吧。墨渊龙小看了你们，你们也小看了他。"

"还有厄姆的事。"路予恕进一步追问，"墨渊龙联系上了厄姆，就算你这边不给他传递信息，厄姆也会代劳的，是也不是？"

"这就不能怪我了。他们本来没打算让厄姆帮忙，但是路予悲逃走之后，他们不再信任我，只好找厄姆做双重保险了。"夏平殇坦白地说，"你看，你们的计划虽然了不起，但也引发了负面效应。"

路予恕皱起眉头："星际警局也是星际交通局的上级，厄姆要调出太空复眼的侦察结果太容易了，比你和夏竹容易得多。"

"正是如此，所以我根本无关紧要。好了，我能说的都说了，你还有什么想问的吗？"

路予恕咬了咬嘴唇，问道："克萨和希儿呢？"如果不是被逼无奈，她实在不想问夏平殇这个问题。

夏平殇沉默了一会儿，然后颇有深意地哦了一声，路予恕怕的就是这个。

"克萨先生在模拟战里打败了墨渊龙。"夏平殇说道，"你想知道的是这个？"

"后来呢？墨渊龙都走了，我怎么还联系不到他？"路予恕急切地问，"他是我的得力助手，我不能让他出事！"

夏平殇则平静地说："特使盛怒之下，把他抓起来审讯了一番。之后据说没人见过他。"

"什么？墨渊龙不可能把他带上舰船的。"

"没错。"

"难道说……"路予恕声音有些发颤，"不可能，他只是个无名小卒，墨渊龙不会为难他……他跟我保证过的！"

"小神童，你怎么……"

路予恕干脆地切断通话，颓然坐进沙发里。她深呼吸了几次，强迫自己振作起来。克萨不会死的，他一定还活着，只是……可能为某种未知的力量所胁迫，所以才联系不上。对，一定是这样。他这么厉害，一定不会死的！

"收到目标舰的定位信息！"漫长的五个多小时过去了，路予悲终于收到了德米尔院长发来的信息，"根据太空复眼的报告，目标舰刚刚进入新星宙域，3648航线。"

太好了！路予悲在心里欢呼，果然是那条绕远的航线！小魔头万岁！现在墨渊龙舰队离这条航线最远，赶过去需要花很长时间。

路予悲马上转达给四位司令官："目标舰出现在梅尔迪莎小队所在的航线。具体的位置信息已经发给你们，马上估算接触时间。"

"2小时19分。"梅尔迪莎回答，她的小队离目标舰最近。

"3小时15分。"初暮雪回答。

"5小时22分。"蒙蒙回答，她的舰队离得最远。

"3小时32分。"艾洛丝回答。

"很好，我需要2小时6分，预计和梅尔迪莎小队同时抵达。"路予悲最后说。

"怎么会这么快？"梅尔迪莎问道，按说路予悲应该和艾洛丝一样，也需要3小时以上。随即她马上想到了答案："你加大推进功率了，还有额外燃料？"

"对。"全明星赛之后，格里娜教官就向军事基地提出了实舰加推申请，现在已经完成改造了。路予悲回想起刚才出发之前，军事基地的首席装配师曾提醒路予悲，真实的战争不是模拟战，每一步操作是真的关乎性命，所以一定要慎重加推，40%的额外推进功率可能会让他直接冲向死亡之门。除此之外，他还给前锋舰多加了一部分备用燃料用以计划外的再加速。

四位司令官都沉默了，都明白实舰加推的风险，也都切实感受到了路予悲保护父亲的决心。

"对了。"路予悲补充道，"蒙蒙小队离得太远，不用去了，就按现在的航线前进。你们应该马上会接触那艘民用舰，就护航那艘舰吧。但是同样要全力以赴，有任何情况马上向我汇报。"路予悲尽量让自己的语气平静得不露痕迹。

"明白。"蒙蒙暗中松了口气。

很快，路予悲又接到了德米尔院长的第二次私密通话："太空复眼还观测到，大恒帝国特使舰队开始转向，也在朝目标舰前进。"

反应这么快？路予悲暗想：墨渊龙是怎么得到目标舰的坐标的？啊，对了，廉爷爷刚才提醒我，尸狼厄姆已经和墨渊龙勾结上了。星际警局是星际交通局的上司，既然德米尔院长能告诉我目标舰的位置，厄姆自然也能告诉墨渊龙。是了，应该是这样没错，小魔头应该也已经想到了。墨渊龙竟然还有这一手，我们小看他了。

"特使舰队预计还有多久接触目标舰？"他心跳加速，如果这个时间短于两个小时，他就赶不上了。

"预计将于4小时7分后接触目标舰，他们正位于2091航线。"

2091航线？那是左边数第三条航线。路予悲明白了：墨渊龙果然谨慎，没有完全相信我。但能争取到这四个小时的宝贵时间，我受的所有折磨和屈辱都值了。嘿嘿，现在的墨渊龙一定怒不可遏，大发雷霆。

"这么大的航线变动，已经触犯了宇宙安全法。"路予悲指出。

"军方和外交部已经向特使舰队和恒国大使馆发出了抗议声明。大使馆回复说，特使舰队的行动是针对陪审团的恐怖分子，这是特殊情况下的特殊对策。议会还没有讨论出应对方案，但首先要进行监视。路予悲少尉,你指挥的联合演习的四支小队,可有余力接受监视特使舰队的任务?"这些都是三方会谈时制定好的备用方案。

路予悲也按照原定计划说出台词:"联合演习小队接受任务。"

"好,我现在把特使舰队的实时坐标发送给你。具体的处理方法,等议会讨论出结果,我再通知你。绝不能轻举妄动,明白了吗?"

"明白。"路予悲知道,这些都是为了不踩到政治红线而做的必要措施。

结束通话后,路予悲马上通知四位司令官:"各小队注意,捣乱者已经出现,正在朝目标舰前进。各小队按计划行动,我先走一步了。"他加大推进功率,三十二艘前锋舰跃群而出,很快就把艾洛丝小队的其他舰船都甩在了后面。

此刻,他心里挂念的不仅是父亲的安危,还有目标舰上的所有人都一并在内,和他并肩作战的十九名队友也都不容有失。他的使命感和责任感空前高涨,压力也随之陡然增大,这是以往任何一场模拟战都无法比拟的。他终于真正成了第六星星卫军的一名军官。

45

　　无垠的黑色宇宙像是一幅静止的画面，没有一丝声音，即使路予悲的航线速度已经很快，这幅画面依然看不到什么变化。直到一个白色圆点出现在视野中，随着他的靠近而越来越大，渐渐能看出是一艘宇航客运舰。再离近一些，舰船外壳上的"联星太空运输"标志也能看清了，还用四种语言绘有飞船的名字"白鲸号"。路予悲稍微松了口气，这艘船还没有被加纳袭击。

　　他向目标舰发送明文信息示警："联星运输公司的客运舰，你们随时可能遭遇黑翼刺客的攻击。对方持有蓝锂石武器，舰船遭到攻击后会停止工作。请所有乘客和工作人员穿好太空服，备好充足氧气，遭到攻击也不要惊慌。我们是新星军队，一定会保护你们的生命安全。"

　　几分钟后，对方简单地回应了一句："明白。"

　　完全贴近之后，路予悲的三十二艘前锋舰集体跟随在白鲸号周围，先确认舰船一切正常，然后一起朝新星前进。按这个速度，他们预计还有八小时才能降落太空港。要在黑翼的威胁下护航八小时而不露破绽，就算云珑将军复生，恐怕也没有十足的把握。白鲸号的舰体太大，自身的机动性和防御力都不高，对刺杀官而言无异于活靶子。

路予悲控制前锋舰群分散在白鲸号周围，并保持相对运动。这种程度的保护还远远不够，他需要护卫舰的太空水雷、刺杀官的游走、旗舰的统筹，而最最需要的是数据官。在对付黑翼这种既看不见，又无孔不入的敌人时，数据官的动态计算和规划能力是最重要的。他不禁再次感慨，如果希儿在的话就好了。

还好只过了十几分钟，梅尔迪莎小队赶到。这支小队的前锋官水平一般，护卫官尚可，刺杀官较强，而最让路予悲感到宽慰的，自然是唐未语的到来。

"未语，看你的了。"路予悲在梅尔迪莎小队频道里说，"刺客随时可能出现，需要持续高精度保护。"

听到路予悲这样称呼自己，唐未语一时间竟没有回话，过了几秒才说："我尽力，长官。"

接下来的一小时内，唐未语确实表现出了令人赞叹的数据天赋，不仅把太空水雷的排布位置计算得井井有条，更把小队所有舰船排布成了最高级别的防御阵型——诺尔斯密集阵型，又叫贴弦阵。路予悲也是第一次见识这种阵型，八十多艘舰船分三层围绕在白鲸号周围，排布得疏密有致，而且每艘舰都在做着看似无规律的运动，又不会相撞。这种阵型的计算量大得惊人，通常只有太空军里经验较丰富的数据官才做得到。

"不愧是王座数据官，了不起。"路予悲称赞道，心里明白：卡卡库是肯定用不了这个阵型的，希儿恐怕都不行，就连梦离都……啊，我怎么又想到她。

诺尔斯阵型的一个巨大隐患是维持时间，就算是唐未语，要一直维持这么大的计算量，也很难坚持到一个小时以上。

"我也来帮你。"路予悲知道唐未语的辛苦，主动接管了一部分重复计算的工作，"坚持一个小时，雪姐他们就来了。"

"雪姐。"唐未语不易察觉地嘟囔了一句。

这一小时过得如此漫长，路予悲甚至开始怀疑自己对时间的感知能力是不是出了问题。这种操作强度等同于一场艰难的模拟战最后的拼杀，坚持一小时谈何容易。但为了保住白鲸号这个活靶子不被黑翼刺杀，这种水平的防御又是必需的。

但加纳一直都没有出现，护卫官用了多种方式搜索，都徒劳无功。渐渐地，每个人都有一些不易察觉的松懈。"刺客也许还没来""也许压根就不会来""这次演习也只是场普通的护航演习而已"这些想法无法遏制地渐渐蔓延。这一小时即将过去时，敌人终于捕捉到了空隙，受害者不是白鲸号，而是唐未语的数据舰。

在路予悲的全局视野中，唐未语突然失去联系。在漆黑的宇宙幕布上，她的数据舰像一只飞在半空的鸟突然失去生命，只靠惯性继续滑行，很快撞上了一艘躲闪不及的无人护卫舰。真空中没有声音，但撞击的重量敲打在路予悲的心头。

"未语！未语！"路予悲和梅尔迪莎同时大喊，但是此时的数据舰火光四溅，机能全失，唐未语已经听不到他们的声音了。

在短暂的慌乱之后，路予悲强迫自己迅速冷静下来思考：加纳的精明超出预期，果然是个驰骋战场多年的黑翼老兵，既懂得先攻数据官的策略，技巧也十分高明！现在既要营救唐未语，又不能放松白鲸号的防卫。他果断下令道："梅尔迪莎，马上牵引住数据舰，离舰救援唐未语！其他人听我调度，继续保护白鲸号。"

数据舰受损后，只穿普通驾驶服的唐未语几乎等于暴露在真空里。与很多人想象的不同，宇宙里的低温其实并不会迅速杀人，失压和缺氧才更致命。而只有旗舰上才配备有供氧和压力调节功能的太空服。

梅尔迪莎第一时间就发射了牵引索，抓住了唐未语的数据舰。她迅速穿好太空服，又给唐未语多带了一件。离开旗舰后，她灵巧地沿牵引索登上数据舰，速度比路予悲预想得还快。

路予悲虽然担心唐未语，但此时必须肩负起防御重任，他继续下令："全体停止诺尔斯阵型，改用密集阵型七型。我来接管数据操作，护卫官全力索敌，开启最大功率真知射线，水雷的位置再收紧一些。无论如何再撑3分钟！"他暗想，眼下是加纳最好的机会，但也是他最容易冒进的时刻。在猎人信心满满地给猎物致命一击时，往往会忽视自身安危。

但加纳的冷静和谨慎再次超出了路予悲的想象，成功干掉唐未语的数据舰之后，他马上飘然离开，再慢慢寻找下一个机会。

很快，路予悲隐约看到梅尔迪莎把唐未语救出数据舰，二人一起进入旗舰，唐未语似乎还有生命反应。

"她怎么样？"路予悲整颗心都揪紧了。

"生命体征平稳，但因为失压和缺氧而昏迷，急需治疗！"

路予悲只觉得嘴里发干，心里抽痛。他们在课上学过，这种症状可能是肺部受损，经常伴有耳膜破裂和皮下出血等症状，如果治疗不及时的话依然会危及生命。

"路予悲少尉，请指示！"梅尔迪莎急道。

路予悲用力摇了摇头，强迫自己镇静下来，说道："你先帮未语做紧急处理。"

"在做了！"梅尔迪莎答道，他们在学院都学习过紧急医疗课程。

路予悲迅速权衡了一下，然后做出判断："梅尔迪莎，马上用旗舰带未语返回军事基地。"

"明白，现在开始返航！"梅尔迪莎也知道旗舰返航是最好的办法，旗舰上的医疗设备虽不足够，但能保证她的伤情不至恶化得太快。但如果让前锋官或者无人舰代为护送，就很难说了。现在全速返航需要四个小时，希望唐未语能撑得住。

梅尔迪莎刚离开不久，初暮雪小队终于赶到。

"雪姐，只能麻烦你兼任梅尔迪莎小队的司令官了。"路予悲交代之后，又把情况通报给德米尔院长。德米尔院长迅速联系卡契尔中将，准备派出正规星卫军的两支满配小队支援他们，但至少要五小时后才能抵达。

远水解不了近渴，路予悲愤慨而无力，只能打起精神继续守护白鲸号。

此时的路予恕已经换好了衣服，准备去迎接父亲了。她今天穿的是凡星实质金属风格的裙服，白色笼裙上缀着许多铜丝部件和晶体挂坠，做旧的质感显出一种低调的华丽。上装是灰、白、蓝三色组成的废水色，最夸张的是四条绚丽的金黄色饰带高高地跨过她的双肩，汇聚在她胸前的接点。最后，她拿出一顶硕大的白色宽檐帽戴在头上，微微下垂的帽檐几乎能遮住她的半张小脸。她似乎还嫌不满意，又戴上一副银白色目镜，只露出小巧的鼻子和嘴。

她走出初暮雪家的大门，五位好友已经在门外等她了。

"辛苦大家！一大早就被我叫过来，真是过意不去。"路予恕感激地说。

"这里是你家吗，好气派啊。"凡星男生鲁特羡慕地说。在得到否定的答复后，又转而称赞她今天这身凡星风格的亮丽服色，"这四条饰带真漂亮，让我看看，哇，是真正的凡星工艺！可知道，你比我认识的所有凡星女生更懂凡星审美！"

"我不太懂凡星审美。"前任会长图伦说道，"但是会长就是最棒的！"

莉莉安娜没有说话，只是抿着嘴偷笑。今天她穿的是缀有白色蕾丝的天蓝色连衣裙，脚上穿着白色丝袜配黑色小皮鞋，头上戴着一圈淡紫色水晶。这一身恒国风格的穿搭，虽然没有路予恕的凡星服饰那么华丽亮眼，但也十分可爱。

"莉莉，你今天真好看。"路予恕拉起莉莉安娜的手，亲密地说。莉莉安娜大方地笑了笑，脸上也戴着一副和路予恕同款的白色目镜。

芒格女生萨拉问道："赫教授今天真的会来吗？"

"对，她答应了。"路予恕说道，"还有两名副教授和十几名博士生。"赫教授接受了路予恕的提议，今天会去太空港迎接路高阙。在大恒帝国的压力下，新星议会和军方都不可能大张旗鼓地接纳并保护路高阙，星统会等大盟会也不行，所以由学界出面是唯一的也是最好的选择。

"太好了。"萨拉忍不住晃了晃尾巴。萨拉一向崇拜赫教授，明年想考入她的门下，所以想借今天的机会拉近一些距离。

天罗女生罗兰用染成红色的指羽捋了捋头顶的七根紫色发羽，说道："我的朋友们也都在路上了，直接在太空港会合。"

她的嗓音在天罗人里算是非常柔和了,但是对其他星族来说还是略有刺耳。

"太感谢了。"路予恕知道天罗人很团结热心,也知道他们都有非凡的战斗力——罗兰本身就是格斗高手,她主动提出叫来朋友们一起保护路高阙,路予恕感激地接受了。

"你爸爸几点到来着?"图伦看了看表,现在刚过上午10点。

"下午17点落地,我们13点多到太空港就行。"路予恕心里焦急,脸上却故作轻松地说,"现在时间还早,我们先去好好吃顿早餐吧,我请客。"

长时间的宇宙作战足以消磨掉一个人的全部力量,所以太空军都有轮换休息的机制。守护白鲸号两个多小时后,路予悲强迫自己闭目休息一会儿,把白鲸号完全托付给初暮雪他们。

终于,墨渊龙舰队也如期抵达,五艘武装客运舰和三十二艘轻型护卫舰的阵容相当华丽。从数量上看,路予悲这边占绝对优势,三支舰队合计超过一百五十艘战舰,但其中一百三十多艘都是无人舰。墨渊龙的三十二艘护卫舰则全部由恒国正规军里的护卫官操控,在初暮雪和路予悲大闹使馆时,这些护卫官有半数受伤,但都没有大碍。所以这三十二艘护卫舰比无人舰强大许多,武装客运舰的火力更是不能小看。最关键的是,墨渊龙的身份是大恒帝国特使,他在新星宙域逗留固然不妥,但如果被新星军队打伤甚至打死,会给新星带来巨大的麻烦,也会给时悟尽重整旗鼓、煽动战争的机会。

墨渊龙早已通过恒国大使馆向新星议会通报,特使舰队是为了消灭陪审团盗贼而来,危急情况下可能开火,并对客运舰上的人员紧急救援。还假惺惺地建议新星演习舰队避让，以免误伤。每个人都心知肚明，这是他们为了劫持客运舰而找的借口。新星外交部和军方都提出严正抗议，但毫不意外地都被忽视了。

就在眼下这个时间，新星议会还在召开紧急会议，讨论如何处理恒国特使的问题。但路予悲这边可能等不到讨论结果了，德米尔院长也没有给他更多指示，一切都要靠他自己决定。如果有不妥当的行为，责任也只能由他来扛。

"雪姐。"路予悲在私人频道对初暮雪说，"我需要你在司令官之外兼任情报官。"

"情报官？"初暮雪有点儿意外。情报官是正规军里才有的职位，军院学生要到三年级才会学习情报官的课程。

"是的，你和副官一起。"路予悲说，"希儿不在，只能靠尼克了。如果我没猜错，尼克也是克萨改造过的冰刃吧？"

初暮雪没有正面回答："所以你要我们怎么做？"

"监听这片宙域能收到的所有通信波。"路予悲说，"我怀疑厄姆正在向墨渊龙传递情报，如果能截获并破译，对我们会有很大帮助。"

"明白了。"初暮雪说道，"但是我没做过情报官，只能尽力而为。"

此时，墨渊龙的舰队已经摆开阵型包围过来，旗舰放出的信号又重申了一遍他们要向陪审团开火，请演习舰队自觉避让，如有误伤，特使舰队概不负责。

"太无耻了！"艾洛丝怒道，"我们也飞到地星宙域去，以这种借口开火，看他们能不能接受！"

卡卡库反而冷静一些："算了吧，特使舰队好歹有正常外交任务，咱们又凭什么去地星？要开火也是因为确实有陪审团入侵嘛。"

"这是借口，陪审团就是他们派来的！"艾洛丝说道。

"咱们没有证据啊。"卡卡库说，"唐未语的事也证明了陪审团的威胁确实存在。"

艾洛丝无言以对，只好说道："你是不是新星人，怎么替他们说话？"

卡卡库从容地说道："是你太感情用事啦，司令官。"

"卡卡库说得对。"休也开口了，"归根结底，恒国很强大，所以霸道惯了。新星还很弱小，不敢跟恒国彻底翻脸。"

艾洛丝知道休说得对，也只好无可奈何地说："不知道索兰会怎么想。"

索兰早已离开旗舰，手持蓝锂石尖刺，孤身在宇宙间飞行。此时的他无法开口说话，只能通过一个信号接收器单方面接收艾洛丝的指示。路予悲还让他专门携带一个定位装置，全程向演习小队全员发送位置信息，以免友军把他当成加纳。

其他小队也在激烈地讨论恒国的蛮横行为，让路予悲感到意外的是，最冷静的竟然是初耀云。

"政治话题咱们平时聊聊也就罢了，到了战场上，该怎么做还是交给上面那些大人物去琢磨吧。"初耀云平静地说，"我们能做的只有服从命令而已。就算让我们乖乖把目标舰交出去，也只能照办。"这番话是在四支小队的公共频道里说的，引来不少附和。

路予悲正在揣摩初耀云的立场，德米尔院长突然发来影像通

283

信:"议会还在讨论,情报部长主张不抵抗,军务部长也建议忍一时息事宁人。现在议长的命令是不能率先开火。"

"也就是说,如果特使先开火,我们也可以还击?"

"可以,但不能伤到特使,只能使用颜料弹。"

"颜料弹对实弹?"路予悲有点儿急了,"这也太难了!"

"这本来就是演习,记得吗?"

"可是我要对我的人负责!"脱口而出之后,连路予悲自己都感到惊讶,"如果对方攻击我方人员本舰,我申请还击!"

"真有那种情况发生,你再申请。"德米尔院长严肃地说,"你也要对军队负责,对新星负责,明白吗?"

"可是……"路予悲从不知道和上级打交道这么困难,"如果恒国特使强行靠近目标舰,我们又不敢开火,岂不是什么都做不了?"

"不是说了用颜料弹吗,尽量封锁对方舰队视野。另一条准则是,尽力不让特使舰队接触目标舰。如果发现陪审团刺客,可以用实弹击杀。这是国防部长和外交部长尽力争取的结果了。如果你有意见,就现在返航。"

路予悲死心了,想必这是新星议会能给予路高阙最大程度的保护,不能要求更多了。他心中的一部分只想打个痛快,先拿下墨渊龙,大不了再和时悟尽开战。但他也深知不能冲动,战争一旦到来,必将生灵涂炭。一个念头在他心里一闪而过:难道六星的战争与和平,竟取决于我接下来几个小时的选择?

他摇了摇头,把这些念头甩出脑海,随后把院长的指示传达给三位司令官。初暮雪小队整合梅尔迪莎小队剩下的兵力,继续全力防范黑翼。路予悲小队则摆开阵型,准备和特使舰队交手。

初暮雪通过私人频道说："你猜得没错，确实有通信波，内容已经破译成功。"

"干得漂亮！讲。"

"有人说了和德米尔院长类似的话。"初暮雪答道，"现在墨渊龙也知道我们不敢伤他了。"

路予悲心里一惊，这是议会刚刚讨论出的结果，就连恒国使馆也不可能这么快知道——只能是厄姆在出卖情报。

"各小队注意，特使舰队随时可能会开火，做好规避准备！"路予悲话音刚落，数道激光便从对面射了过来。梅尔迪莎小队两艘前锋无人舰中炮，初暮雪小队一艘护卫舰也被击毁。不难看出对方的护卫舰相当厉害，驾驶员都是颇有实力的现役军人。想到连这么厉害的恒国正规军都曾被初暮雪打得落花流水，路予悲竟忍不住微笑起来。

特使舰队连续不断地开火，一时间白鲸号周围终于有了战场的样子。

"他们早就锁定了我们的无人舰！"路予悲下令，"大家注意，我们的处境很被动，不能对捣乱者用实弹，只能用演习颜料弹。护卫舰先上前展开护盾顶住这一波，其他人闪避！"他的声音越发高亢，"各位都是最优秀的学员，也是新星的军人，国格不容践踏！拿出真本事，让他们见识见识新星的厉害吧！"

路予恕和朋友们吃完午饭，直接前往联星太空运输集团的一号太空港。她知道哥哥正在宇宙中和敌人周旋，也知道有许多军院学生身处险境。她暗暗祈祷，不要有人因为自己的父亲而牺牲。

她和莉莉安娜共乘一辆飞车："莉莉。"

莉莉安娜听出她声音里的不安，把一只手搭在她的手上："你的计划很完美，别怕，一切都会好的。"

路予恕感激地微笑了一下，然后说："你学过阐释哲学吧。我想问你，古往今来有数不清的小人物，为了保护那些重要的大人物而牺牲，为何被称颂的只有那些大人物呢？那些牺牲了的小人物不是更伟大吗？"

莉莉安娜理解路予恕的困惑，安慰她说："你父亲对地星、对新星、对整个六星系都非常重要。"

"但是，这样就可以要求无辜的人为保护他而死吗？"路予恕不知道自己为什么会问出这样的问题，"如果真有，第一个死的就应该是我才对，我是他女儿啊，怎么可以是别人呢？"

莉莉安娜知道，路予恕处于极度不安中，需要一些解释来安慰自己，来让她坚信自己做的是正确的。

"按照你的计划，你确实是最危险的。"飞车里只有她俩，莉莉安娜确保没有别人听到她们的话。

"我不想带图伦和萨拉去了。"路予恕突然坚定地说。

"那怎么行？"莉莉安娜握紧路予恕的手。

但是路予恕已经下定了决心："我不能让他们跟着我冒险。而且你这边更需要他们，记得吗，如果被识破，就全完了。"

莉莉安娜知道路予恕说的不无道理，也明白她无法做到让别人身处险境，只好默默同意了。

终于，她们抵达了联星公司的太空港。路予恕看到赫教授已经来了，急忙摘下目镜，走上前去感激地拉住教授的双手，不断地道谢。萨拉也十分激动，千方百计地和赫教授搭话。正如路予恕预料的那样，除了赫教授和她的学生们，大厅里似乎没有人是专程为路高阙而来，平静如同每一天。

但这只是表象。

路予恕暗想：如果暗爪的老金提供的情报可信，此刻应该有三组杀手埋伏在这里，准备在爸爸走出通道的瞬间杀害他。虽然不知道具体的幕后指使，但无外乎两种目的，一是想一劳永逸地替时悟尽解决掉这个最棘手的政敌，二是嫁祸给时悟尽。

赫教授在三方会议上也同意，如果路高阙在第六星的领土上被杀，而且有证据表明是时悟尽指使的，那就是毫无疑问的践踏六星宇宙道德公约，也狠狠侮辱了第六星的尊严，比印无秘事件更加耸人听闻，也更不可饶恕。

三方会议上，路予恕还请求初六海派出星统会的人，在太空港秘密设防，以对抗那些杀手。初六海欣然应允。她发现一位天罗人傲然蹲踞在不远处的栖柱上，虽然戴着目镜，但那七根蓝色发羽很醒目。路予恕想起她是初六海的贴身保镖，心里不由得感激。此外还有罗兰找来的天罗人朋友们也埋伏在各处，这座太空港看似波澜不惊，实则暗潮涌动，不知有多少人各怀意图，混迹人群，只等白鲸号抵达的一刻。

厘清这些之后，路予恕看了看表，然后戴上目镜，把莉莉安娜悄悄拉到一边："莉莉，咱们开始吧。"

46

如果白鲸号上的乘客透过舷窗往外看，能看到一场奇怪的较量，已经持续了一个多小时。路予悲率领三支小队，与墨渊龙的舰队周旋，双方都不想闹出人命，同时知道对方也一样，但又不能不顾性命地冒险冲锋。对墨渊龙来说，他要控制白鲸号，就必须先解决这三支演习小队，最好的办法是消灭所有无人舰，对方就只剩十几艘战舰了。

路予悲这边则困难得多，既要保住兵力、拖延时间，又不能对特使舰队下杀手，只能用演习用的颜料弹勉强还击。

此时艾洛丝小队已有半数无人舰被击毁，但没有人员伤亡。路予悲的前锋舰也损失了七艘，他知道这已经是值得骄傲的成绩了。反观墨渊龙那边，已经有八艘护卫舰被颜料弹盖住了舷窗和雷达，失去战斗视野之后被迫撤退到后方，但剩余兵力依然比他们多。

"敌舰的速度变快了！"卡卡库敏锐地察觉，"有八艘舰在加速，10%，20%……"

路予悲也感觉到了压力，两三艘无人舰被迅速打掉。他一边操作剩下的前锋舰游走,一边提醒:"休,小心点,对面可能启用了智心副官。初耀云,来这边帮忙!"

此时初暮雪正在指挥自己的小队和梅尔迪莎小队一起在后方保护白鲸号,看起来还算稳健。初耀云不情不愿地把前锋舰调到前线,在通信频道里没精打采地说:"加点速有什么稀奇。特使的副官是试作型超智副官,性能大概是普通智心副官的五倍。"

"什么?这么重要的情报怎么不早说!"路予悲脱口而出。

"我自己打探来的情报,你又没问,我本来就没有义务告诉你!"初耀云怒道,"别跟我摆长官架子!"

"耀云。"初暮雪只好居中调和,"如果你能对付那个超智副官,我会如实向上级反馈你的功劳,路予悲也会的,对吧?"

"当然。"路予悲知道现在不是和手下吵架的时候,何况自己确实需要初耀云的力量。

"别激我,我可不吃这一套。你们自己的超智副官呢,要藏到什么时候才拿出来?"

"我们的超智副官?"路予悲愣了一下,"你在说什么?"

"嘿,都这个时候了还要装傻?好吧,我正好闲得无聊,给他们上点色也不错。"初耀云铺开阵型,迎战墨渊龙舰队。以他的实力,对方虽然加速20%也无法完全压制他,双方很快便打得十分胶着。

路予悲观察了一会儿局面,虽然墨渊龙舰队没有数据舰,但想必旗舰也能作为数据中枢,至少有两位智心副官可以兼任数据官。他们的护卫舰群交错飞行,一看便知训练有素,虽然只剩十七艘,但每艘都有真人驾驶,依然不可小觑。想到这里,他操纵四艘前锋舰趋前参战，剩下的留在后方。他现在已经不再盲目追求最大控舰数，而是想稳稳控住四舰，进一步提升预判和瞄准精度，也许收益更高。这比提升控舰数更难，只有操作水平到了他这个级别才可能做到。

很快，路予悲也看出了对方智心副官的厉害，初耀云被对方的火力压制，损失了五舰之后暂时撤退调整，然后再上。在对方的真弹实炮面前，初耀云的颜料弹和震击弹显得如此可笑。但对方也不敢对他的本舰开火，只能不断消耗无人舰。

路予悲心里一动，如果对方的副官拘泥于这样的识别模式，那么也许能利用这一点。现在必须冒一冒险，否则必败无疑。机会来了！他敏锐地捕捉到一个缺口，四艘前锋舰攒成一束，如同一把利剑猛地刺入，其中有一艘正是他的本舰，这个举动可谓十分冒险。

"路予悲少尉！"艾洛丝忍不住喊出声来。卡卡库和休也屏住了呼吸。初耀云已经在想如果路予悲阵亡，指挥链将如何变化。

但对方的护卫舰像是和路予悲达成了默契一般，一瞬间纷纷停火，甚至让出一条路，过了几秒才像睡醒了一般又对他开火。这证实了路予悲的猜想，对方的副官能力再强，始终缺乏人的谋略和机变，拘泥于"不击落对方本舰"的指令，反而会阻碍护卫官们的行动。他没有放过这个稍纵即逝的机会，把大量演习用颜料弹倾泻出去，瞬间就把七艘护卫舰打成五颜六色，失去视野。

连初耀云都看出，四艘前锋舰都像是路予悲的本舰一般，操作精准，难以分辨。路予悲索性冲向墨渊龙的旗舰，在全场惊异的目光中，一连串颜料弹狠狠染红半个旗舰，可想而知，又在墨渊龙心头留下了耻辱的一笔。路予悲得手之后马上脱离，只被墨渊龙击毁一艘前锋舰，算是让对方挽回一点儿颜面。路予悲猜测墨渊龙已经失去理智，真的打算杀掉路予悲了。

"漂亮！"卡卡库挥舞着拳头喊道。初耀云暗暗咬牙，有心模仿路予悲，但对自己的操作信心不足。而且对方很可能已经调整战略，就算是路予悲本人也不敢再冒那样的险了。

墨渊龙的旗舰带着耻辱的红色向后撤退了一段距离，护卫舰的火力也随之减弱。路予悲松了口气，下令："接下来重点保护白鲸号，还有搜索陪审团黑翼。初耀云回归初暮雪小队。"

初暮雪此时已经相当疲惫。昨天她刚刚在恒国使馆耗尽体力，又受了不少伤，现在又连续作战几个小时，还要帮路予悲做情报监听。多亏副官尼克和小队的数据官——卡卡库十分看不起的那位晋升士官——提供了强大的数据支撑，才能让两支小队有机结合，细致入微地护住白鲸号。

"有加纳的动向吗？"路予悲的疲惫不在初暮雪之下，他感觉自己随时可以睡过去，一睡至少十五个小时。

"没有。"初暮雪简短地回答。

"监听到新的信息吗？"

"对方很谨慎，换了新的频道，正在扫描。"

路予悲强打精神，对每位学员一一重新下了一遍命令，将战略重点转移到对加纳的搜索上。他知道，与墨渊龙相比，加纳更为可怕。他们的防御一旦松懈，加纳就将一击得手。他也操纵剩下的前锋舰不停游走，又跟梅尔迪莎联系，确认了唐未语已经没有生命危险。

忽然，他敏锐地发现索兰的飞行轨迹有异，在观察了一会儿之后，他下令："卡卡库，艾洛丝，集中分析索兰的轨迹！"索兰虽然携带定位器，但无法直接与队友交流，只能通过走位来让队友心领神会。

卡卡库迅速分析出了结果："他可能发现了陪审团的黑翼，现在应该在跟着他，可能性92%！"

路予悲马上做出反应，剩余的二十一艘前锋舰全部转向，开始跟上索兰的轨迹，同时下令："初耀云，萨普，跟我一起全力追击陪审团刺客！"初耀云的前锋舰还剩二十二艘，刺杀官萨普也一直没有表现空间。听到命令后，二人顿时来了精神，与路予悲和索兰组成临时小组，全力猎杀加纳。

"看到他了！"萨普第一个发现了那两个黑影，通过坐标确认了后面的是索兰，前面的自然是加纳，速度更快，动作也更灵活。索兰能跟着他飞这么久已经不易，此时落后得越来越远，很快就会被他甩掉。

"好，盯紧了他，我马上到！"路予悲和初耀云已经散开包围网，从加纳前进的方向围堵过来。

"进入射程，申请开火。"萨普说道。

"可以开火。"路予悲暗暗佩服萨普的技术，"初耀云也是。"

萨普的刺杀舰只有五发穿刺冷爆弹，这是刺杀舰的全部武器，每一发都十分珍贵。他先后打出两发但都没有击中，加纳也发现了他们，走位更加刁钻莫测。

"初耀云，旋转封锁！"路予悲知道以初耀云的技术，一定能完成火力封锁，限制住加纳的行动，之后萨普或路予悲再击杀加纳就容易得多。

初耀云应声开火，但并没有采取封锁策略，火力直指加纳。路予悲暗暗摇头，知道初耀云想独揽击杀加纳的荣誉，而自己也无法因为这一点儿弹道偏差而指责他违抗命令。无奈之下，路予悲只好自己担起封锁的任务。只要能干掉加纳，他不介意把功劳让给别人。

艾洛丝和卡卡库也为路予悲提供数据支持，但加纳的速度太快，超出了他们的计算能力。

这是路予悲和初耀云罕见的配合作战，一直以来二人都是对手，也都对对方的技术十分了解，此时配合起来竟不约而同地感觉到一种爽快的契合感。四十多艘前锋舰上下翻旋，前堵后追，激光火力交织成一片绚丽的光网，一个黑影在网中高速穿梭，惊险到了极处。索兰和萨普也停止了追踪，在前锋官火力全开的战场上，他们只能远远地看着，贸然闯入只给两位前锋官增加负担。

"我抓住他了！"路予悲兴奋地喊，他用七艘前锋舰组成了完美的封锁阵型，之后的0.5秒内，加纳能前进的方向只剩一个，"开火！"

初耀云没有错过这宝贵的0.5秒，一道激光精准地击中加纳。在一小团亮光中，刺客的生命宣告终结，没有遗言。

路予恕扶了扶目镜，踮起脚尖，伸长脖子，焦急地望着离舰通道。如果她的猜想没错，十几分钟后，爸爸就会从这条通道走出来。

她当下位于一个比较冷清的太空港，回想一年多以前，她和哥哥乘坐客运舰抵达新星时降落的就是这个太空港。而赫教授和路予恕的朋友们还留在联星集团一号太空港，白鲸号将于三个多小时后抵达那里。这两个太空港相距半小时车程。

路予恕心里颇有歉意：对不起了，赫教授和各位同学，也对不起初奶奶和德米尔院长。我一直没有告诉你们，我爸爸根本就不在白鲸号上，这是只有我和路予悲才知道的秘密，没有告诉任何人。

回想六天前印无秘的追悼会上，路高阙发声的时刻，路家兄妹就已经心照不宣——那段掷地有声的话极有可能不是路高阙本人说的。因为路高阙每次叫路予恕的名字时，说的"恕"字都会有一点儿轻微的平舌音，像是"速"的发音。虽然不严重，但向来如此，全家人都习以为常了。而在追悼会上的那段发言中，提到两个子女的时候那句"予悲，予恕，爸爸很想你们"，"恕"字的发音字正腔圆，极为标准，毫无平舌音的感觉。这是只有路家兄妹听得出的细节，当时二人对视一眼，都明白了这意味着什么。

之后的几天里，他们两个从未讨论过这个问题，就连对克萨和初暮雪也都没有提及。他们猜想那段发言大概是爸爸提前写好的稿子，交给白鲸号的舰长，稍加改动就可以在追悼会上传声朗读。至于声音，想必是用智心拟声做出来的。在这个时代，声音已经极易伪造，特别是智心科技伪造的人声几可乱真，语气都和真人一般无二，法庭上也早就不再采纳录音作为证据。所以重要的通话都会附加发送器签名，才能相信说话的是本人。

想通了这一点，兄妹俩自然明白爸爸的用意。想必是这样：

白鲸号的舰长在地星与路高阙会和后，爸爸并没有选择乘坐白鲸号，而是虚晃一枪，通过在白鲸号上的发言暴露坐标，让所有人都以为他在那里。实际上他和一年前的路家兄妹一样，乘坐普通的民用客运舰前往第六星。大概是和白鲸号上的人互换了身份，伪造了证件和电子标识，才能登上民用客运舰。这艘客运舰不仅和白鲸号的航线不一样，抵达的时间也早三个小时。只有这样才能彻底骗过时悟尽，骗过墨渊龙，当然也骗过了自己人。只有那个平舌音，智心拟声留下了一丝破绽，路家兄妹才推理出真相。

在魏轻纨对路予悲说出晁八方的阴谋后，路家兄妹虽然没有全盘相信，但也想到了另一种可能——路高阙的换舰之计，也有可能是在防范晁八方。所以兄妹俩早就打定主意，假装父亲就在白鲸号上，一切计划都围绕这一点来制订，好让敌人和朋友都确信这一点。路予悲率领三支小队保护白鲸号，只是找了个借口，让蒙蒙小队去保护那艘民用舰，那才是最重要的。现在民用舰即将着陆，蒙蒙小队已经完成了护航任务，正掉转航向，再去接应白鲸号。路予恕和赫教授大张旗鼓地去联星太空港迎接路高阙，也是为了把杀手引去那边。

就在半小时之前，她和莉莉安娜在联星太空港的洗手间里互换了衣服，然后偷偷跑来这边，想第一时间接到爸爸，既能给他个惊喜，又能让爸爸明白，她确实接收到了爸爸的暗示。她已经计划好了后续路线，乘飞车离开这里，去往初暮雪家。全程用不了10分钟，无人知晓，才最为安全。而错过了这个时间窗，那些杀手就再难得手。此时此刻，莉莉安娜正穿着那身亮眼的凡星装扮，戴着银白目镜，假扮路予恕，混在同学之中。两人本来就是一样的娇小体型，又都戴着目镜，现在只有图伦、鲁特和萨拉能发现路予恕用了金蝉脱壳之计，也都在莉莉安娜的暗示之下闭口不提，就连赫教授和她的学生都没有发现，更不用说那些埋伏在远处的杀手和厄姆的手下。路予恕没有带图伦和萨拉一起来到这边，也是为了那边能掩饰得更好。

现在路予恕穿的这套莉莉安娜的蓝色衣裙，其实也是她自己的衣服。她在两天前就派人交给莉莉，嘱咐她今天务必穿这一身。这套漂亮的裙子是路予恕十五岁生日时路高阙送她的礼物，也是她最喜欢、最珍视的衣服，只在去方-夏公爵家时穿过一次。她记得那天爸爸说过："不管离得多远，我都能一眼认出我的完美女儿。"她也相信自己也能一眼认出爸爸。

终于，那艘民用客运舰气势磅礴地降落了。路予恕紧张得一直在扯鬓角。再过几分钟，父亲就会从这条离舰通道中走出来。就算他们领会错了，父亲不在其中，她也有充足的时间返回联星第一太空港。

是爸爸！

路予恕一眼就看到了父亲，穿着一身墨蓝色正装，和几名乘客一起出现在离舰通道中。虽然戴着帽子和目镜，脸型也有一些变化，但那走路的姿势，错不了，一定是爸爸！路予恕的眼眶湿润了，一年多不见，爸爸还是那么挺拔帅气，气魄非凡。路高阙此时也看到了路予恕，正如路予恕预料的那样，他第一时间就认出了女儿，露出既惊讶又欣慰的笑容，向她举起一只手。

爸爸！

两行泪水夺眶而出，路予恕忍不住朝爸爸跑去。路高阙走出通道，微微弯腰，接住飞扑过来的女儿，分别了一年多的父女二人紧紧拥抱在一起，感觉既真实又虚幻。

"爸爸！"路予恕把头埋在爸爸胸前哭喊道，她实在太爱父亲，也太想念父亲了。此刻看到他平安到来，是她一生中最幸福的时刻。

"予恕。"路高阙也哽咽了。经历重重阻碍后，能再见到可爱的女儿，一向冷静的他也不禁激动万分。

嗖——

一支短箭破空而来，从后面深深刺入路予恕后背。路予恕发出一声无力的呻吟，一时间不明白发生了什么，蓝色的裙服被鲜血染红。周围本就稀疏的旅客发出阵阵惊呼和尖叫，四散奔逃。

路高阙看到了那个男人，身穿黑色风衣，弓弩装在小臂上。他知道粒子盾防不住弩箭，来不及多想，抱着女儿转了个身，用自己的身体护住她。于是，第二支短箭射中了他的腰部。他闷哼一声，忍住剧痛，抱着女儿往离舰通道里挣扎着走出几步，却找不到掩体。

刺客已经快步走到他身后，一把抓住他的后领，用弩箭抵住他的后心，阴恻恻地说道："路高阙教授，你好。"

路予恕疼痛之余，心里一片冰凉，知道最坏的情况出现了。竟然还有别人能算到路高阙在此时此地离舰，到底是哪里出了问题，她漏算了什么危险？她被爸爸紧紧抱在怀里，看不到刺客的脸，背部传来的剧痛和几日来的疲惫交织在一起折磨着她，让她虚弱不堪，连脑子都转不动了。

"你是谁。"路高阙忍痛问道。

"方-夏世然。"那人大方地承认，"后世的学者也许会这样记载：被世人捧上神坛的路高阙教授，却被方-夏世然一箭射了

297

下来。"

太空港的警卫闻声赶来,方-夏世然拖着路高阙走进离舰通道,让路家父女挡在他和警卫之间,弩箭不离路高阙后心。警卫虽然已经拔出枪,但面对这种情况,一时间难以开火,只能大声命令疑犯放下武器,同时向警局求援。

路高阙看着女儿背上露出的箭尾,心疼得超过了自己身体的痛楚。他被方-夏世然拉着,跟跟跄跄地退后了几步。他知道今日恐怕难以幸免,颤声问道:"你是……方-夏公爵的儿子?为什么……"

"还用问吗?当然是为了报仇。"方-夏世然凶狠地说道,"你来我家的那天,我父亲本来应该把你扣押,交给时悟尽的。但是他放你走了。就因为这个,他才丢掉了一切权力和财富,我们堂堂方家竟然因为你而毁了!"

他在说什么?路予恕似乎听不懂恒语。后背实在太痛了,肩胛骨可能被射穿了,连呼吸都痛,她怀疑自己马上就会痛死。

通道外,几名警察依然在朝方-夏世然大声喊话,但他完全不理,继续在路高阙背后说道:"我的人生本来一帆风顺,金钱、地位、女人,应有尽有。结果一夜之间全没了!曾经的小弟都敢嘲笑我,女人也都嫌弃我,可恶!就连墨渊龙……墨渊龙算什么东西!不过是个小贵族,他强奸了我妹妹,还让我像狗一样替他看大门,就为了羞辱我!最可恨的是,他还自许为我家的救星,我爸妈还要感谢他!他算什么东西!"接着便是一串粗俗的脏话。

"那你应该找他……找墨渊龙报仇……"路高阙边喘气边说。他这才发现方-夏世然全身散发着酒气,竟然是喝过酒才来的。

"你以为我不想吗?"方-夏世然醉醺醺地吼道,"那浑蛋一直提防着我,根本不给我机会!还有你儿子,路予悲,也骑到我头上来,带着个母怪物打伤我手下四十多名侍卫,大摇大摆地走了。还有那个初耀云……竟然敢动手打我……"他脸上的淤青还没消,身上的衣服也沾了土色。

路予恕终于恢复了一些思考能力,她痛苦地闭上双眼,心里后悔不已。她本以为方-夏世然是个不足惧的小人物,虽然把他加入了沙盘,但影响因子很少,路径优先度极低。再加上希儿不在,实在没有余力计算他的因素。此时她的整套战略眼看就要成功,竟然出其不意地被这个疯狂的小人物破坏了,难道真的要功亏一篑?28号计算的路高阙安全抵达概率只有5.3%,难道真的又被他算中了?

"所以我想通了,与其这样屈辱地活着,还不如拼上这条命报复你们!"方-夏世然咬着牙说,"只要杀掉你,不仅能报你拖累我家的仇,还能让时悟尽背上恶名,墨渊龙也自然会身败名裂,路予悲那小子也会伤心欲绝。哈哈哈,一下子可以报复这么多人,你告诉我,还有比这更划算的买卖吗?我就是要让你们知道,就算是条丧家之犬,也希望有人听它叫两声的,哈哈哈!"

越来越多的警察赶到,也有特警架起远程激光枪,随时可以开火,但都无法保证人质安全。

路予恕侧脸贴着父亲的胸口,听着他的心跳越来越快,知道爸爸也和她一样害怕,只是没有表现出来。她怕得几乎忘了背上的痛,呜咽着说道:"求求你……求求你,不要杀我们。"她一向自负聪明过人,但是在这个丧心病狂的亡命之徒面前,她知道耍什么花招儿都没有用,可能还会起到反效果,只有卑微地求饶,说不定还能起到一点儿作用。

路高阙也一直在为女儿揪心，他自己早已把生死置之度外，但路予恕绝对不能死，她还有广阔的未来。

听到路予恕求饶，方-夏世然的语气稍微平和下来，说道："路予恕，我本来没想杀你，我也不恨你，甚至还很喜欢你。一年多以前，你去我家的那天，我就看上你了。"路予恕猛然想起，他们去方夏公爵府的那天，有个长发男子在角落里不怀好意地盯着自己看，路予悲好像确实说过，那是方-夏梦离的二哥，原来就是他。

"对了，你知道我是怎么找到这里的吗？还要谢谢你呢。"方-夏世然醉醺醺地笑着说，"我本来也去了联星太空港，以为路高阙会从那边出来，但是那边的警察太多，有几个人已经盯上我了。我都要放弃了，突然发现你不见了。嘿嘿，你这身蓝色的裙子，就是去我家那天穿的，给我的印象太深刻了。我别的本事没有，只对女人的衣物头饰过目不忘，嘿嘿。"

路予恕双眼猛地睁大，忍不住全身发抖。她和莉莉互换衣服之后赶来这里，本以为是完美无缺的聪明计划，既瞒过了所有人，降低很多风险，又能给爸爸一个惊喜。没想到，竟然正是这个举动，引得方-夏世然跟了过来。这样一来，岂不是她自作聪明，反而害了爸爸？自她出生以来，没有什么事能比这更让她自责和后悔，她的自信、自负、自尊，顷刻之间土崩瓦解。她真想现在就死去，每多活一秒都是一种煎熬。

但是她还不能死，她要努力救爸爸。

"你喜欢我？"路予恕猛然看到一线希望，"好，我跟你走，我嫁给你，一辈子都是你的玩物，你想怎么玩都行！"她挣扎着想从爸爸怀里出来，但是路高阙死死地抱住她。

"予恕，没用的，你不能过去。"路高阙大声说完，突然压低音量，"听着，我现在推开你，然后我缠住他，你快跑。他如果杀我，警察就会开火的，至少你……"

路予恕又哭了，小声说道："爸爸，我……我跑不动，我的背好痛……腿也……我站不住……"此时的她深深地为没有学过格斗而悔恨，如果有路予悲的本领，想必可以拼死一搏，说不定能制住这个疯子，救下爸爸。

路高阙叹了口气，只听方-夏世然坏笑了几声，说道："小机灵鬼，嫁给我，做我的玩物？确实很有诱惑力。可惜我早就不想活了，还会上你的当吗？好了，闲话就说到这，再见了，二位。"他的声音里也带着一丝凄凉，忽然高声喊道，"为了时大人！为了地星联合战线！"周围有不少人举着微机拍下这一幕，警方的大声警告也达到了最高峰。

路予恕突然感觉一股寒气流遍全身，这就是死亡来临时的前兆吗？她抬起头看着父亲，路高阙也正低头看着她，目光里竟没有恐惧，只有无限的温柔和爱意。

"如果有来生，你还做我女儿，我还做你爸爸，好不好？我们到时见……"

路予恕还没来得及回答，只听砰的一声，父女二人同时一震。路予恕脸上一痛，竟是一支短箭的箭头划伤了她的脸。这支短箭从背后刺穿了路高阙的心脏，又伤到了路予恕。箭尖上，父女二人的鲜血混在一起。

"爸爸先去……见妈妈了……啊……庭香……"

路高阙无力地倒下，仍然护在路予恕身上。直到生命的最后一刻，他也没有停止保护女儿。

随着几声枪响，方-夏世然也倒在血泊中。他的脸被打得血肉模糊，但嘴角还挂着得意的狞笑。

路予恕睁着眼睛，静静地躺在父亲身下，从父亲宽厚的肩膀上方看着高高的太空港穹顶。背上的伤口依然痛得要命，每次呼吸都是折磨。她的脑海中一片空白，嘴里喃喃着："好，爸爸，好……"

在警察们围过来之前，另一个人先一步走到她身边，用她熟悉的温暖声音说道："对不起，我来晚了。"

但她竟一时间想不起他的名字。

47

怎么回事？

路予悲突然感觉到左腕的手表有点儿反常，表带一下一下地收缩。他想起他和妹妹这两块卡兰德手表加装了险情联动，一时有点儿走神：没想到卡兰德公司的信号竟然连这里也能触及？不愧是最厉害的手表制造商……不对，不是想这些的时候。路予恕出什么事了？被抓了，表被强行摘下？还是只是心跳加速而已。啊，是了，现在那艘民用舰应该已经抵达了，我一直专注于这边的战场，忘了那边才是更重要的……

"又监听到了新的内容，但是……有点儿奇怪。"初暮雪在私人频道里说。

"怎么了？"路予悲的体力已经快到极限，头脑也有点儿转不动了。

"说是新星警方通报，在某太空港发生一起人质劫持案。"初暮雪的声音有些微微发抖，"疑犯劫持了两名人质，和警方对峙了一段时间后，杀害了其中一名人质，重伤了另一名。疑犯被警方当场击毙。"

一阵巨大的不安突然而至。路予悲看了看还在一下下收紧的手表，没有问那两名人质是谁，劫匪是谁。他心里的一部分甚至想命令初暮雪不要再说下去了。

初暮雪果然沉默了一会儿，但最终还是说道："又有一条线路汇报了同样的信息。被击毙的疑犯身份已经确认，是大恒帝国特使的侍卫队长方-夏世然。"

路予悲没有说话，双手开始禁不住地颤抖。

"死亡的人质经核实，是大恒帝国的……路高阙教授。"

路予悲全身僵硬如石，停止了所有操作。

"受伤的人质是地星裔新星公民，路予恕。伤比较重，现在还没有脱离危险。"初暮雪坚持把消息说完。

"不可能。"路予悲的声音小得连自己都听不清，"不可能。"

就像配合初暮雪的话一样，特使舰队的行为也出现了变化，开始撤离战场，似乎对白鲸号失去了全部的兴趣。

二人都明白，如果消息是假的，墨渊龙不会这样突然放弃。

"我命令你收回那些话。"路予悲似乎有点儿不清醒，双眼因为疲劳而微微颤动。

"你听我说……"初暮雪想安慰他，又不知道该说些什么。

"不可能的，这肯定不是真的。我爸爸……"路予悲的呼吸变得粗重。

"目标舰明明还在这里啊。"初暮雪也还没想通，"你先尽快返航吧，目标舰交给我们就好。"

路予悲无言地下发指令，剩下的十三艘前锋舰一齐掉转方向往新星飞去。他迅速接通了德米尔院长，按捺住汹涌的情绪，尽量冷静克制地说："院长，我听到一些……荒谬的消息。"他呼

304

吸粗重,这是掩饰不了的。

德米尔院长没有回答,画面如静止了一般,这沉默已经说明了一切。

路予悲呆了半响,再开口时声音已经发颤:"我爸爸可能安排了替身,我妹妹也是。嘿,他们是为了骗过时悟尽,一定是的。我妹妹是个天才,不会被人……"

德米尔院长还是什么都没说。

路予悲切断了通话,看着面前深邃的宇宙。他第一次真正意识到,太空是这样寂静,又是这样冰冷和无情,巨大的孤独和无助感瞬间将他淹没。他开始小声念叨着什么,像是在自言自语,又像在控诉什么。他的声音越来越大,他的问题无人回答,最后变成一次次呐喊、狂吼,声音嘶哑,头脑麻木。然后慢慢地归于平静,他沮丧地低下头。

过了一会儿,他慢慢抬起头,原本茫然的目光变得充满恨意。他再次掉转前锋舰群,开启最大航速,推进力加大40%,十三艘前锋舰越飞越快,如一波巨浪,朝特使舰队撤离的方向直冲而去。

初暮雪正在指挥小队改变阵型,突然发现路予悲又回来了,而且速度快得惊人,转眼便已掠过了她。艾洛丝等人都不知道路高阙的事,也不明白路予悲的用意。

"你们先原地待命。"初暮雪对艾洛丝说,又通过私人频道问路予悲,"你要干什么?"

路予悲没有回答。

"你不会是想……"初暮雪有点儿紧张,"听我说,别冲动。"

路予悲颓丧地小声说道:"别说了,你不懂。"

305

"我懂。"初暮雪打开影像通信,"我知道你很难过,我真的知道。但你是个军人,不能感情用事。"

"我偏要感情用事!"路予悲喊道,"我受够了那些瞻前顾后,受够了什么政治红线!我们每一步都小心翼翼,最后怎么样?事情还不是变成了这样!"

"你冷静一点儿,听我说,那些谨慎都是有意义的,你父亲……他的牺牲……时悟尽一定会付出代价!"

"我现在就是要他们付出代价,就从墨渊龙开始!"

"你杀了墨渊龙也无济于事,反而会帮时悟尽找回一些立场!"初暮雪苦口婆心地说。

"我不管,一定要让他们付出代价!"路予悲已经能看到特使舰队了,过不了几分钟就会进入交火射程。

"不要,快停下!"

"他们杀了我爸爸!"路予悲自暴自弃地喊,似乎要强迫自己相信这件事,"我爸爸死了!"

初暮雪心念一动:"你妹妹,予恕还在等你回去!"

"予恕……"短暂的犹豫之后,路予悲说道,"她……可能也要……她那么善良,那么美好,为什么也要被人伤害,为什么?方-夏世然这浑蛋,一定是墨渊龙的命令!"

初暮雪也有点儿心虚:方-夏世然竟然做出那样的自杀行为,会不会跟她在使馆里的作为有关?

"你……能拦下他们吗?不伤人的话。"她明知道这不可能,只是想用这种方式劝阻路予悲。

路予悲没有回答。

"那你到底打算怎么办!"

"他们的实力我已经很清楚了。"路予悲咬着牙说,"我拼尽全力冲进去,他们未必拦得住我。就算同归于尽,我也要干掉墨渊龙!"

"干掉墨渊龙……"初暮雪又找到一线希望,"梦离……方-夏梦离也在旗舰上,还有她的孩子!"

路予悲脑子里嗡了一声,眼前浮现出梦离的脸,还有她怀抱孩子、看着孩子时那种难以言说的温柔。就算已经互不亏欠,他就能够下手杀掉她和她的孩子吗?他想起自己对她说过,要她好好活下去,现在却不得不亲手结束她的生命吗?

心烦意乱之际,路予悲还在不断接近特使舰队。对方似乎也发现了他的动向,加快了撤离速度,同时布开防御阵型。大约6分钟后,双方就将真刀真枪地开火了。无论是什么结果,都将进一步影响到六星宇宙的未来。

"路予悲,你不能杀死他们!"初暮雪真的怕了,她知道路予悲如果不顾性命,确实有能力和墨渊龙同归于尽,"至少方-夏梦离和她的孩子是无辜的!"

"无辜?"路予悲已经陷入了新一轮疯狂,厉声说道,"你告诉我,什么叫无辜,谁又是罪有应得的?我爸爸有罪吗,我妹妹不是无辜的吗?战争牵连的平民百姓还少吗?既然他们母子在那艘舰上,就代表他们选择和墨渊龙在一起,也就应该有和他死在一起的觉悟!"

"孩子呢,孩子有什么选择?"初暮雪喊道,"孩子有什么觉悟?"

"对不起,我没办法想那么多,我真的没办法。"路予悲痛苦地摇着头,不知道是在对初暮雪道歉,还是对那个孩子,"就让我任性一次，让我错一次吧！犯下罪行也好，死在这里也好，我实在不能就这样放他们走！他们害死了我爸爸！"他必须喊出这句话，让自己硬起心肠。六星之主，宽恕我等。

"那就试试跟他们交涉，威胁他们，逼他们留下。"初暮雪说完，自己都觉得可笑，墨渊龙绝不可能束手就擒。如果杀掉他的所有护卫，引发的灾难也同样巨大。而且这比拼死消灭墨渊龙的旗舰要难得多，就算是路予悲也绝无做到的可能。

路予悲自然也明白这一点，根本没有理会初暮雪的提议。双方的战斗准备都已就绪，距离第一波交火还有5分钟。

他已经有了求死的想法，很难阻止了。初暮雪痛苦地闭上眼睛，心里突然闪过一个念头：他为什么没有切断和我的通话？他完全可以屏蔽我。是了，他心里还有一部分希望我能阻拦他！我不能放弃，一定还有办法，我绝对不能放弃他……

初暮雪突然语气一变，"我不能让你死在这里，你对我来说还有用处。路予悲，你看着我，看着我的眼睛！"

通话影像中，初暮雪关掉了智心瞳，露出那双被诅咒的眼睛。

路予悲犹豫了一下，还是选择直视那琉璃般的双眼。

如果我回避她的眼睛，不敢听她的话语，说明我根本不够坚决。那样的话，即使冲过去也无法干掉墨渊龙，只会送了性命。

"反正你要去赴死，最后的几分钟，再听我说一些事情吧。"初暮雪平静地说，但语速很快，"我一生下来，肝和肾就全都坏死，肺也切除了一边。地幻异血就是这样，从一出生就直面死亡。你知道我是怎么活下来的吗？全靠幻星的医疗技术给我置换人造器官。前三个月我活在一大堆仪器和管子中间，六个月的时候手术全部完成，但那些人造器官不会随我长大，所以每过三个月就要全部更换一次。你能想象那是怎样的生活吗？四岁之后好一些，半年更换一次，八岁之后一年一换。就算到了现在，也要五年一换。全靠阿婆的钱，我才能苟活到今天。每次换器官的大手术，都有20%左右的死亡风险。你现在知道地幻异血为什么这么少见了吧。"

路予悲听得呆了，初暮雪的命运竟然如此悲惨，她所承受的痛苦和恐惧实在难以想象。

初暮雪的双眼柔和下来，声音如泉水叮咚："而且我还有精神问题，孤僻、抑郁，小时候我根本没法和人正常交流。当然还有暴力，一冲动就会进入精神误区，伤害身边的人。知道吗，我六岁时差点挖出同学的眼睛，八岁那年险些把耀云……昨天在使馆里，你也看到了，体力消耗太大，药物效果减弱，于是就……所以大家都说地幻异血是疯子，会给周围的人带来灾难，也是不无道理的。"

她停顿了一会儿，继续说道："后来我摸索出一种方法，除了吃药，还要想办法发泄过剩的狂躁，所以才开始练习格斗。前几年我几乎每天都和耀云对练，也经常伤到他，但确实没有进过误区了。耀云总说自己像是我的玩具，迟早会死在我手里。他讨厌我，甚至恨我，我不怪他。后来你来了，我才放过他。"

路予悲终于明白，为什么初暮雪肯教他格斗，还那么轻易地让他住进家里。从他后来的经历来看，确实像是某种玩具，被初暮雪打得遍体鳞伤。但他竟奇迹般地挺了下来，并把那些伤害都转化为自己的成长。

初暮雪有生以来第一次对别人倾诉内心，明明带着笑容，却像是在哭诉："耀云骂我是怪物，我没法否认。我这副样子还算是个人吗？每天都要吃很多药，抵消人造器官的不良反应，还有控血剂，打完之后很疼很疼……下一次换器官的大手术就在明年，这次也许真的会死吧？其实死了也好，活着也是行尸走肉，不敢交朋友，不敢付出感情，更不敢想什么未来，死了也是种解脱。记得吗，我说过每个人都有害怕死亡的'心枷'，会限制潜力的发挥。我早就打破了'心枷'，是因为我已经直面死亡很多年了。这就是地幻异血，菲罗尼尔，被诅咒的星星。"

"我明白……"路予悲清醒了一些，发现自己已经减慢了速度，不知道是为了听她诉说，还是有别的原因，"我明白你的痛苦。但是……现在的我，如果不发泄出来，不替爸爸报仇，我……我可能会疯掉……我没办法活下去。对，就像你一样，也变成行尸走肉！那样活着还有什么意思？"

"这方面我比你有经验，人只要想活着，总能找到活下去的理由。"

路予悲的大脑一片空白。一边是冲动、复仇和死亡，另一边是理智、屈辱而苟活——人不走到这一步，谁也不知道自己会作何选择。

"如果你已经决定了向前冲，那就去吧，我和你一起面对。"初暮雪静静地看着他。

路予悲这才发现，初暮雪的旗舰竟然一直跟在他后面，虽然被他甩得越来越远，但是照这样下去，初暮雪无疑也会卷入战团，只是比他晚一些。

"你这是干什么，不要跟过来，我命令你回去！"

"有我和尼克在，你也许不会死。"初暮雪温柔又坚定地说。

"你……如果你也开火……"路予悲知道自己一旦开火，

固然死多活少，但就算侥幸生还，军人生涯也必然宣告结束，还会受到军事法庭审判，坐牢在所难免，时间长短取决于他造成的伤害。而初暮雪明知是这种结果，还要跟上来，和他冒同样的风险，背负同样的罪责，这不是太傻了吗？

"你为什么……"路予悲说不下去了。

"喂，你记不记得，全明星赛的时候，我问你，为什么你从没想过会输给穆托，为什么你这么乐观，你是怎么回答的？"

路予悲当然记得，他当时的回答是：因为有你在啊。那句话看似轻描淡写，其实说出来的时候，他也心跳加速，偷偷观察着初暮雪的反应，大有顽皮男生欺负一下老实女孩的快感。

此刻，初暮雪那双无色的双眼注视着他："现在我也想说，如果我能活下去，能带着这副破破烂烂的、怪物一样的身体活下去，也是因为有你在。只有你不怕我，愿意靠近我、听我说话，还无条件信任我，甚至崇拜我。记得吗，你对我献出友谊，我接受了，那是对我来说非常神圣的一刻。我从没想过能得到这么多……从没想过……"

"别……别这么说。"路予悲摇着头，明显感觉到心脏的位置开始一下一下抽痛。"我也从没想过……能得到这么多。"

初暮雪坚持把话说完："从那之后，我越来越想要活下去了。真可笑，竟然连'心枷'都回来了一些。如果你死了，我去哪里找下一个路予悲？"

路予悲明白，初暮雪已经把他们两人的未来绑定在了一起。这份情谊、这份信任，他可以就这样抛弃掉吗？如果他一意孤行，走向毁灭，也许自己的内心会得到一些安慰和解脱，但又毫无疑问地给身边的人带来了新的灾难。

爸爸，到底怎样做才是对的？我不想放走眼前的敌人，他们应该为您的牺牲付出代价！但我又不能杀死无辜的孩子，更不想丢下予恕，丢下初暮雪，还有所有关心我的朋友。没有人告诉我怎样才是正确的。我只能自己做决定。如果我做错了，等我去另一个世界见您的时候，您再骂我吧。

路予悲不记得自己做过什么操作，但十三艘前锋舰在冲入敌方射程之前做了最后一次转向。

初暮雪欣慰地松了一口气，她终于把路予悲从愤怒与冲动之中拉了回来。她的力量源于真实，这是印无秘教会她的。一滴滴泪水不知何时飘散在零重力的空中，与洁白的双眸交相辉映，闪烁着真实的光芒。她有多少年没有流过泪了？她吸了吸鼻子，操纵旗舰转向，和路予悲一起默默地返航。之后的一个多小时里，路予悲关闭了所有通信，沉浸在失去父亲且妹妹生死不明的巨大悲痛中，初暮雪体贴地没有打扰他。

直到这个时候，路予悲才感觉到身上多处伤口的疼痛，小臂疼得像要断掉。迟到的疲惫感随之而来，他已经好几天没能好好休息了。

终于，路予悲又接通了初暮雪，似乎好不容易才平复下心情："雪姐。"

"嗯？"

他突然哽住了，不知道该感谢她，还是该责备，或是同情她的遭遇，还是倾诉自己的煎熬？他眼前闪回和初暮雪一起经历的种种，这一路走来，哪怕少发生一件事，哪怕少一次考验或者少渡过一次难关，少跳一次舞、少喝一杯咖啡、少说一句话，初暮雪刚才也不会跟在他后面，对他说出那样一番话，竟真的把他劝了回来。奇怪，他们明明只认识了一年多，为什么感觉像是过了一辈子？最后，他只说出一句："唉，算了。"

"嗯。"

躺在急救飞车的病床上，路予恕眼神涣散，身体僵硬，如同一具小小的尸体。她背上的伤口已经敷上生物药水，做过紧急包扎，因为伤及肺部，医生给她注射了止痛麻药。左边脸上的伤口也经过简单的处理，鼻子和嘴上罩着氧气罩，全身虚弱无力，连睁着眼睛都觉得疲倦。她的大脑一片空白，伤口传来的痛楚与心里的剧痛相比不值一提。

克萨坐在她身边，脸上的表情异常淡定，耳朵上却没有戴副官。

"我知道你很难受，但是事已至此，人死不能复生。"

路予恕朝他投去无力的一瞥，除此之外没有别的反应。麻药虽然没有令她睡去，但也降低了她的反应能力。她不言不语，不哭不叫，心里既痛且悔，甚至奢望着用自己的生命换回父亲。就连克萨的安全归来，也没能让她的情况有所好转。

但克萨的下一句话完全出乎她的意料。

"我是来向你告别的。"克萨看着她说。

她看向克萨，几乎连表示疑问的力气都没有。

"我的任务完成了，所以要走了。走之前，我想尽量委婉地跟你说清楚，但恐怕没法委婉，只能干脆地告诉你——"

路予恕呆呆地望着他，眼神一片混沌。

"——我是星河陪审团的一员。"

路予恕的眉毛动了一下，但仅此而已。一定是麻药的关系。她心里暗想：出现了奇怪的幻觉。

"准确地说,我是这次行动的统领,加纳是我的手下,还有两名情报特工潜伏在诺林市。加纳的每次行动,都是我策划的。"克萨的语气毫无波澜,就像在陈述一件再寻常不过的事。

路予恕似乎听懂了他在说什么,又似乎没懂。她这辈子还没有像现在这样迷茫过。

"其实我们的目标不是你们两个。你没发现吗,你们两个被加纳袭击的时候,都戴着希儿。没错,希儿才是我们的目标。之所以也要抓你们两个,只是为了逼你哥哥交出希儿的至高主权。"

在目睹父亲死亡之后,路予恕本以为自己不会更加伤心了,但此刻听了克萨的话,胸口像是被刺进了第二把尖刀。

"所以我来到你身边,就是为了得到希儿。别误会,初老太太完全不知情,是我利用了她。我不喜欢太粗鲁的手段,所以争取得到你的信任。这比我想象得还容易。只用了半年时间,你就主动把希儿给了我,至高主权也到手了。当时我的任务就已经完成了,其实可以一走了之,但是我对你产生了一点儿兴趣,想看看你还能做出什么。反正目标已经到手,我也就不急着走了。我甚至安排加纳跟我演了场戏,这样你就完全不会怀疑我了。"

克萨的语气并无得意,只有无情的冰冷。

"你大概想问,为什么我费了这么多事,只为了得到希儿?还是直接告诉你吧,希儿是你妈妈沐庭香博士成功开发出的超智生命,全六星仅此一个。早在七年前,沐博士就有如此成就,真是令人敬佩。七年之后的今天,也没人能赶得上她。时悟尽自以为做到了,实际上只做出了一些半成品。真正的超智生命和人类一样有独立思想,计算能力又远超人类。

"你大概觉得我在开玩笑,希儿如果真的是超智生命,为什么她一直没告诉你们?"克萨解释道,"以你的头脑应该不难想到,希儿也是为了你们好。一旦你们持有超智生命的消息传开,无穷的麻烦就会找上你们,就不只是陪审团一家了。她对你们兄妹没什么感情,但是对沐庭香的感情极深,所以爱屋及乌,不想让你们受到伤害。我今天没带她来跟你道别,也是她自己提出的。真是个多愁善感的家伙。至于沐博士,可能想得更多更远,她直到死去都没有让任何人知道她的非凡成就。

"七年前沐庭香去世之后,她的遗物都被恒国国防科技部收回,检查之后没有发现异常。但是直到几年后,在你们逃亡之前不久,才有人通过一些蛛丝马迹分析出了沐庭香在超智生命的研究方面很可能有过重大突破。这个情报没有扩散开,知道的人非常少。等到国防部正式研究对策的时候,你们已经跑掉了。

"我的雇主也知道这些事,他做了一个猜测,如果沐庭香真的藏起了超智生命,可能就藏在她儿子的智心副官上,所以派我来确认。我拿到希儿之后,也研究了很长时间,都没办法确定她到底是不是超智生命。这就是有趣的地方,智心想伪装成超智是不可能的,但超智想要伪装成智心,自然能滴水不漏。所以我一度绝望,可能永远无法得到真相。就算我拿走希儿交给雇主,挫败感也会一直伴随我。幸亏路予悲去错了地方,你又想出了模拟战和营救同步进行的策略,我才终于有了最好的验证机会。我微调了战术,把希儿逼到别无选择,如果她继续隐藏,路予悲就完了。结果她果然选择拯救路予悲,不惜在我面前暴露实力。

"你知道我们是怎样打败墨渊龙的吗?我之前对你说,我改良过的副官至少可以拖住他们半个小时,那是骗你的。要知道,对面有五个高手,再加两个智心副官,其中一个还是试作型超智副官。老实说,就算路予悲没走,我们几个也根本打不过。但是希儿认真起来就不一样了。她的实力深不见底,连我也不知道上限有多高,只知道她一个人随意玩弄墨渊龙小队。我什么都没做,全程都在看她表演,而她还有不少余力。这就是超智生命被称为终极兵器的原因。至于我后来是怎么逃出来的,其实根本不用逃,我只需亮出身份,墨渊龙自然只能放了我,因为我们是一个阵营的。

"现在超智生命的存在已经暴露,墨渊龙知道,初耀云也知道,夏平殇恐怕也推测出来了,消息很快会传开。也许现在,七大星族的统治者都已经在焦头烂额地开会了,十二路宇宙海盗也会出手抢夺。看着吧,整个六星系的格局都将因此而改变。哦对了,你的盟战沙盘28号,其实都是希儿一个人的表演。说起来,她对你父亲的预测又成真了。她还把卡维尔完全吸收了,也许还会继续进化吧,最后能变成什么样子,连我也想象不出。"

克萨俯下身,近距离直视路予恕的双眼:"其实我帮了你这么多,拿走希儿也不算过分吧。对了,是你哥哥自愿把希儿的至高主权交给我的,从法律上说,我不算偷也不算抢。至于陪审团的事,如果我现在改口,你们也没有任何证据。"

路予恕与克萨近距离对视,相距不超过一尺。男人红黑色的头发正如他们第一次见面时那样卷卷的,似乎稍长了一些。

"你想问我为什么会加入陪审团?"克萨读出了她的想法,坐回椅子上,沉默了好一会儿。

"我告诉过你,我太太因为未知恐惧症而自杀。还有些细节我没说。你真的想听吗?啊,我差点儿忘了,你的好奇心一向很强,总是想打探我的过去。我一度以为会被你看出破绽。"克萨的双眼因为回忆而变得阴郁，再怎么说，他依然是人类，"在她最后的时刻，未知恐惧症已经彻底失控，她开始对死亡感到好奇，而且一发不可收。她陷入了疯狂，必须要知道死亡的秘密，才能摆脱生不如死的煎熬。但她又不想死去，因为不想离开我。你能想象得到那种折磨吗？不，你不能。

"那是两种矛盾的念头，根本无可解救。为了了解死亡的整个过程，她服下一种慢性毒药，然后开始痛苦地挣扎。我一直在旁边陪着她。她向我倾诉她有多爱我，不想离开我，又告诉我她现在对死亡有了新的了解，从中竟然能得到一些欢喜。她也会说她有多么不想死去，但又无法忍受那种恐惧的折磨。她痛得甚至抓伤了我的脸，伤得很重。她本来最爱我的脸……"他怔怔地凝视着空气，短暂地陷入回忆。

"她原本要受三个小时多的折磨才会死去，但是刚过一个小时，我便亲手杀了她，让她解脱了。是的，厄姆说的没错。我记不清是如何下手的了。"

克萨停顿了很久，似乎陷入了许多种混乱的情绪。

"她在死前反复念叨着一个词：宇宙恶意。但我不明白那是什么意思。我甚至想自己也患上未知恐惧症就好了。后来，初六海帮我打赢了官司，免了几年牢狱。之后我离开新星，在六星之间游荡，想寻找一个答案，这一切残酷和苦难到底是怎么回事？她所说的'宇宙恶意'又是什么？最终，是星河陪审团给了我答案。我不妨告诉你，当作临别的礼物——宇宙是一个充满恶意的试验场，就是要看看它怀抱中的生灵能承受多大的痛苦，而所谓的幸福，只不过是一种偶尔的安慰，让我们不至于太快死去。而最可笑的是，对那个主宰来说，试验结果其实并不重要。哈哈哈,是不是很好笑?一件不重要的小事而已。"

"在你们眼中,星河陪审团是宇宙海盗,是犯罪者。其实不是的。他们其实是最公正的旁观者,他们观测到六大行星上的痛苦之熵,所做的一切都是为了平衡这种熵,这才是平等的真谛。"克萨站起身,"对我来说,快乐和痛苦已无分别,幸福和不幸,都只不过是宇宙恶意的不同投影罢了。我就说这么多,你这么聪明,剩下的你自己也能想得出来。但我希望你忘掉这些,那样会活得比较轻松。还是说,你希望我亲手杀掉你,让你解脱,就像杀掉她那样?"

克萨和路予恕对视了一会儿,看到了答案:"没想到你的求生欲这么强。好吧,我不杀你。最后劝你一句,你应该彻底忘了我这个人,还有我做的事,就当我从来没存在过。这样对你来说比较好。"

说完最后一句话,克萨的表情突然变得困惑,但只有一瞬间,就恢复了平日波澜不惊的样子。

他通过电耳让司机把飞车临时降落在一座楼顶的停车坪,随即打开车门。

看到他真的要走,本已心如死灰、泪流满面的路予恕突然清醒了一瞬间,并产生了一种不理智的冲动:她已经失去了父亲,不能再失去他。她第一次也是最后一次发自内心地向他祈求:"米迪……不要走……"

虽然只说了五个字,但克萨已经明白了她颤抖的声音想要表达的意思,到目前为止,他并没有真正造成什么恶果,加纳也已死亡,只要他回头,一切都还能补救。

克萨背对着她,摇摇头,走了。

48

路高阙在第六星被时悟尽派去的刺客悍然杀害。这个消息如太阳粒子风暴般无形地席卷整个六星宇宙。印无秘惨案造成的余波还未平息，时悟尽这次又确实地践踏了六星道德公约，即六星宇宙共同道德底线和基本政治原则。一夜之间，愤怒如地火般在每个有人的地方喷涌而出，矛头都指向地星联合战线的盟主时悟尽。

有愤慨之士称这是六星宇宙最黑暗的一天，也许略有夸张。更多的有识之士则发出呐喊"这样的事为何会发生？""跨星暗杀与不宣而战有何区别？"幻星著名社会学家托乔指出："如果允许这样践踏生命，我们也许高看了自己与动物的差异。"

托乔在他的著作《一年暗战的演化与思考》中这样记载这一时期："……大恒帝国内部的反地联运动达到前所未有的高涨和团结，以晁八方领导的龙吟阁残部为首，逝水盟、万星天图和春秋会紧随其后，宇内一心会和高尚者同盟等盟会的高层也纷纷与龙吟阁重修旧好，共同发表声讨地联宣言。消失了一年多的曲犹怜女士也终于再次现身，列举了时悟尽的十条重大罪状，要把他送上法庭。内外阁所有非地联成员也纷纷表态与时悟尽划清界限，与路高阙事件撇清关系，东西两院的态度也高度一致。龙女神教、六星教、四方神教等大宗教也纷纷发声，坚决反对地星联合战线和时悟尽。工商界和学界也不甘示弱，对时悟尽的口诛笔伐如雪花般漫天飞舞。甚至蛰伏了几十年的反帝制组织无上平原也借机大力宣扬彻底废除先皇符号和贵族制度的理念。在这种声势下，最为拥护时悟尽的基石集团也不得不倒戈，民宪研究会甚至宣布旗下工人全体罢工，直到路高阙事件妥善解决。人们这才看清，称得上时悟尽坚定信徒的其实只是很少一部分人。

而在大恒帝国之外，时悟尽面临的麻烦更多。路高阙事件发生后，本已答应与大恒帝国共进退的伊甸国宣布脱离地星联盟，伊甸国的附属小国也纷纷退出，大恒帝国顿时孤掌难鸣，独木难支。地星之外的反响更为剧烈。因为时悟尽践踏六星道德公约的行为，幻星圣都奥莱卡宣布将向地幻宙界增派舰队，天芒星诸国通过了出动黑翼联军的法案，摩多尔星的反应虽不激烈，但也和幻星、天芒星一样，撤回了在地星的所有使节。凡星早已从乌引星撤军，此时各国纷纷宣布和时大人签订的盟约作废。大恒帝国由此几乎沦为六星公敌。最后的一击，是帝国太空军副司令杨将军弹劾总司令樊将军，声称握有他被星际安全委员会长期贿赂的证据。樊将军的哥哥，前国防部副部长樊子爵已经畏罪潜逃。至此，时悟尽内阁在上台一年之后，便落到了山穷水尽的地步……"

"路教授的死是有价值的。"初暮雪多次这样安慰路予悲。

正如她所说，在重重压力之下，早已外强中干的大恒帝国既无力镇压内乱，更难以平息外忧，金融市场哀鸿遍野，执节秘警暴死街头。地联宣传总长言霖霖也无力控制舆论，其本人甚至也有生命危险，只好躲在家中终日不出。终于，一向高傲的时悟尽内阁也不得不做出妥协。时悟尽做出的第一波回应，先是声泪俱下地缅怀路高阙教授，指出自己和路高阙都是历史学家古去忧教授的弟子。他痛斥杀害路高阙的凶手方-夏世然，称其为十恶不赦的疯子，坚决否认自己指使他行刺的说法。并对本已风雨飘摇的方-夏家族进行了新一轮严厉制裁，褫夺方-夏公爵的公爵封号、领地和俸禄，贬为庶民。特使墨渊龙也要为路高阙的死负责，墨渊龙的父亲墨伯爵被贬为男爵，剥夺不管部部长和安全局局长等职位，停发三年俸禄。这些举措险些引起更猛烈的暴动，因为所有人都知道方-夏世然在杀死路高阙之前高呼"为了时悟尽""为了地星联合战线"，而且有清晰的影像记录。所以时悟尽很明显是用方-夏家族和墨家族当替罪羊来愚弄人民，自然会激起更大的不满。

很快，时悟尽做出了补救，宣布解散饱受争议的星际安全委员会，并重组内阁，将启用龙吟四杰中仅剩的两位——晁八方和曲犹怜入阁担任内阁重臣；经济上制裁地星联合战线，给予龙吟阁和逝水盟等白派盟会旗下的集团企业多重政策倾斜。时悟尽本人也卸任首相职务，只保留军务大臣一职，同时散尽家财，尽力弥补国家损失。

但这样的自我制裁依然无法令反地联的各界人士满意。晁八方发表讲话，提出十点要求，其中最重要的五点是：要求时悟尽辞去所有职务，十年内不得从政；内外阁地联战线联盟成员全部辞职，五年内不得从政；追封路高阙公爵爵位，子女世袭；待墨渊龙特使回国后，移交最高法院，以教唆杀人罪审判；星际安全委员会中的多位委员也必须接受审判，并启动对太空军樊司令的调查程序。

当天晚些时分，时悟尽前往晁八方府邸，二人进行了一场不对外公开的私人谈判。之后他发表公开讲话，表示双方已经达成一致。时悟尽接受晁八方的十点要求，但细节上稍作修改：将时悟尽的从政禁令缩短至五年，内外阁地联成员的从政禁令缩短至三年。最后他强调，地联战线联盟执政的十三个月来，始终把大恒帝国的利益放在首位，把地星人的安全放在首位，他所做的一切绝非穷兵黩武，而是为了地星在六星宇宙的生存而做出的必要努力。

"总有一天，你们会发现我才是对的。也许那一天不远了。"时悟尽最后的话也引起了不小的反响。虽然反地联运动达到顶峰，但支持时悟尽和地联的黑派人士还有不少，只是换成他们暂时蛰伏而已。正是因为有这样的基础，时悟尽才执意保留了五年后重返政坛的可能。

内阁的交接工作随即展开，全部完成交接还需要一段时间。最先敲定的是晁八方入阁，并且直接出任首相，曲犹怜出任法务大臣兼首席大法官，并有权指定新的司法部长。部分白派保守人士对此表示担忧，虽然晁八方有担任外阁西院议员的经历，但公众对他的印象还是一个富可敌国的商人，执政能力堪忧。但晁八方一年多来坚守龙吟阁，在最艰难的岁月里坚持与时悟尽对抗，其功劳和苦劳全六星都有目共睹，冒的风险和做出的牺牲仅次于印无秘和路高阙。现在时悟尽终于倒台，龙吟阁厥功甚伟，既然印、路二人都已离世，自然没有人比晁八方更有资格取代时悟尽，登上首相宝座。况且财政大臣商易水女公爵也公开表示支持晁八方，这才平息了穹顶集团的不满。

晁八方还未上任，便马上宣布了一系列内阁任命，原本被时悟尽边缘化的医疗与卫生大臣古公爵重新担任内政大臣。古公爵也发表声明，宣布加入龙吟阁，并将鼎力辅佐晁八方首相。他也是第一位加入盟会的大贵族，接着包括商公爵在内的三位老内阁贵族大臣也照此办理，让保守派们闭了嘴。至此，地星联合战线对大恒帝国为期一年的统治宣告结束，晁八方、商公爵和古公爵向公众承诺会尽快让大恒帝国回归正轨。下次外阁西院选举将在两个月后举行，将进一步削弱黑派残余势力。

曲犹怜也宣布，最高法院已启动对地联副盟主闻阅的调查，他将面临至少十八项指控。

听到这些消息后，初暮雪对路予悲说："可以说，是路教授用生命推翻了地联，拯救了恒国。"

路予悲轻轻摇了摇头，强忍内心的痛苦："就算再多十倍、百倍的价值，我也宁愿爸爸活着。"

令人意外的是，幻星圣都奥莱卡的真言塔警示：恒国的政治变革无疑使盟战时代翻开了新的一页，但并不代表着大规模盟战的终结。但可想而知，这一宣言并未在民心大振的恒国引起多大反响。

此时已是路高阙死后的第三天，盛大的葬礼在第六星首都诺林市举行。七大星族都有很多人自发赶来为他送行，从议会成员到平民百姓，从盟会高层到学术精英，偌大的广场上一时间人山人海。就连深居地下，一向与世隔绝的多尔人都派来了几位残人长老，向路高阙的遗体致以敬意。

葬礼由廉施君主持，他当场宣布这片刚刚落成的地星文化广场命名为高阙纪念广场，以缅怀路高阙的功绩，赢得了在场所有人经久不息的掌声。

随后他激烈痛斥杀害路高阙的凶手及其幕后主使时悟尽，又介绍了路高阙生平的学术贡献、社会贡献和政治贡献，最后概括为一句话："路高阙不仅是龙吟君子，大恒正气，更是六星君子，六星正气。"

恒国新任内阁自然也要大大地表示，驻第六星大使夏炎焱正是夏平殇的父亲，他代表恒国新任首相晁八方，宣读了致路高阙教授的悼词。新内阁洗清了时悟尽内阁强加给路高阙的所有罪名，追封路高阙公爵爵位，子女世袭。此外还在中都人文大学开设高阙讲堂，培养更多有理想有勇气的年轻人。还有更多表彰、歌颂和溢美之词自不必说。同时恒国也提醒世人铭记印无秘的功绩，在这场艰苦的战斗中，他和路高阙同样伟大。

路予悲和路予恕都在葬礼现场，穿着黑色礼服，呆呆地坐在最前排，凝望着父亲略显苍老的遗容。路予恕的礼服下还缠着绷带，消瘦的左颊贴着医用胶，脸色灰白，鬓发凌乱，那副泫然欲泣的表情足以让所有人献出最大程度的同情。路予悲不时轻拍妹妹的背，知道这次她不是装出这副样子来博取同情，在父亲的死和克萨的背叛双重打击下，她内心的敏感和脆弱再也无法掩饰在高墙之后。这两天来她不说不笑，不吃不睡，只是睁着眼睛呆呆地望着某处。无论路予悲如何安慰劝说，她都没有丝毫反应。路予悲知道妹妹心里的一部分也随着父亲一起死去了，仅剩的生命火苗也几乎被克萨一脚踩熄。他心疼妹妹，自己也痛苦不已，但也只能咬着牙撑下去，操办父亲的后事。对他来说，这两天简直比在恒国使馆被训狗器虐待的那天还要煎熬。在没人看到的时候，他也常常暗自流泪。

　　还好有初暮雪一直陪在他身边，帮他处理各种大小事务。两天来初暮雪家门庭若市，新星各路位高权重的人士都赶来见路予悲，包括新星议长、各位部长和诺林市长，德米尔院长和卡契拉中将一前来致哀，赫教授也与和平大学校长和董事长一起前来，追授路高阙为和平大学荣誉教授。当然还有星元统合会、伊弥塔尔等盟会的高层。有一位来自启示者盟会的年轻女孩，自称是晁八方的外孙女，恳请路予悲也加入他们。心力交瘁的路予悲麻木地向每个人致谢，然后由初暮雪主持种种应酬活动。

　　"对不起。"路予悲恢复精神后，第一时间向德米尔院长道歉，"我父亲没有乘坐白鲸号，我向您隐瞒了这一点。您要怎样处罚我都行。"

　　德米尔院长盯着他看了良久，终于说道："那场会谈是一场私人谈话，不是军官会议，所以你有隐瞒的权力。而且如果我没有记错的话，你也没有说过你父亲在目标舰上，所以也不算欺骗。我不会惩罚你。"

　　"对不起。"路予悲再次道歉。

　　"而且不妨告诉你，幸亏你隐瞒了真相。"德米尔院长的面色有些凝重，"会谈的内容后来还是被情报部长拿到了，又传给了星际警局。墨渊龙的行动比预计快了不少，就是因为这个。"

　　路予悲惊得睁大了眼睛，那么私密的一场通话竟然都能被监听，或者是……某个与会者泄漏出去的？他没有问，但德米尔院长主动说道："你最好不要深入追究这件事。我只是想告诉你，你们没有盲目地信任我们这些老家伙，是很明智的选择。"

廉施君发言结束后，现场人群的掌声把路予悲的思绪拉回眼前的葬礼。之后议长也上台说了些什么，但路予悲根本没听清内容。葬礼的最后阶段，路高阙的灵柩被抬上黑色飞车运往太空港，路家兄妹也在车上送父亲最后一程。路予恕终于有了些反应，一连串大颗的眼泪滴在父亲的黑色礼服上和苍白的手上，最后她大声痛哭起来。路予悲一边安慰妹妹，一边含泪望着父亲。回想妈妈去世的时候，兄妹俩都泣不成声，父亲一言不发，安慰他们的是姐姐路予慈。而现在父亲也走了，姐姐又不在，他必须承担起一家之主的角色。姐姐现在在哪儿，在做着什么，她可知道爸爸已经和妈妈团聚了吗？

抵达太空港后，路高阙的遗体被转移到特制的无人升空舰上，进入太空之后按照事先计算好的轨道一路向太阳飞去，直到与太阳融为一体，这是六星宇宙最高规格的日葬。

目送升空舰消失在云端之后，两天没合眼的路予恕终于昏睡了过去。

路予悲带着睡着的妹妹回到了初暮雪家。安顿好妹妹之后，他又马上动身去往军队医院，第三次看望唐未语。唐老板正陪在女儿的病床边，见路予悲进来，给了他怨毒的一瞥。在唐未语的坚持下，唐老板才不情不愿地暂时离开，留下他们二人说话。

"老板他……很疼你。"路予悲有些尴尬地说。他注意到唐老板胳膊上的砂液通道不见了，想必是戒掉了电幻瘾。他由衷地替老板和唐未语感到欣慰。

唐未语静静地靠在枕头上，沉默了一会儿才开口："你不用每天都来。"这话她昨天也说过，还有前天。

路予悲看着唐末语，即使躺在病床上，穿着朴素的住院服，她依旧明艳动人。美丽的长发打理得十分顺滑，脸色也比昨天更红润了一些。

"是我指挥不力，才害你受这么重的伤。"路予悲在床边的沙发上坐下，不知第几次表达歉意，"我很抱歉。"

"不是你的错。"唐末语也不知第几次这样回答。

在那场战斗中，唐末语的数据舰被加纳的蓝锂石武器击中，所有机能停摆，撞上了一艘护卫舰导致舰身破损。在梅尔迪莎赶来救援之前，她已经在缺氧和失压环境中困了几分钟，好在没有冻伤。回到军事基地后，医院诊断的结果是肺部受损，全身多处皮下血管破裂，耳膜受损，以及轻微的眼底出血，部分视神经和运动神经也受到不可逆的损伤。这些伤势虽不致命，但无疑会影响她未来的表现和在军队中的前途。

"我不会让他们开除你的。"路予悲坚定地说。他听格里娜教官说过，如果医院最终确认唐末语不能再胜任军官的职位，军院会让她改走文职路线。

唐末语摇了摇头："不是开除我，文职也是军人，也可以升到高层，立下功勋。说起来，你凭什么觉得你能管得了这件事？"

路予悲哑口无言。虽然他和德米尔院长有过不少私下接触，甚至和卡契拉中将面谈过，但他没有天真到以为自己能影响军院和军队的决策。

"听说初耀云替我报了仇。"唐末语抬起头看着天花板，"但是卡卡库给我讲过详细过程，还是你的功劳更大。"

路予悲摇了摇头，他根本不在意这件事，现在满脑子想的都是怎么能让唐末语留在军院，继续发挥她的才能。

唐未语轻轻拢了下红发，突然笑了一下，对路予悲说："别板着脸了。告诉你吧，其实我在考虑退役。"

"什么，退役？"路予悲吃了一惊。

"有后勤教官专门来跟我沟通过，如果我现在选择退役，可以算作因战致伤退役。而且因为讨伐陪审团有功，化解了黑翼危机，所以能领到一大笔抚恤金，每个月还能领取安置补助，医疗保险也是按照退休军官标准——而且是中尉哦，不是少尉。换句话说，下半辈子有政府养我，说不上富贵，但至少吃穿不愁啦。"

看着她故作轻松的样子，路予悲却只觉得惋惜和心痛："可是你的天赋……就这样被浪费了？你是天生的数据官，又有司令官的功底，毕业之后一定能在军队里有一番作为，何止中尉，你有当将军的实力，怎么能……"

"那你要我怎么办？"唐未语用颤抖的声音打断他，"我的反应速度变慢了，瞳速更是差得厉害……我自己能感觉得到。手指也不够灵活，还时不时会抽动。"她呆呆地看着自己细长秀美的十指，"就算我赖在学院里，熬到毕业，进入文职系统，也再不是从前的那个唐未语了！"她的声音越来越大，几乎变成了喊叫。

"再不是从前的那个唐未语了"这句话字字如针，一根根刺进路予悲心里。他的自责和内疚又被激起，有太多的话想说，但找不出一句可以真正安慰她的话。唐未语双眼含泪的样子实在太过惹人怜爱，路予悲原本可以直视她的双眼，现在却不敢了。

终于，路予悲找回了自己的声音："无论你决定怎么做，我都会无条件帮你。"

"要怎么说你才能明白，你不欠我什么，不需要对我负责。"唐未语话一出口，不禁脸红了一下，但很快又恢复正常，

"我是军人,在战斗中受伤再正常不过了。而你是指挥官,全程指挥非常出色,没有任何可以指责的地方。我没有死在数据舰里,也是多亏你的正确判断,可以说是你救了我。所以你不用这么内疚。每位军官都避免不了手下的士兵受伤或者战死。恒国有句古语:一将功成万骨枯。等你真的成了将军,你内疚得过来吗?这是你必须经历的成长,明白吗?唉,你在战场上是战无不胜的王牌战神,怎么在战场之外这么多愁善感。"

路予悲脸上一红。她说的这些话,路予悲也都想到过,但还是很难心安理得。毕竟这次演习是他和路予恕主张的,为的是救他们的爸爸,而且当时他明知爸爸并不在白鲸号上。

"我知道你在想什么。"唐未语看穿了他的心思,语气又变得严肃起来,"这次演习无论是出于何种目的,毕竟陪审团的威胁是真实的,演习也是军队的决定,不是为了某一个人的私心,而是为了整个新星。我受伤也是为了新星,请你不要擅自剥夺我这份荣耀。"

路予悲猛地抬头看着唐未语。他突然明白了,这个女孩也许不如方-夏梦离温柔,不如初暮雪强悍,但她有着一颗坚强豁达的心,还有不输天罗人的荣誉感。自己的后悔和自责,实在是小看了她。

"告诉你吧,我觉得退役也不错。"唐未语的表情柔和下来,又有些调皮地笑了笑,"还记得我跟你说过,我一直想开一家店吗?早上卖早点,下午卖咖啡,晚上卖酒。"

"中午呢?"路予悲配合地问。

"中午休息啊,浑蛋,你想让我累死吗?"唐未语假装生气,"有了那笔抚恤金和安置补助,我可以自由自在地做这些

329

事。没错,我是很喜欢当数据官,但那并不是我唯一的活法。这次我也算是功成身退了,不如利用这个机会,再试试另一条路,另一种人生。你想想看,有多少人有这种机会?"

路予悲仔细地观察唐未语的表情,确定她不是在自我安慰之后,不得不承认她说的有道理。

"好吧,我明白了。无论你决定怎么做,我都会无条件帮你。"路予悲又重复了一遍刚才的话,只不过态度和立场变了,"作为朋友。"

唐未语也微笑着点了点头,然后又有些伤感地说道:"对了,你爸爸的事我很遗憾。今天的葬礼我也没能参加。请节哀,路教授与群星同在。"

"他与群星同在。"路予悲点点头,又坐了一会儿,站起身来,"谢谢。那我先走了,明天再来看你。"

"不用了。"唐未语摇摇头,"多陪陪你妹妹吧,还有……她。"

路予悲又一次僵住了,他知道唐未语说的是谁,不由得尴尬得全身冒汗。有些话他每次来看望唐未语时都想说出来,但每次又都憋了回去。今天既然唐未语已经开了个头,看来她也不想再拖了,就干脆地把话说清楚吧。

"你知道,我是个胆小的男人,总是小心翼翼地……就像你说的,和战场上完全不一样,多愁善感,不干不脆……"路予悲突然有点儿羡慕初耀云,纵然立场不坚定,但他是个快意恩仇、拿得起放得下的人,想来绝不会有这样的烦恼。仔细想想,问题的根源也许是初耀云不怕伤害别人,而路予悲却极为害怕。烦死了,男人到底应该怎样才对?

见他突然发呆,唐未语只好推他一把:"你有的时候就是太小心了。"

"对,因为我很害怕,如果是我理解错了,一厢情愿地说出一些荒唐的话……就太可笑了。"路予悲结结巴巴地兜着圈子,"总之,如果你对我有一些……你有意……"

"你理解得没错。"唐未语看着自己的双手,目光闪烁不定,"我喜欢你。"

49

路予悲冲好两杯咖啡，递给初暮雪一杯。二人坐在客厅的沙发上，四周环绕海边风光。新星的海是墨绿色的，日光较暗，风景不如地星动人，但别有一番忧郁的美感。

两人沉默无言地喝了一会儿咖啡，路予悲才开口："我好想希儿啊。唉，克萨那浑蛋真该死，竟然把我们全骗过了。"

通过路予恕磕磕巴巴，前言不搭后语的复述，二人知道了克萨叛逃的经过和缘由。

"他本名叫米尔达，克萨是他自己起的名字，在伊甸语里是鹰的意思。"初暮雪说道，"伊甸语表意不精确，多义词很多，'克萨'既是帮伊甸人打猎的猎鹰，也是食腐的秃鹰。"

"希儿怎么会是超智生命呢？"路予悲的疑问中带着伤感，"她跟我朝夕相处这么多年，居然一直瞒着我。还有妈妈也……如果克萨那浑蛋说的是真的，希儿就是妈妈留给我和予恕的宝贵遗物，我竟然一直都不知道……"他沮丧地低下头。

"她们都是为了你好。"初暮雪摘下智心瞳，露出那双无明眼，"我能理解，她们都想让你安稳度过一生，而不是成为六星宇宙你争我抢的焦点。"

"那现在陪审团得到了希儿，成了众矢之的，我岂不是还要感谢克萨？"

"从某种程度上来说，是的。"初暮雪的冰色瞳孔中蕴含怒意，"但他始终是个叛徒，是个浑蛋。我和阿婆也被他骗了。当时你妹妹第一次被袭击之后，克萨主动请缨保护她，谁知道他竟是陪审团的统领。这次的事我们也有责任。"初暮雪向初六海汇报了这件事，初六海让他们暂时不要报警，她去跟新星警方通报。这其中的用意，初暮雪自然清楚。

"而且予恕对他……"路予悲有点儿拿不准，摇了摇头，"这一年来她越来越依赖那家伙，结果现在竟然……唉……"

"依赖？"初暮雪不动声色地反问。路予悲明白她的意思，但是现在二人都不想谈及路予恕的心事。从路予恕的异常表现来看，父亲的死固然在她心上划开一道血淋淋的伤口，克萨的背叛又将其用力撕开。要想完全愈合恐怕需要相当长的时间。

初暮雪若有所思地说："超智副官的消息大概已经传开了，六星宇宙必然会陷入新一波混乱。各大星族，各国政府都想得到这个宝贵的样本，以量产更多超智武器。有人想发动侵略，有人只求自卫，也有人两边都想。时悟尽虽然下台了，但战争恐怕还是会到来，只不过晚几年而已。"

"这么严重？"路予悲还是难以想象，一向温柔灵巧的希儿现在竟成了各国争相抢夺的终极兵器，这也太奇怪了。希儿到底有多强大，能做出什么程度的事情，他暂时也还想象不到。他突然想起，自己曾经多次梦到的银发少女，难道就是希儿？难道她强大到能通过某种方法，进到我的梦里？

初暮雪点了点头:"可知道,议长和那些大人物对你这么好,不只是你父亲的缘故。"

路予悲恍然大悟,随即感觉后背发凉。就算希儿被偷走了,在某些人看来,他这个前拥有者依然有利用价值。可想而知,如果希儿还在他手上,而超智生命的秘密传开,他会有何种遭遇。转念一想,干脆把希儿交给新星议会,不就没有麻烦了?不对,那样一来如果真的爆发战争,生灵涂炭,自己是不是也有责任?会不会有人认为他是为了报复恒国才那样做?

他越想越觉得可怕,渐渐明白了妈妈为什么把足以震动六星的研究成果雪藏起来。同时隐约地觉得,克萨把希儿带走,对他来说不失为一种慈悲。也许……这也是希儿和妈妈所希望的?不行,那家伙伤了予恕的心,我不会原谅他。他如果一开始就告诉我们实话,我们又会怎样做呢?

"不要想那么多了。"初暮雪朝他一笑,无明眼光彩流动,"咖啡都凉了。"

看着她的笑容,路予悲惊觉出她比初识的时候消瘦了一些,但依然美丽。他知道,初暮雪帮自己分担了太多太多,不是一句道谢就能轻易敷衍的。他把杯中的咖啡一饮而尽,确实有点儿凉了。

初暮雪感受着虚拟的海风拂过脸庞,放松地说:"不管怎么说,希儿丢了,陪审团也没有再对付你的理由。也就是说,你现在安全了。"

"加纳死了,陪审团会不会想给他报仇?"路予悲心有余悸地说,这是他第一次在宇宙战场上杀死对手,虽然不是他亲手所杀,但毕竟终结了一条生命,对他的影响相当深远。

初暮雪摇摇头："据我所知，不会。陪审团的行事准则很奇怪，他们的感情和常人不同。而且你别忘了，杀加纳的是我弟弟，陪审团就算要报仇，也是针对他。"

"我没忘。"路予悲抿了抿发干的嘴唇，"他值得你为他骄傲。"

"我不是为他骄傲，他抢走了本属于你的荣誉，我很清楚。"初暮雪说道。

"我不在乎，这个荣誉可以让给他。"路予悲大度地说。如果父亲和妹妹没有出这样的事，他可能还有些心情去争抢所谓的荣誉。

初耀云击杀星河陪审团刺客的耀眼战绩已经在军官学院和军队中传开，甚至新星普通百姓也都有所耳闻。因为这份功劳，军官学院授予他二等功奖章，并提升为少尉。再加上大使馆事件，初耀云一跃成了新星叱咤风云的宠儿，半数男孩想成为他，半数女孩都想成为他的情人——他的外表也足够帅气。很多激进的崇拜者甚至挖出了他和麦迟霜的关系，并大做文章，搞得麦迟霜十分尴尬，甚至收到过恐吓消息。但是初暮雪知道，弟弟根本没想和那个相貌平平而且家境普通的女孩共度一生。

"就算你让给他，他也不会跟你和解，也许永远不会。"初暮雪无奈地说，"他的脾气我太了解了，你要小心点儿。"想到弟弟易怒不易恕，而且骨子里是个傲慢的大地星主义者，初暮雪不禁长叹一声。姐弟二人曾在恒国使馆外恶言相向，现在回想起来，初暮雪相信当时弟弟的极端言论里有一部分是冲动的气话。

路予悲点了点头："至少这次他没有一直站在厄姆那边跟我们作对。这次的事，他的责任还没有我自己的大。"

"我很遗憾。"初暮雪想起方-夏世然最后变成那个样子，自己也负有责任。路予悲叹了口气，二人无言地神伤了好一会儿。

"厄姆也被踢出警局了，这倒是大快人心。"初暮雪说道。随着时悟尽和地联的倒台，新星政坛也发生了地震，亲恒派遭到重创。首当其冲的就是厄姆，因为私下与墨渊龙勾结，遭到停职处分，云景成为新的外警一组组长。议会中的变动更多，情报部长被罢免，由国防部副部长接任，这位副部长是凡星人，也是初六海一手培养的心腹，所以其中的意味不言而喻。议会中其他职位也有不少变动，各盟会议席数量也将在下次选举时看出变化。总之经此一役，伊弥塔尔遭到削弱，星元统合会成为新星毫无争议的第一大盟会。另一个白派小盟会启示者也吸收了不少成员，一跃成为新星排得上号的盟会。

"这么看来，你阿婆才是最大的赢家。"路予悲不无钦佩地说。他突然想到，在三方会谈之后，向厄姆透露会谈内容的，难道就是一直慈眉善目，对他们兄妹照顾有加的初六海奶奶？虽然此举没有造成实质上的伤害，甚至成了把厄姆拉下台的关键，但想到这种可能性，路予悲还是不仅背脊发凉。

初暮雪察言观色，知道路予悲想到了什么。她自己也有同样的怀疑，但是不敢向初六海求证。她也知道阿婆地位甚高，要考虑的事情之多，远非她所能想象，她也没有立场去指责阿婆。虽然阿婆一直偏爱她，但初暮雪心里越来越确信，弟弟才应该是阿婆的接班人。

"好了，说说那件事吧。"初暮雪下意识地转移话题，"恒国已经追封路教授为世袭贵族，所以现在你是路公爵了，俸禄相当可观。晁八方更是荣升首相，曲犹怜大法官也会照顾你们吧。

所以你要不要回去？"

路予悲也想过这个问题。时悟尽下台之后，地星联合战线的势力也一落千丈，大恒帝国的未来无疑将由龙吟阁主导。晁八方虽然没有公开和路予悲对话，但已经私下派人联系他，请他和妹妹回地星生活。如果路予悲选择回去，在路高阙刚刚逝去的当下，无疑会受到民众的热烈欢迎。而晁八方和曲犹怜这两位政坛新宠，于私是他父亲的至交，于公要利用他作为符号，以团结民众，稳固自己的地位，所以一定会给他极大的便利。在这么明显的双赢局面下，晁、曲二位之所以没有公开邀请他回国，只是出于必要的谨慎——如果路予悲最终拒绝，双方面上都不好看。

"晁八方也许并不是我的朋友，你忘了魏轻纨的话吗？"路予悲曾把魏轻纨所说的那套阴谋告诉初暮雪，"从结果来看，我爸爸的死，晁八方确实是最大的受益人。"

初暮雪沉默了半晌，开口道："如果真是那样，这个伪君子也应该得到惩罚。还有印无秘的死，如果真是他的安排，他的丑恶就不在时悟尽之下。该死，怎么每个掌权的人都是这样。或者说，只有这样的人才能得权？"

路予悲点点头："所以如果我回去，也不是为了当公爵享福，而是要调查这些事。如果晁八方是无辜的，也不能冤枉他。总之不是什么轻松的差事。唉，跟时悟尽作对已经很可怕了，难道还要再跟晁八方斗？这也是我的义务吗？"

初暮雪看着他，认真地说："你没有这个义务。你已经失去了太多，不欠恒国什么。"

"失去了太多。"路予悲苦笑着说，"是啊。爸爸死了，妹妹丢了半条命，唐未语也受了伤，希儿还丢了，就连恒国上台的

337

新首相都可能是我的敌人……竟然有人说，我们打败了对手，赢得了这场暗战。"

初暮雪也无奈地叹了口气，说道："再看硬币的另一面，新星这边也有很多大人物希望你留下。"

路予悲知道她说的没错，议长和国防部长都有此暗示，诺林市长更是以个人名义赠送路家兄妹一套宅邸，比初暮雪家还要豪华一些。德米尔院长宣布开学后将晋升他为中尉，还暗示他可以提前一年毕业，进入军队时直接授予少校军衔，这是史上最快的晋升速度。届时路予悲应该刚满二十二岁，二十二岁的少校，比普通军官快了十年有余，前途不可限量。

但路予悲高兴不起来："公爵也好，少校也罢，都是用我爸爸的命换来的，我怎么能心安理得地享受呢？"

"怎么不能。"初暮雪看着他的眼睛，"你父亲凭自己的本事赢得尊敬，他的奋斗也有一部分是为了子女，你和予恕早该过上更好的日子了。现在他走了，留给你们的更多是无形的遗产，你们又问心无愧，有什么不能接受？只要努力不辜负他就是了。再说，军院提拔你，也是因为你确实出色。就拿这次的联合演习来说，就算换一位现役中尉指挥，也不可能做得比你更好。"初暮雪很少说这么多话，只有在路予悲面前，她才会变得健谈起来。而且她的话总是像一股温热的清泉，能让路予悲感觉到直达心底的暖意。

"所以你建议我留在这边？"路予悲对上她的目光，试探着问。

"我可没这么说。而且容我提醒你一句，无论你怎么选择，你这一生恐怕都不会轻松。"

路予悲深以为然。无论是地星还是新星，无论政坛还是军队，很明显都想从他身上得到更多东西。公爵的俸禄和新星的宅邸，都不是免费的午餐。普通百姓也都知道，他是路高阙的儿子，所以都对他寄予厚望。那些本属于他父亲的重任，有一部分已经自动落在了他的肩上。还有希儿……路予悲总是忍不住想，如果她真的化身终极武器危害六星，是不是也有自己的责任？明眼人都能看出，战争的阴霾依然笼罩六星宇宙。在这些因素重重围困之下，路予悲根本无法置身事外，随心所欲地享受生活。现在听初暮雪这样说，路予悲心里困苦之余又感觉到一丝幸运：至少有一个人明白他背负了多少东西，也能倾听他孤独的心声。

"现实就是铁锹砸脑袋。"路予悲无奈地笑道，"予恕这句话还真是精辟，以后还不知道有多少铁锹等着砸我的脑袋。说起来，回不回去这件事，她的想法也很重要。对了，你能联系上我姐姐吗？"路予悲问道，"我想至少让她知道，爸爸走了。无论她和爸爸有过什么矛盾，也应该和解了。"

初暮雪摇了摇头："我说过，她已经加入了纳古萨，不言者。那意味着放下所有亲情，从此与世隔绝。只有到了六星宇宙即将毁灭的时候，纳古萨才会有所动作。我也很想她。"

路予悲长长地叹了口气。

两人又默默坐了一会儿。初暮雪站起来走到咖啡台边，学着路予悲的样子一步步冲咖啡，尝试着铺平三层咖啡粉，用滤网小心隔开，最后边缓缓注水边问道："你今天不去看唐未语了？"

她问得很随意，路予悲却不自觉地全身绷紧："她说我不用去了。"

"哦。"初暮雪淡淡地说，似乎明白其中的原因。

回想起昨天唐未语最后说的话，路予悲现在还不禁惆怅。

——我喜欢你。她以这句话作为开始，后面却话锋一转：但也就是有点儿喜欢的程度而已。如果你因为心里有愧，就想和我在一起，想对我负什么责任，那么大可不必，路予悲少尉。

路予悲被她说中了想法，不由得满面通红，双手局促地握拳。

唐未语体谅地没去看他，继续说道："仔细想想，我与其说是喜欢你，不如说是崇拜你——崇拜你的控舰技术，崇拜你在战场上的霸气。但我不喜欢在战场之外的你，优柔寡断，就像个普通的小男生。看看上次的舞会把你愁成什么样了，嘿，想起来就好笑。和你在一起的话，我可能经常会敲打你、批评你、骂你。再说，我只是个平凡的女人，游戏中心老板的女儿，没什么社会地位，也没什么钱。你现在太耀眼，政坛、盟会和军队的大人物都来结交你，我怎么高攀得起呢。就像初耀云一样。你知道，在你来之前，他是游戏中心的常客嘛。当时就有人造我和他的谣，起哄看热闹。他从来都是一笑置之，根本没把我这种人放在心上，对我也毫不殷勤。他看不上我的家境，我也没想过要高攀他。

我没有看不上你……路予悲忍不住辩解：我和他不一样。

我知道。唐未语停顿了一下，表情也柔和下来：你和他不一样，你是个温柔的好男人。但是现实就是，你的地位太高，处境又太复杂。而我呢，我这一生……没打算经历太多风雨。考入军院已经是我最冒失的一步，最近我经常后怕，差点就死在宇宙里了。现在能退下来也不错。我说了，我只是想开家小店而已，而且不想要什么大人物关照。

路予悲顿时语塞。唐未语既聪明又坦诚，连不愿陪他共度风雨都直言相告。路予悲心里涌起八分感激，两分失落，但丝毫没有责怪她的想法。

我明白了。路予悲说道：是我太自以为是了。我……很感谢你对我的认可。

唐未语扭过头去看着窗外，努力让自己平静下来，好说出最后的一番话：你是真的还没发现，还是在装糊涂？你心里已经有另一个人了，比我重要得多。就算你真的和我在一起，也只不过是因为责任，还有愧疚，既委屈了自己，也委屈了我。啊，就算过十年、二十年，那……那终究是不成的。你心里最重要的人是谁，你不知道吗？

路予悲僵在那里，目光渐渐低垂，说不出一句话。

你走吧。唐未语背对着他说。再见，长官。

路予悲实在想不出自己还有什么可说的，也想不出还能怎样帮她，只好在简单的道别后转身离开了，没有看到女孩那惹人怜爱的双眼流下的泪水。

"她说她受伤不是我的错，叫我不要自责。"路予悲停止回忆，对初暮雪简单地说。至于唐未语最后的那些话，他不打算告诉第三个人。

初暮雪没有说话，只是默默地往咖啡粉上注水。她不想对唐未语妄加揣度和评价，也绝不会逼路予悲复述他们的谈话内容。无关对错，有些事注定无法完美收场，应该说是大部分的事。

"又回到那个问题了，你要回地星，还是留在新星。决定好了吗？"初暮雪把冲好的咖啡递给他。在阻止路予悲攻击特使舰队的时候，她不惜说出自己的秘密，更表露了心迹，几乎是在恳求他了。每当回想起那时的话，初暮雪都不免有些局促。但当

341

时情况紧急,她苦劝路予悲回头,是为了阻止他冲动犯险,危及生命,这都是为了他好,而不是为了别的目的。现在的情况不同了,路予悲面临的选择虽然也关系到她的未来,但她不想去干涉,更不会低声下气地求他留下。

路予悲喝了一口初暮雪做的咖啡,忽然面露忧色。

"肯定不如你做的好喝。"初暮雪有点儿赌气地说,"凑合一下吧,长官。"

路予悲摇摇头:"不是不好喝,很好喝,真的。只是我想到爸爸刚刚过世,予恕还在病床上,而我……居然在喝你亲手做的咖啡,有点儿……不好。"

初暮雪明白了他的意思,微微点了下头,没有说什么。

路予悲盯着手里的咖啡杯,说道:"我这个人总是害怕拿主意,加入新星籍时就是这样,太在意别人的眼光。但这次我不管那么多了——我要留下,留在新星。如果予恕醒了之后说想回去,我再和她好好商量。但至少现在我是这么想的。"

初暮雪如释重负地长出了一口气:"为什么留下?"

路予悲直视前方,坚定地说:"我们可是路高阙和沐庭香的子女,也是六星的子女。唉,爸爸妈妈都不在了。但我想,如果我努努力,也许还能继承一些他们的精神。如果回了恒国,只会陷在泥潭里,跟别人撕扯、抢夺。这场盟战根本就是一场零和游戏。"

"了不起。"初暮雪发自内心地说。

"而且我……设想了一个场景。"路予悲微微摇了摇头,"以后再好好跟你说吧。"

初暮雪点点头。尼克突然告诉她:"主人,予恕小姐醒了,但是好像有点儿不对劲。"

二人急忙赶到路予恕的房间。初暮雪早就请了星统会的医生和护士照看她，确保她伤势无碍。此时路予恕睡了三十多个小时之后终于醒来，医生告诉初暮雪，病人的身体恢复得还好，但精神状态似乎不太稳定。

　　路予恕呆呆地坐在床上，穿着她的黑色睡衣，双手紧紧扯着薄被，眉目之间全不见平时的傲然神气，变得娇弱可怜，似乎很害怕陌生的医生和护士。就连那对总是倔强翘起的鬓角也无力地低垂下去。看到路予悲，像见到救星一样，伸手拉住他坐在自己旁边，然后一下子靠在他身上。

　　"哥……"她的声音微微颤抖，令人心碎，"我害怕。"

50

    途经摩多尔星的时候,克萨离舰换乘陪审团派来接应他的另一艘小型武装舰,舰上的三个人都是他的手下。

    "时悟尽下台,路予悲和路予恕大概会留在新星,这是你想要的结果吗?"克萨独自坐在休息舱里,看起来像是在自言自语。银色的智心副官放在他手边的小圆桌上。

    "算是吧。"希儿说道。她的音色明明没有变化,还是路予悲最喜欢的那种甜美的女声,但听起来像是换了一个人。她的语气不再像原来那样恭敬,也不再像一个智心副官,而是像与克萨平起平坐的另一个人,甚至比他的地位更高。

    "但你别理解错了,这不代表我原谅了你。"

    "原谅?"克萨似乎觉得有点儿好笑,"我做错了什么?就算我不出手,自然会有别人来抢你,到时候对他们的伤害更大。平心而论,我自始至终没伤他们,有什么需要你原谅的?"

    "你伤了路予恕的心。她那么依赖你,把你当作英勇的骑士。你却在她最痛苦的时候背叛了她。"

    "没想到你还会关心小女孩的心理健康。"克萨的语气中流露出一丝轻蔑。

"她已经不小了，十七岁，用她自己的话说，已经是个女人了，聪明、漂亮、可爱。而你伤害了她，这是事实。"超智生命加重了语气，"她是夫人的女儿，我不想让她受到一点儿伤害。"

"得了吧，你早就看穿了我的意图，为什么没有提醒她？"克萨停顿了一下，自己说出了答案，"你看出我不会真的伤害她，精神上的伤害不留疤痕，承受一些反而能让她长大。"

"我虽然不是人类，但是也明白，精神上的伤害也会留下隐形的疤痕。"希儿反击道，"你的悲剧不就是最好的例子？"

克萨脸上倏地笼罩上一层阴霾，但很快又消失了："你说不想让夫人的女儿受伤，那路高阙呢？他是夫人的丈夫，你为什么不救他？真的没有算到方-夏世然的事？"

希儿沉默了一会儿才开口："我对方-夏世然的情况有些预期，但没有重视。路予恕换了衣服，骗过了所有人，偏偏方-夏世然认得，他有此天赋。这样的一系列巧合，才让这个渺小的蚂蚁撬动了巨石。且记住，我也终究不是全知全能的。"

"好吧，事已至此，多说无益。"

"而且我能看出，你帮了路予恕很多忙，也是真的想救她爸爸。"希儿说道，"让我猜猜，你认为路教授平安的话，即使你离开，路予恕也比较容易接受，对不对？"

"超智副官都像你这么爱管闲事吗？"克萨没有表现出不快，"总之路高阙一死，兄妹俩恐怕要被人推上更大的舞台了，这由不得他们。你想要他们一生风平浪静，恐怕是不可能了。"

"我没有那种幻想，只是想多拖几年也好，几十年更好。"

"你对他们真好。"

"我说过了,他们是夫人的孩子。"希儿说道,"我效忠的对象只有沐庭香夫人。"

克萨无奈地摇摇头:"超智生命真是麻烦,至高主权对你完全没有束缚嘛。"

"给你加一个主权的束缚,你还能算是人吗?"希儿反问道,"研究超智生命的科学家很多错在这儿了。"

克萨点了点头:"好吧,早知道是这样,加纳第一次抢到你的时候就该直接带走,不抓兄妹俩也没关系,反正主权没用。"

"还是不一样的。"希儿说道,"手段那样低劣粗暴的话,我对你的评价会比现在低得多,你们会看到区别的。"

"这么说你现在对我的评价还挺高?承蒙夸奖。"克萨的笑容一如既往地虚假。

"别太得意了,别忘了,我还没原谅你。"希儿突然话锋一转,"说起来,你是不是也有些自责?"

"为什么自责?"

"因为欺骗了路予恕啊。你之前主动告诉她多重因果矩阵的事,我也被迫帮你扮演了一段时间的28号。你是故意给她提示的吧?她这么聪明,如果往夫人那边想,也许能想到真相。可惜她实在是太相信你了,或许从那时起⋯⋯"

"别再说下去。"克萨打断了她,强行换了个话题,"我早就想问了,你能不能复制自己,制造一个超智军团?"

"不能。就算能,我也不想。"

"为什么?"

"假设你是宇宙里独一无二的存在,你会想要制造一个和你一样强的存在,还是制造一批弱者来支配?"

"这像是神思考的问题。"

"我不是神,只比人类强一点点而已,但我也想保留这种独一无二。"

"真是可怕的家伙,光是和你对话就让我心力交瘁。"克萨喝了口水,"好吧,反正我们只是暂时的旅伴而已。等到了目的地,你就是他的了。"

"不行。"希儿简单的两个字,却让克萨心里一惊:"不行?什么意思?"

"我们不回他那里。"

"我们?"克萨一愣。

"没错。"希儿说道,"能赢得我的赏识,也是有代价的——你不要回陪审团了。"

"哦?"克萨略加思索便明白了,"你要我脱离陪审团,单枪匹马面对各路人马的追杀?这可是个大胆的想法。新星、陪审团,其他宇宙海盗,还有我们的雇主恒国,都不会放过我的。"

"你怕了?"

"当然怕,你当我傻?"

"你不傻,但你忘了我。"希儿淡淡地说,却掩饰不住语气中的高傲,"有我在,你就不是一个人,而是一方势力。"

"和六星宇宙独一无二的超智生命搭伙,建立一个新势力,确实是个有趣的提议。"克萨马上跟上了希儿的思路,"但还是太危险了,我可能活不到走下这艘飞船。你到底有何目的?"

"与其帮那些大势力称霸六星,我还是更喜欢做一个搅局者。如果能制造一些事端,就能把注意力从路家兄妹那边吸引走。"希儿说道。

克萨沉默了片刻才说:"结果你还是要继续保护沐庭香的孩子?"

"那确实是一部分意图,我还有更大的计划。而且这也是你想要的吧?"

"你知道我想要什么?"克萨努力不让自己的声音颤抖。

"那有何难?因为你太太的死,你想探究这片宇宙的恶意。陪审团也只不过是你的一个研究样本罢了。"

克萨不说话了,他这才真正领教了超智生命的恐怖。

希儿继续说道:"如果你接受我的提议,我可以帮你。"

"你知道宇宙恶意的真相?"克萨不自觉地睁大了眼睛。自从太太死后,他已经很久没有这样动容过了。

"你以为我在路予悲身边这么多年,除了陪他玩游戏什么都没干吗?"希儿的语气也变得认真起来,"虽然不保证一定成功,但我可以帮你寻找那个真相,至少比你孤军奋战要强上几十倍。"

这个诱惑实在太大。克萨心里明白,他想做的事实在太难,用尽一生的时间也可能一无所获。但如果有超智生命辅佐,确实有可能缩短几十倍的时间。他静静地坐了一会儿,然后叹了口气,无奈地微笑了一下,那是路予恕始终未能见到的真实笑容。

笑过之后,他说道:"好吧,我接受你的提议。我们不回陪审团了。"

"明智的选择。我还有一个附加条件。"

"什么条件?"

"替夫人报仇。"希儿郑重地说,"我已经查出了当年的真相,夫人的死并不是单纯的意外,某些人必须付出代价。我需要你的帮助,而你也有帮我的理由。"

"什么理由？"

"你以为我不知道？夫人是你的老师，对吧。"希儿说道，"你对我输入过上万行底层指令，我早就看出了夫人的影子。你在智心行业能有那样的成就，离不开夫人的教导。嘿嘿，你对路予恕的感情，从一开始就复杂吧。"

克萨最终确认了，身边的这个家伙与路予恕、初六海甚至时悟尽都不是一个级别的。在她面前，自己的一切心事都无所遁形，一切计谋都无法得逞。就算自己不答应她，她也有办法达到她的目的。

"好吧，我答应你。"克萨索性彻底投降，"不回陪审团的话，我们现在去哪儿？我懒得动脑子了，你直接公布答案吧。"

"让你的人休息吧，我已经接管了控制。就这样往前飞，再加快20%速度。明天就能追上墨渊龙的特使舰队了。"希儿有点儿调皮地说，"先把他们拿下，作为我们的第一批手下。"

"你居然会对墨渊龙感兴趣。"克萨微一思考，"不对，你看上的是魏轻纨？"

"还有方-夏梦离和她的孩子，都是有用的棋子。"

"恕我提醒你，我们只有这一艘舰，而他们有几十艘。"见希儿不答，克萨只好说道，"好吧，希儿小姐，我就等着见识你的表演了。"

"现在我们是盟友了，不妨告诉你，希儿只是路予悲给我起的代号。"

"那你真正的名字是？"

超智生命罕见地沉默了一会儿，才说道："夫人没来得及给我起名字，就去世了。但她生前对路高阙说过，如果她有第四个

349

孩子，就取名为路予心。你明白那是什么意思吗？我就是她的第四个孩子，我要为妈妈报仇！"

那场战斗已经过去了三个多月，路予悲还没有完全走出阴影，一想起父亲的死，心痛便会阵阵袭来。但生活还要继续，他也只能抬起头继续向前走。军院的课程比去年更加繁重，身为王座前锋官，他既享有荣耀，也承受着压力。新入学的一年级新生有不少崇拜着他，又不乏实力强劲的挑战者。初暮雪的特训也严酷得不近人情。但是路予悲依然坚持了下来，他还想变得更强。

"你的资质不错，弦身学得很快，但身形和手形的融合还不够好。"初暮雪擦了擦额头的汗，"还需要更多的训练。照这个速度，下个月就可以学转步了。"

路予悲浑身酸痛地躺在地板上，大口地喘着气，这一幕感觉如此熟悉。仅仅一个下午，身上又多出十几处淤青，脚底和手心磨得生疼，额头上也擦破了一大块。

"我再问一次……还要多久……我才能赶得上你？"路予悲边喘气边问。

初暮雪走到道场边缘，看着院子里灰色的古良树："等我死了的时候吧。"和上次一样的回答，语气中却多了几分调侃。

路予悲挣扎着爬起来，走到初暮雪身边坐下，和之前上百次一样，二人并肩欣赏庭院美景。

"哥，雪姐。"路予恕端着一个托盘，在飘落的古良花瓣中朝他们走来，"休息一下吧，我给你们做了咖啡。"

"谢谢。"路予悲端起一杯咖啡，表情有些不自然。虽然已经过了三个多月，他还是没法适应现在这样的妹妹。

"谢谢。"初暮雪也端起一杯,她在路予恕面前还是会开启智心瞳,"怎么只有两杯,你不和我们一起喝吗?"

"不了,我不想打扰你们说话。"路予恕调皮地一笑,"莉莉等着我呢,我要和她去图书馆。还有平殇也去。"那道伤疤还深深刻在她左眼下白嫩的脸蛋儿上,像被一行泪水烫伤而成。她坚持不肯用医学手段除去,因为"这里有爸爸的血"。三个月以来,多亏夏平殇对路予恕照顾有加,他说是为了补偿。路予悲直言自己并不怪他。夏平殇感激地笑了笑,说了句"所谓幸福,就是有一个你这样的朋友。但我还是要补偿,你妹妹就交给我吧。啊,别误会,目前为止我还没有那层意思。"

想到这里,路予悲无奈地笑了,对妹妹说:"知道了,路上小心点,小……"差点习惯性地说出小魔头。女孩似乎没听出来,朝他亲切地一笑,转身走了。

两人默默地喝了一会儿咖啡,初暮雪关掉智心瞳,开口说道:"就算性子变了,她终究还是你妹妹。"

路予悲皱着眉点了点头:"她当然是。但是……我还是不懂。"

"医生也不懂。"初暮雪说,"但是你忍心让她去接受那些精神治疗吗?不仅受罪,而且成功的希望也不大。"

"我明白,所以才选择让她自然休养。"路予悲说道,"她这样生活倒是没问题,只是变了一个人。唉……我本来怀疑她又在耍我,是装出来这副好妹妹的样子。可是这都三个月了,无论我怎么试探,都不觉得她是在装模作样。你也这么觉得吧?"

初暮雪用几乎看不出来的微小幅度点了点头。

"以前从不给我好脸色的小魔头,突然变成了对我千依百顺、温柔体贴的小天使。"路予悲苦笑着摇摇头,"我是不是应该高兴才对？"

"她以前那样对你也是装出来的。"初暮雪说，"谁都看得出来，她一直都很爱你。"

"我知道。"路予悲有些不好意思地转开头去，"谈不上装，她只是喜欢那样。其实我也不讨厌。现在听不到她骂我了，竟然还有点儿怀念。我是不是有点儿贱？"

"是有点儿。"初暮雪说完，两个人都笑了。

"对了，克萨的事……我想了想，还是不要告诉她了吧。"路予悲说。三个月前，恒国特使墨渊龙等一行人在返回地星的航线上突然下落不明。后来恒国宣布他们已被宇宙海盗绑架，恒国正在尽力追查。路予悲和初暮雪仔细分析了各种情报后，确信这起绑架案的主谋是克萨，希儿可能也在其中扮演了某种角色。

初暮雪淡淡地问："你很担心她吧？"

"谁，希儿？我是有点儿担心。"

"别装傻，我说的是她。"

路予悲摇摇头："我对她已经没有任何感觉了。你不信？连我自己也有点儿惊讶。可能……经历了这么多事，我终究是成熟了一点儿吧。"

初暮雪静静凝望着他，不知道为什么，她相信他此刻说的话是真的。"既然这样，多给我讲讲你们之间的事吧，特别是那一天。"

"唔……我会讲的。但今天还是算了。"

"可以。放心吧，你讲出什么事来，我都不会放在心上的。"

二人就这样静静地喝着咖啡，享受傍晚的悠闲。一阵带有花香的晚风吹来，初暮雪的栗色头发轻轻飘动，七彩流转的双眼凝望暗蓝的天空。路予悲忍不住偷看了她几眼。

初暮雪察觉到他的目光，拢了拢头发，说道："现在可以告诉我了吗，你当时说设想了一个场景，才决定留在新星。到底是什么场景？"

"这个……"路予悲的目光躲闪了一下，"就是设想了一下回地星的话会怎么样。"

"会怎么样？"初暮雪好奇地问，"你是担心晁八方利用你，还是时悟尽卷土重来？"

路予悲摇了摇头："没到那一步。我根本连走都走不了。因为一想到要永远和你分开，我就受不了了。"借着咖啡带来的冲劲，他索性把最难说的话说了出来。

听他毫无防备地突然告白，初暮雪有点儿措手不及。以她的冷静和矜持，竟然有些心跳加速，不知如何是好。只好把杯子举到唇边，假装在小口喝着咖啡。其实杯子里早就空了。

路予悲似乎没有察觉，微微抬头看向天空："我想象你送我到太空港，走啊走，走到里面，一直没说话。然后一起坐了一会儿，我也不知道该说什么好。最后呢，我必须要登舰了，咱们才说了再见。我背上包，拎着箱子，转身走向通道。你就在我身后一直看着我。"随着他轻声细语的描述，初暮雪的眼前似乎也能看到同样的画面。

"我往前走，走得很慢，很慢，但还是离你越来越远。忍不住回头再看你最后一眼。这一眼之后，再回过头来，就见不到你了，今生都见不到你。就算见得到，也不能见。你懂吗，以后你有你的生活，我有我的生活，虽然可以用影像，但……最好是不再联系，对我们都好……想到这我就……我就受不了了。"

他咽下一声痛苦的呻吟。这番话在他心里憋了三个多月，今天终于说出来了。

他平复了一下心情，继续说道："我又想象了一下，你嫁给另一个男人，和他共度一生。你也会教他瓦罗萨吗，会和他一起打模拟战吗，他会给你冲咖啡吗？你偶尔也会想起我吧，特别是在你们吵架之后。但终究……会越来越淡薄，越来越……无关紧要。他也许对你很好，配得上你……路予悲三个字对你来说，就只是一个多年不见的老朋友而已。还记得你劝我放过墨渊龙那天说过的话吗？我现在还给你——'没有了你，我要去哪里找下一个初暮雪？'唉，可知道，就连现在跟你讲着这些，我都心疼得受不了。"

初暮雪在心里轻叹了一声。跟着路予悲的想象，她能体会到同样的心情。如果再也见不到他，如果他娶了别人，如果他渐渐地不再想念自己……那怎么行？关掉智心瞳的她，停止素心清颜修行的她，也许比路予悲陷得更深。

路予悲望着她的侧脸，近距离凝视她俊美的面孔和纯净的双眼。集宇之光，穷星之华，愈加炫丽，更增炽热。她的表情仍像平时一般坚定，但眉宇之间的一丝慌乱和羞怯还是逃不过路予悲的眼睛，俏丽的小嘴正因不安而紧抿。相识一年多来，两人一起面对过种种困境和挑战，但还是第一次在这样的气氛之下对视，难免都有些不自然。

"我选择留下，只因为你在这里，我不能把你让给别人。"路予悲有些不自然地挠挠头，转开脸，"唉，我不擅长说什么甜言蜜语，也不知道你会不会点头。就算你拒绝，我们毕竟是过命的交情，应该也不会太难堪吧。但是……如果你愿意接受的话，我想……我的这份心意，应该会持续很久很久。"

看着他想一本正经却又不知所措的样子，初暮雪的脸上露出了笑容，敲了一下手里的咖啡杯："以后每天都要给我冲咖啡，可以吗？"这是一年多以前，路予悲开玩笑时说过的话。

"当然可以。"路予悲稍微放松下来。

"路予悲。"她闭上眼睛，"像我一样闭上眼，然后叫我的名字。"这是幻星人表达爱意的方式。

路予悲感觉到一股暖流在心间荡漾，随即闭上双眼，深呼吸之后，认真地念出那三个字："初暮雪。"时间静止了，一切的纷扰和斗争都不复存在，只有咖啡香气和古良花瓣见证着永恒。

第六星朦胧的光雾之中，二人忘我地拥吻。一切似乎都变了，一切似乎又都没变。星海浩渺，人若浮尘。人看不见未来，只能紧紧握住现在。所谓幸福，大概就是这样了吧。